Viecher

Leonhard F. Seidl saß im Knast, um für die Arbeit »Beschriebene Blätter – Kreatives Schreiben mit straffälligen Jugendlichen« zu recherchieren, die 2007 ausgezeichnet wurde. Sein Debütroman »Mutterkorn« wurde für den Förderpreis zum August-Graf-von-Platen-Literaturpreis nominiert. Derzeit ist er Stipendiat des Literaturhauses München und des Literaturforums im Brecht-Haus. www.textartelier.de

Dieses Buch ist ein Roman. Handlungen und Personen sind frei erfunden. Ähnlichkeiten mit lebenden oder toten Personen sind nicht gewollt und rein zufällig.

LEONHARD F. SEIDL

Viecher

KRIMINALROMAN

emons:

Bibliografische Information der Deutschen Nationalbibliothek
Die Deutsche Nationalbibliothek verzeichnet diese Publikation in der Deutschen Nationalbibliografie; detaillierte bibliografische Daten sind im Internet über http://dnb.d-nb.de abrufbar.

FSC www.fsc.org
MIX
Papier aus verantwortungsvollen Quellen
FSC® C083411

Umschlagmotiv: photocase.com/suze
Umschlaggestaltung: Tobias Doetsch
Gestaltung Innenteil: César Satz & Grafik GmbH, Köln
Lektorat: Susanne Bartel
Druck und Bindung: CPI – Clausen & Bosse, Leck
Printed in Germany 2015
ISBN 978-3-95451-725-1
Originalausgabe

Für meine Schwester

Das geht auf keine Kuhhaut.
Volksmund

Da nehme ich keine Rücksicht. Auch auf die Wahrheit nicht.
Heinz-Josef Braun

Prolog

Das Viech steht ihm wutschnaubend gegenüber, nimmt Anlauf und rammt ihm das Horn genau in die Milz. Bauer Luidingers Wut ist größer als der Schmerz, er richtet sich auf und langt sich an seinen blutigen Bauch. Ihn dreht's, das Handy rutscht ihm aus der Hand, es landet im Mist und versinkt zwischen den Gittern. Dann bricht er zusammen und gibt keinen Schnauferer mehr von sich.

1

Grantig hatschte Deichsler in den finsteren Stall. Dunkle Kuhaugen begrüßten ihn, lagen wie Höhlen in den Köpfen der Tiere, beäugten ihn sanft, fast zärtlich. Behutsam streichelte er über das widerspenstige Fell zwischen den Augen und dem rosa Mund, der das Heu in gleichförmigen Bewegungen wiederkäute. Ihr Atem verdrängte die kalte Luft, hüllte den Moment in Schweigen. Eine eigentümliche Ruhe erfüllte Deichsler, weichte sein schlechtes Gewissen auf, legte sich auf seine nervöse Seele. Bis Ketten klirrten und gegen den Aufhängeholm schlugen, der quer durch den Stall über den Köpfen der Tiere verlief.

Deichsler zuckte zusammen. Wenn die Kuh ihren Kopf zwischen den Gittern und den anderen Viehköpfen hindurchschob, um Heu zu fressen, rasselte die Kette, die das Schloss um ihren Hals mit dem Eisenstab verband, wurde sie sich ihrer engen Grenzen bewusst. Einen Zentimeter vor, einen Zentimeter zurück watete sie im fladenhohen Kot, der sich mit ihrem Urin und dem Stroh zu einem dicken grünbraunen Brei vermengt hatte. Aus den Ritzen quoll der stinkende Brei, verklebte das Fell über den Hufen zu braunschwarzen Strähnen. Ätzender Gestank raubte Deichsler den Atem. Ein Sperling schoss zwischen Balken mit verstaubten Spinnweben herunter, zu einem Fenster, durch das Lichtfetzen mit den gelben Ohrmarken der Kühe gegen die Dunkelheit ankämpften. Das Tschilpen des Sperlings klang seltsam fremd.

Über dem Anblick der Kühe hatte Deichsler vergessen, warum er hier war, dass an diesem Ort erst kürzlich ein Mensch gestorben war. Ob durch Unfall oder Mord? Hatte sich der Stier an Bauer Luidinger dafür gerächt, dass er ihn gefangen gehalten hatte? Deichsler sah sich um, entdeckte niemanden.

Noch vor ein paar Stunden hatte er mit seinem zweijährigen Sohn David im warmen Wohnzimmer gesessen. »Muh!«, hatte David mit gespitzten Lippen gemacht und seinem Vater erwartungsvoll die blaue Kreide entgegengehalten. Seitdem Deichsler mit ihm auf einem Bauernhof gewesen war, musste er ununterbrochen Kühe malen – und auf allen vieren muhen. Und das, obwohl er vor Schmerzen nicht einmal richtig sitzen konnte. Wie sollte er so bitte eine anständige Kuh spielen? Pünktlich zum neuen Jahr war er am Neujahrsmorgen erwacht, und nichts war mehr so gewesen wie davor.

Nur wenige Tage später hatte das Telefon geläutet, Deichsler sich ächzend erhoben. Sein schlechtes Gewissen war am anderen Ende der Leitung gewesen: Steffi, die Mutter seines älteren Sohnes Paul. »Freddie, du musst sofort kommen.«

Deichsler hatte sich übers Gesicht gewischt. Der Satz hatte ungute Erinnerungen geweckt. An Kurbi, bevor er ermordet wurde.

Doch dieses Mal hatte sich Deichsler nicht mit halbscharigen Erklärungen zufriedengegeben. »Um was geht's?«

»Um Paul. Du wolltest deinen Sohn doch eh endlich mal sehen. Hast du zumindest behauptet, als du das letzte Mal bei uns warst.«

Natürlich hätte er einfühlsamer sein sollen. Schließlich konnte er mittlerweile im Ansatz erahnen, was es bedeutete, ein Kind fast alleine aufziehen zu müssen. »Stimmt. Seitdem der Kurbi umgebracht worden ist, geht mir das im Kopf rum.«

»Von Im-Kopf-Rumgehen passiert aber nichts.«

»Du hast ja recht.«

»Mir geht's nicht ums Rechthaben.«

»Du weißt ja, der Alltag mit einem kleinen Kind …« Deichsler hatte sofort gespürt, dass er was Falsches gesagt hatte, aber es war zu spät gewesen.

»Wenn dir wirklich was an Paul liegt, dann komm jetzt. Sofort!«

»Steffi, ich kann nicht. Meine Schwiegermutter wird morgen fünfundsechzig.«

Steffi hatte ins Telefon geschnaubt. »Anstatt zu fragen, warum du kommen sollst, gehst du in die Verteidigung. Wie immer.«

»Was ist denn mit Paul?«

»Verschwunden ist er.«

»Schon lang?«

»Lang genug. Aber ich habe auch einen Auftrag für dich.«

»Sag das doch gleich.«

»Hätte ja sein können, dass dir dein Sohn wichtiger ist als ein Auftrag.«

»Ist er ja auch.«

»Der Luidinger ist tot.«

Oh nein, nicht schon wieder.

2

Steffi hatte sich mit Deichsler auf dem Hof des toten Bauern Luidinger treffen wollen. Er kannte ihn noch von früher, hatte als Kind mit ihm gespielt.

Wo Deichslers Sohn Paul bloß steckte? Machte sich in der Pubertät der fehlende Papa bemerkbar?

Davids Anziehsachen für die nächsten Tage hatte er in einen Rucksack gepackt. Samt Brei, Windeln, Gläschen und einem Buch über Mama Muh. Seinen quengelnden Sohn steckte er mit der Plastikkuh in seiner Hand in den Schneeanzug und versuchte dabei, seine trotzig gespreizten Hände nicht zu sehr zu verbiegen. Die Kuh ließ das Prozedere stoisch über sich ergehen. Zu guter Letzt stopfte er sich noch seine Leck-mich-am-Arsch-Tropfen in die Hosentasche. Das einzige Mittel, das derzeit gegen die Schmerzen seines Bandscheibenvorfalls half.

Vor seiner Wohnung überzog eine glitzernde Schneeschicht die Straße, eisiger Wind jagte durch die Häuserschlucht in der Nürnberger Südstadt und biss ihnen ins Gesicht.

Glücklicherweise hatte Monika heute die U-Bahn genommen. Mit dem Auto würden sie viel schneller im Isental bei Dorfen östlich von München und wieder zurück sein. Monika wollte später eh noch mit ihm reden. Jetzt hatte sie Gesprächsstoff, der ihre Beziehung betraf und nicht irgendwelche Kollegen, die in ihrem Job aufgrund ihres Schwanzes bevorzugt wurden. Oder Börsenkurse, die in den Keller fielen, weil irgendeine Blase platzte. Aber wenn Monika sich schon nicht für die Blase ihres Sohnes interessierte, warum sollte ihr Mann sich dann für die Blase der Finanzmärkte interessieren?

Zwei Stunden später begrüßte Deichsler das dunstige Isental mit seinen flachen Äckern und Wiesen, eingebettet zwischen zwei sanften Bergrücken. Von der Autobahnbaustelle hatte er noch nichts gesehen, dafür rangen zwei Biogasanlagen wie prall gefüllte Eiterbinkel um seine Aufmerksamkeit. In Kopfsburg, auf Höhe der ersten Autobahnbrücke, die noch keinen Anfang und kein Ende besaß, bog er am geköpften Maibaum links ab. Vorbei an Wohnhäusern, Höfen und der Kfz-Werkstatt Waxenberger, in der er als Kind öfter mit seiner Mutter gewesen war. Auf einer einseitig von Bäumen gesäumten Straße drang er tiefer in das diesige Tal ein, links und rechts markierten orange-schwarze Holzstecken die Straßenränder. Pferde frühstückten an einer Futterkrippe, Deichsler folgte einem Feldweg, an dem ein kleines gelbes Schild nach Dorfen wies. An die mäandernde Isen schmiegten sich Bäume, begleiteten ihn die ganze Fahrt über. Schon sah er Luidingers Vierseithof, an dem die wunden Ziegel blank lagen, weil der Putz abgeblättert war. Nach dem verbeulten Schild »Esterndorf 41« bog er links in den Hof ab. Von den höher gelegten Schienen, auf denen die Bahn von München nach Mühldorf und zurück fuhr, trennten den Hof nur die friedliche Isen und die Bäume und Büsche, die von ihr lebten. Am Hang gegenüber, von dem nur die Silhouette zu sehen war, würde die Autobahn verlaufen, wenn die Bagger erst einmal tonnenweise Erde verschoben hatten. Auf der anderen Seite des Tals, hinter einer Wand aus laublosen Bäumen, hinter Wiesen, Feldern und Äckern. Darüber erwachte der Tag, ein bläulich-rosa leuchtender Streifen zog sich über den Himmel.

Steffi hatte an der Rückseite des Hofes auf ihn gewartet, als er mit David vor dem Wohnhaus parkte. Vor runden Plastikboxen, die wie Iglus aussahen und in denen Kälber hinter den Gittern lagen. Ein Kalb nuckelte an einem Kanister, Steffi kraulte ihm den Kopf. Neben ihr dampfte ein verkümmerter Misthaufen. Deichsler sog die Landluft tief ein, die nach Winter und Bauernhof roch.

Dem Wohnhaus sah man im Gegensatz zu den zwei lang gezogenen, parallel errichteten Ställen an, dass es erst kürzlich gestrichen worden war: Die Fassade hob sich kaum von der schneebedeckten Landschaft ab, der Putz war makellos.

David löste sich von der Hand seines Papas und muhte zur Begrüßung. Unbeholfen tappelte er auf die Tierbabys zu, rutschte aus und landete auf seinem windelverpackten Hintern. Ohne sich auch nur eine Sekunde damit aufzuhalten oder zu ärgern, erhob er sich und rannte weiter. Bevor sein Papa bei ihm war und ihm helfen konnte. Dass er sich nicht lange mit Rückschlägen aufhielt, das mochte Deichsler an seinem Sohn, in dieser Hinsicht konnte er noch viel von ihm lernen.

Nicht ärgern, nicht mal wundern.

Gerne hätte Deichsler David auf dem Arm gehalten, um Steffi selbstbewusster, weil geschützter gegenübertreten zu können. Aber David stand bereits vor dem Kalb und streckte die Hand zwischen den Gittern hindurch. Die hellrote Zunge fuhr heraus, schleckte über seine Finger. Erschrocken zog er sie zurück, um sie gleich wieder durch die Gitter zu stecken. Die Zunge leckte über seine Hand, er kicherte und strahlte Steffi an, deren Kopf von einer gestrickten blau-weißen Mütze geschützt wurde. Ihr Gesicht hellte sich kurz auf. Als Deichsler sich näherte, verdunkelte es sich umgehend, mit schwarzen Augenringen glotzte sie ihn drohend an.

Mit dem Kopf hatte sie in Richtung der geöffneten Stalltür gewiesen, noch bevor er nach Paul hätte fragen können. »Dein Fall wartet schon auf dich.«

Immer wieder gerne, du Giftnudel.

Deichsler hatte dem Impuls widerstanden kehrtzumachen. Stattdessen hatte er seine Hand ausgestreckt, um das Kalb eine Box weiter zu streicheln. Das Tier war verängstigt zurückgewichen.

An manchen Tagen ist man einfach der Loser.

Grantig war Deichsler in den finsteren Stall gehatscht, hatte sich im Anblick der Tiere verloren.

»Freddie!«, schrie Steffi und holte ihn damit zurück in die Gegenwart. Sie wies ihn an, Richtung Stallausgang zu gehen, und deutete nach rechts.

Bin ich wieder zu weit gegangen.

Er verkniff sich, seinen schlechten Witz auszusprechen, machte ein paar Schritte in einen Raum, der eher nach Telekommunikationszentrale als nach Stall aussah. Ein aufgeklappter Laptop und ein PC standen auf einem Schreibtisch, daneben lagen Ordner und Stifte. Auf dem Bildschirm leuchtete etwas gelb, einer Excel-Datei nicht unähnlich. In den Spalten standen Namen wie Safari, Lolita und Stumpi. Dahinter Zahlen, manche mit hellblauem Marker unterlegt, manche mit Datum versehen. Plötzlich schrie ein Kind und krabbelte unter dem Schreibtisch hervor. Deichsler blickte sich nach einem Vater oder einer Mutter um, konnte aber niemanden entdecken. Also hob er die Kleine zögerlich hoch und versuchte, sie zu beruhigen. »Ist ja schon gut. Schhhh. Schhhh. Wo ist denn deine Mama?«

»Gina!«, kam es als Antwort aus dem Stall. Eine fesche, in Schwarz gekleidete Frau kam auf ihn zu. Ihre braunen Augen musterten ihn prüfend, dann nahm sie ihm das Kind ab, das in etwa genauso alt wie David sein musste. Deichsler konnte sich nicht mehr von ihrem Schmollmund losreißen. »Schht! Ist schon gut.« Die Kleine weinte, starrte Deichsler an.

Da pfiff aus Deichslers Jackentasche die Filmmusik von »Eine Handvoll Dollar«, und die Kleine hörte auf zu greinen, bis das Pfeifen von mehreren Schüssen durchschlagen wurde. »Monika«, stand auf dem Display.

Dich kann ich jetzt gar nicht brauchen.

Deichsler drückte sie weg. Die braunen Kulleraugen des Mädchens beobachteten ihn noch immer, als er das Handy zurück in seine dicke Winterjacke schob. »Freddie Deichsler. Ich bin Privatdetektiv, aus Nürnberg.« Er reichte der Frau die Hand.

»Kristel Luidinger.«

»Muh«, machte die Kleine, und Deichsler freute sich so sehr darüber, dass er vergaß, die warme Hand loszulassen.

»Da draußen wartet schon ein anderes Kalb auf dich«, sagte Deichsler, und Kristel sah ihn fragend an. »Mein David muht auch gerne.«

»Ist eh besser, wenn wir uns unter vier Augen unterhalten«, sagte Kristel und warf ihre schwarzen Haare über die Schulter.

Draußen war David immer noch damit beschäftigt, seine Hand von dem Kalb abschlecken zu lassen. »Papa«, sagte er und deutete auf das Kalb.

»Dein Sohn hat eine gute Menschenkenntnis«, sagte Steffi belustigt.

Deichsler ignorierte den Seitenhieb und wandte sich David

zu. »Da ist jemand, mit dem du spielen kannst.« Und zu Steffi: »Kommst du mit den beiden klar?«

Sie kniete sich hin, ohne ihn eines Blickes zu würdigen.

Deichsler folgte Kristel in den Kuhstall. Die Sonnenstrahlen, die sich durch die schwarzen Wolken geschoben hatten, glänzten auf ihren schwarzen Haaren. Als sie den Stall betraten, bewegten die Kühe kurz die Köpfe, interessierten sich dann aber wieder für ihr Futter. Deichsler versuchte, sich von ihrem Anblick nicht ablenken zu lassen, nicht an seine vorherigen Eindrücke zu denken.

»Die Steff hat's dir schon g'sagt, was passiert is, oder?«

Deichsler nickte. »Mein Beileid.«

»Ich glaub nicht, dass unser Aldi den Nazi auf die Hörner g'nommen hat.«

Dass Nazi die Abkürzung von Ignaz ist, weiß ich ja noch. Aber habe ich mich verhört, oder heißt die Kuh wirklich Aldi?

Eine Kuh, eingezwängt in ein Supermarktkühlregal, baute sich vor seinem inneren Auge auf. »Was glauben Sie?«

»Ich weiß es nicht. Auf keinen Fall der Aldi. Der Nazi hat den g'kannt, seitdem der auf der Welt is. So was tät der nie machen. Der is zahm wie ein Lamperl.«

»Und wer soll es sonst gewesen sein?«

Steigert sie sich in was rein? Was soll's, Auftrag ist Auftrag.

Eine Zornesfalte teilte Kristels Stirn. Deichsler hatte plötzlich das Gefühl, sein Vater würde vor ihm stehen. Er wich einen Schritt zurück, während sie eine zusammengerollte Zeitung aus ihrer Jackentasche fischte und auf ein Foto tippte.

»Der Grell war's, der is scharf auf den Hof, damit bei ihm der Golfplatz g'baut werden kann und er seine Ruh hat. Der war in der letzten Zeit öfter bei uns.«

Deichsler öffnete die Zeitung. »Streit um den Golfplatz«, lautete die Überschrift eines Artikels. Darunter lächelte Bauer Grell in die Kamera. Der Mann war Mitte vierzig, volles blondes Haar zierte seinen quadratischen Schädel, der Deichsler an Frankenstein erinnerte.

Er hatte den Streit um den Golfplatz aus der Ferne mitbekommen, seine Mama hatte sich darüber echauffiert. »Reicht uns schon die Autobahn!«, hatte sie gebelfert. »Was brauchen wir in Dorfen auch noch einen Golfplatz?« Er wusste zwar nicht, was eine Autobahn mit einem Golfplatz zu tun hatte, aber es schien eine Angelegenheit zu sein, zu der jeder eine Meinung hatte. Und seine Mama, die Ratschkathl, von den Jungen Infopoint genannt, sowieso.

Grell hatte den Hof dem Golfclub verkauft, doch im Nachhinein waren ihm die Konditionen nicht mehr ganz so günstig erschienen, weswegen er vor Gericht gezogen war. Die Gegenseite wurde vom stellvertretenden Parteivorsitzenden der CSU, von Peter Gauweiler, vertreten, was verdeutlichte, mit wem es der Rinninger Bauer, wie Grell genannt wurde, zu tun hatte. Der Streit wurde mittlerweile im Dorfener Stadtrat ausgetragen, wo Landliste, Grüne und SPD gegen die CSU kämpften. Die Dorfener wiederum hatten sich im Mai letzten Jahres in einem Bürgerentscheid gegen die CSU und den Golfclub ausgesprochen.

»Und was wollte er bei euch?«

»Ich weiß es nicht. Er hat sich mit dem Nazi immer nur unter vier Augen unterhalten.«

Er gab ihr die Zeitung zurück. Kristel rollte sie wieder zusammen und schob sie zurück in die Jacke.

»Ich verstehe ja, dass Sie es gerade nicht leicht haben. Aber sind Sie sicher, dass Sie da nicht einen Unschuldigen verdächtigen?«

Kristels Augen blitzten ihn an. »Seine Schuhabdrücke hab ich hinterm Haus g'funden … Die Schandi hat das genauso wenig interessiert wie dich. Ich weiß wirklich nicht, ob du der Richtige für die Sach bist.«

»Ich versuche nur, mich dem Fall anzunähern.«

»Weißt, erst nehmen sie uns die Viecher …«

Deichsler schaute sich um, um sich zu vergewissern, dass er zuvor nicht halluziniert hatte. »Aber die Viecher sind doch da?«

»Nimmer lang. Morgen werden sie abg'holt. Weil wir sie vernachlässigt haben sollen. Tierschutz und so weiter.«

Für Deichsler sah es in dem Stall nicht anders aus als in dem Kuhstall seines Onkels Franz in Niederbayern, auf der Kothwies, bei dem er als Kind oft gewesen war. Gut, im weichgespülten Kindheitstagen-Rückblick waren die Kühe glücklicher, standen nicht in ihrer eigenen Scheiße. Und dass die Kälber von ihren Kühen getrennt und in viel zu kleine Boxen gepfercht wurden, war ihm damals auch nicht aufgefallen.

»Weil ihr die Kälber in die Boxen gesperrt habts?«

»Das macht man so, das hat mit Tierschutz nix zu tun«, tönte Kristel.

Stimmt, das hat mit Tierschutz nix zu tun.

»Den Hof kann ich allein eh nimmer halten.« Tränen rannen ihr übers Gesicht, als wollten sie an ihrer Stelle davonlaufen. »Das Einzige, was mir bleibt, ist meine Georgina.«

Ich bin nicht nur ein hundsmiserabler Vater, sondern auch noch ein Stoffel.

Deichsler sah sich nach David um. Da lehnte sich Kristel an ihn, er genoss die Nähe und legte den Arm um sie. Ihre Haare rochen nach Zimt. Gerade wollte er ihr über den Kopf streichen, als Steffi plötzlich vor ihm stand, an jeder Hand ein Kind.

»Ich glaub's ja nicht!«, fauchte sie. »Willst du noch ein Kind in die Welt setzen, um das du dich nicht kümmerst? Das wegen dir sein Leben nicht auf die Reihe kriegt?«

Das wegen dir sein Leben nicht auf die Reihe kriegt, tönte es in Deichslers Kopf. Er nahm seinen Arm von Kristels Schulter und wusste nicht, wie er ihren Blick deuten sollte.

3

Deichsler zog die Tür seines Wagens hinter sich zu und atmete erleichtert aus. Er war froh, von Steffi wegzukommen. Ein wenig zu schnell: Er hatte weder daran gedacht, sich nach Paul zu erkundigen, noch mit Kristel die Konditionen für den Fall auszuhandeln. Vielleicht wog für Steffi das eine das andere auf, da ihr Kristel nahezustehen schien. Was wohl mit Paul los war? Wenn Deichsler Grell vernommen hatte, würde er zurück zu Steffi fahren und sie befragen, was es mit Pauls Verschwinden auf sich hatte.

Deichsler fuhr durch ein Gewirr an Unterführungen, Brückenköpfen und Straßen, das sich durch das Isental zog. Zwischenzeitlich waren die Tunnel bewachsen mit Grün, das unter dem Schnee hervorspitzte, wirkten weniger zerstörerisch. Galliger Hass auf die Menschen, die diese einzigartige Natur vernichteten, breitete sich in ihm aus. Für eine Autobahn, deren Kosten von geplanten dreihundert Millionen auf mittlerweile eins Komma vier Milliarden gestiegen waren.

Macht euch die Erde untertan.

Was Pfarrer Mayer wohl dazu gesagt hätte? Für eine Autobahn haben sie Geld, für einen Golfplatz haben sie Geld, aber wenn es darum geht, Tiere menschenwürdig unterzubringen, ist auf einmal keines mehr da.

Habe ich menschenwürdig gedacht?

Deichsler war dankbar, als ihn David mit seinem verwaschenen »Flasche!« aus seinen trüben Gedanken riss. Er reichte ihm seine Flasche mit den rosa Feen nach hinten, und es kehrte Ruhe ein – zumindest äußerlich.

Ein Grog wäre jetzt eine feine Geschichte.

Er erreichte das Ortsschild Dorfen, setzte instinktiv den Blinker nach links, zur Straße seiner Eltern, fuhr aber weiter. Der Rinninger Hof lag am anderen Ende, hinter Dorfen, Richtung Taufkirchen.

Deichslers Wagen rollte durch das Isener Tor, an dem er vor einem Jahr Steffis Wagen demoliert hatte, als er sich mit der

Polizei eine Verfolgungsjagd geliefert hatte. Menschen huschten über den verschneiten viereckigen Marienplatz, versuchten, der Kälte zu entfliehen. An der großen Ampelkreuzung fuhr er links die Erdinger Straße den Berg hinauf, hoffte, als er an der Polizeistation vorbeikam, seinen Vater nicht zu treffen. Was sowieso eher unwahrscheinlich war, da der Kriminalhauptkommissar bei der Kripo in Erding arbeitete. Aber man wusste ja nie …

Am Ende des Berges konnte er die Kreuze des Friedhofs hinter der Mauer sehen. Ennio Morricones Filmmusik erklang, und Deichsler fischte sein Handy heraus. »Vater«, stand auf dem Display, bevor Deichsler den Anruf wegdrückte. Hinter dem Friedhof bog er erneut links ab und parkte am Rand der verschneiten Felder. Dann zog er den Buggy aus dem Kofferraum, klappte ihn auf und setzte den schnarchenden David hinein.

Auf der verschlungenen vereisten Straße ratterten sie zwischen gepflügten Äckern und mit Wintergerste bepflanzten Feldern nach Rinning hinunter. Grells Hof duckte sich in eine Talsenke. Dahinter erstreckte sich eine geschwungene weiße Wüste aus schneebedeckten Feldern und Wiesen. Wie geschaffen für einen Golfplatz. Nur dass die Landschaft dann nicht mehr allen, sondern nur noch einer kleinen, wohlhabenden Minderheit zugänglich war.

Willkommen im Land der Großkopferten!

Winterlicher Wind wälzte schwer beladene grauschwarze Wolken über den Himmel. Deichsler rechnete jeden Moment damit, dass dicke Flocken auf ihn und David herunterfielen. Er holte das Regenverdeck unter seinem Sohn hervor. Im Schutze einer Baumgruppe, die einen Weiher umsäumte, stoppte Deichsler und nahm sich eine Sekunde Zeit, um seinen rüsselnden Sohn zu betrachten. Der schmächtige Brustkorb hob und senkte sich unter der Jacke. Bei jedem Atemzug röchelte David, weil er, wie immer um diese Jahreszeit, verschnupft war. Deichsler erfüllte eine unbeschreibliche Liebe und Dankbarkeit, und er befestigte den Regenschutz am Buggy über seinem schlafenden Sohn.

Was trägt ein Vater dazu bei, dass das Leben seines Sohnes in geordneten Bahnen verläuft? Und was sind geordnete Bahnen überhaupt? Lernt man nicht viel mehr, wenn man die ausgetrampelten Pfade verlässt?

Wenn man sich einen Weg durch das Dickicht schlagen muss und so Erfahrungen und Kraft sammelt, sich beweisen kann?

Als wäre »beweisen« das Stichwort gewesen, ertönte ein Schuss. Deichsler duckte sich. Die Kugel schlug in einem Baum neben David ein. Er schob seinen Sohn schnell weiter, hinter die Bäume.

Welcher Irre schießt denn bitte auf ein Kind?

Gebückt wagte er sich aus der Deckung. Es krachte erneut, er ließ sich auf den Boden fallen, spürte einen Schmerz an seiner rechten Schulter. Der Stoff der Jacke war zerfetzt, Federn standen heraus, wurden vom Wind weggetragen. Deichsler fühlte sich wie ein gerupftes Huhn. Die Daunen um das Loch herum färbten sich rot. Hurtig ging er wieder in Deckung.

Soll ich David stehen lassen, mich anschleichen und den Schützen entwaffnen oder flüchten?

Der nächste Schuss verfehlte Deichsler nur knapp. David riss die Augen auf und fing zu brüllen an, dass der Regenschutz beschlug. Deichsler musste handeln. Er legte keinen Wert darauf, sich von Steffi eine Ladung Kugeln aus seinem Hintern pulen zu lassen. So wie es Erkan zuletzt ergangen war.

Wie kann ich dem Schützen zeigen, dass ich in friedlicher Absicht gekommen bin?

David war aus dem Alter heraus, in dem er ein Sabberlätzchen benötigte. Das kam also nicht als weiße Fahne in Frage.

Deichsler hob den Regenschutz an und drückte David die Flasche in die Hand. Der donnerte sie wütend auf den Boden. Da bemerkte Deichsler den Schirm und die Windel, die unter seinem Sohn in der Ablage lagen. Er drückte auf einen Knopf, und die Schirmstange schoss heraus. Die Windel breitete er aus und befestigte sie mit Hilfe der Klettverschlüsse an der Stange.

Batz! Die nächste Kugel schlug in der Eiche neben ihm ein.

Deichsler wendete den Buggy, um den Rückzug anzutreten, während die Windel in der Luft flatterte. Der eisige Wind betäubte die Schusswunde an der Schulter, kühlte seine verschwitzte Achsel. Deichsler kurvte mit David den Berg hinauf, der Buggy schlingerte, fuhr dahin, wo Deichsler nicht hinwollte.

Batz!, krachte es erneut.

4

Am Auto nahm Deichsler seinen plärrenden Sohn mit hochrotem Kopf aus dem Buggy und versuchte ihn mit einem sanften »Muh!« zu beruhigen. Weil ihm das nicht gelang, wurde aus der einzelnen Kuh eine ganze Muhherde, ehe er Erfolg hatte. Dann schälte er sich aus der zerfetzten Jacke, aus Pulli und Shirt und sprühte Desinfektionsspray aus dem Verbandskasten auf die blutende Wunde, um die sich eine Gänsehaut bildete.

David legte den Kopf schief, deutete auf seinen Papa und fragte in mitfühlendem Tonfall: »Mama Muh?«

Der schräge Blick seines Sohnes milderte den Schmerz und zauberte ein Lächeln auf die Lippen des Papas. David hatte damit die Kuh aus seinem Lieblingsbuch gemeint, die sich an einem Stacheldraht verletzte, weil sie ausreißen wollte.

»Bauer Papa batteriern?«, legte David noch einen drauf.

Da Deichsler keinen Bauern zur Hand hatte, der ihn reparieren konnte, musste er selbst Hand beziehungsweise einen Verband anlegen. Bis jetzt hatten die Daunen das Blut zuverlässig aufgesaugt. War das der Grund, warum man Hühner erst nach dem Schlachten rupfte? Vielleicht war die teure Jacke noch zu retten. Deichsler hatte es satt, seine Frau ständig wegen Geld für Anziehsachen anpumpen zu müssen. An dieser Tatsache änderte auch nichts, dass die nächste Jacke, die er kaufen würde, nicht mit gerupften Daunen gefüllt sein würde. Er rechnete fest mit Monikas Anruf, da morgen der fünfundsechzigste Geburtstag ihrer Mutter gefeiert werden würde. Mit gereimten Gedichten, Menü, Gesang und schlechten Witzen. Beim Griechen an der Freiheit in Fürth. Vermutlich hatte Monika sogar schon seinen Vater auf ihn angesetzt, ihn genötigt, seinen unverbesserlichen Sohn anzurufen und zu maßregeln.

David fand es lustig, nach dem herunterhängenden Verband zu greifen. Immer wieder verfehlte er ihn und kicherte. Irgendwann schaffte Deichsler es endlich, ihn sich um die Schulter zu wickeln, klebte ihn mit Leukoplast fest und streifte sich schlotternd seine Anziehsachen über. Weil er nichts zu trinken hatte und Davids Flasche leer war, schob er sich zwei Aspirin in den Mund und zerkaute sie. Ein bitterer Geschmack breitete sich aus. Würgend verfrachtete er David in den Kindersitz und brauste zurück zu Kristel. Er hoffte, dort auch Steffi anzutreffen.

In Gedanken sah er Paul vor sich: schemenhaft in einem düsteren Verlies zwischen zwielichtigen Gestalten. Er wusste nicht, wie er aussah, hatte er seinen Sohn doch noch nie zu Gesicht bekommen. War nach Kenia geflohen, als ihn die Enge der Provinz, die drohende Verantwortung als Vater und Steffis Umklammerung zu ersticken drohten. Danach war David zur Welt gekommen, mit ihm die Elternzeit und eine neue Verantwortung. Die er dankend annahm, vielleicht auch, um den Gedanken an Paul und das schlechte Gewissen zu verdrängen.

Um zu vermeiden, dass er auf seinen Vater oder seine Mutter traf, umfuhr er Dorfen. Paul und der Fall waren wichtiger als der Geburtstag seiner Schwiegermutter in Fürth, zu dessen Besuch ihn seine Eltern nötigen würden.

Die Dämmerung tauchte das Isental in ein trübes Licht. Und verschleierte damit die Verwüstung, welche die Autobahn hinterlassen hatte, die eines der letzten unberührten Täler Süddeutschlands unwiederbringlich zerstört hatte. Am Supermarkt, an dem ihm vor über einem Jahr Annamirl nach knapp zwanzig Jahren wiederbegegnet war, dachte er: *Wie es ihr wohl geht mit ihrem Stoffel Berni?*

Schon von Weitem sah Deichsler den Lastwagen mit seinem wuchtigen Anhänger auf Kristels Hof stehen. Die roten Lichter blinkten ihm unruhig entgegen. David schnarchte, sein Kinn war auf die Brust gefallen. Die Schießerei hatte ihn geschafft. Neben dem Laster standen zwei Audis und ein BMW kreuz und quer auf dem Hof.

In der Fahrschule geschlafen, oder was?

Die Reifen hatten aus Schnee und Erde einen braunen Pampf gemacht.

Also stellte er seinen Wagen an der Straße ab und kurbelte die Fensterscheibe hinunter, um seinen Sohn zu hören, falls er aufwachen würde. In der hereinbrechenden Dunkelheit sah er einen Burschen, dessen rasierten Schädel ein breiter Irokesenkamm teilte. Deichsler musste zweimal hinsehen, bis er glaubte, was er sah. Der Bursche, der zwei Köpfe größer war als Kristel und mit dem Rücken zu ihm stand, drehte ihr den Arm auf den Rücken.

Schön langsam komme ich mir vor wie im Wilden Westen. Kühe, Schießereien und Frauen, die meine Hilfe brauchen. Nur ein schlafendes Kleinkind passt irgendwie nicht in die Szenerie.

»Lassen Sie die Frau los!«, brüllte Deichsler in Cowboymanier und rannte auf die beiden zu.

Der Bursche drehte sich um, sah erschrocken zu ihm herüber. Über Kristels schmerzverzerrtem Gesicht, das rot war wie ihre Jacke, hingen ihre zerzausten schwarzen Haare. Als sie Deichsler entdeckte, entspannte sich ihr Gesicht ein wenig. Die Ärmel ihrer Jacke, die sie, als sie sich verabschiedet hatten, noch über die Daumen gezogen hatte, waren eingerissen.

Ist Luidingers Mörder gekommen, um Kristel aus dem Weg zu räumen? Um eine wichtige Zeugin zu beseitigen?

Der Bursche überlegte, was er tun sollte. Kristel loslassen oder auf den Angreifer losgehen?

Deichsler überlegte ebenfalls.

Pfefferspray oder kein Pfefferspray? Wenn's blöd läuft, erwischt's Kristel.

Er entschied sich gegen das Pfefferspray. Obwohl er sich mit seiner maladen Bandscheibe einer Schlägerei nicht gewachsen fühlte, rannte er auf den Burschen zu.

Der ließ Kristel los, positionierte sich in Kampfstellung, Beine fußbreit auseinander, und hob die Arme.

Deichsler stieß sich vom Boden ab und holte mit dem Bein aus: Ein Messer stach ihm in den Ischias, er stürzte wie ein abgeknallter Vogel zu Boden und krümmte sich im braunen Pampf.

Kristel nützte den Moment und haute dem Burschen in seinen Sack. Der blökte laut auf, fiel ebenfalls zu Boden und wand sich neben Deichsler im Schneematsch.

Tja, die Zeiten haben sich geändert. Heute wehren sich die Frauen selbst, und die Kerle liegen im Dreck.

Kristel reichte ihm die Hand und zog ihn hoch.

»Ahhh!«, entfuhr es Deichsler. Er stand da, als hätte er sich in die Hose gemacht, und strich sich über seine Hüfte.

»Vergelt's Gott«, sagte sie, und Deichsler wusste nicht, ob sie ihn verarschen wollte.

»Hat leicht sein können«, antwortete er, um irgendetwas zu sagen.

Der Bursche richtete sich ebenfalls auf.

Kristel hielt inne, horchte. »Freddie, ich glaub, dein Bub schreit.«

Sie hatte recht. David schrie nach seinem Papa. Der wollte gerade gehen, da kam sein eigener Vater um die Ecke: mit David auf dem Arm und einem Gewitter im Gesicht.

Er musterte erst seinen Sohn, der immer noch dastand, als hätte er sich in die Hose geschissen, dann den Burschen, der Kristel den Arm verdreht hatte. Schließlich ging er an Deichsler vorbei, als wäre er nicht vorhanden. »Kommissar Steuwer, was ist da los?«

Der Typ, der wohl ein Hilfssheriff war, klopfte sich verlegen den Schnee von der Kleidung. »Ich …«

»Was, ich?«, fuhr ihn Deichslers Vater an und schien den Anschiss sogar ein bisschen zu genießen.

Deichsler registrierte, dass sich sein Vater die Haare wieder schwarz färbte. Wahrscheinlich gefiel er der Mama so besser.

»Der Veterinär vom Landratsamt hat Hilfe angefordert«, stotterte der Bursche, »bei der Durchführung einer Amtsmaßnahme. Und weil ich und die Kollegin in der Nähe waren, in Lengdorf –«

»Beim Metzger, oder?«, fuhr ihn Deichslers Vater an.

»Jawohl!«

»Wie, jawohl? Ist jetzt Brotzeit oder nicht?« Er sah auf die Uhr. »Halbe sechse, ein bisserl spät für eine Leberkässemmel.«

»Ja, scho, der Leberkäs war auch schon kalt.«

»Und wo ist die Kollegin?«

»Die kümmert sich um des Kind von der Bissgurken da.«

»Ich geb dir gleich eine Bissgurken, du!«, schrie Kristel und fuhr ihre Hand aus.

Der Bursche hob seine schützend in die Höhe.

»Opa«, sagte David im selben Moment, und Kristel ließ die ausgefahrene Hand sinken.

Genau wie der Hilfssheriff.

»Und Sie beruhigen sich bitte mal«, sagte Deichslers Vater an Kristel gewandt.

»Ich beruhige mich überhaupt nicht, solang ich mein Kind nicht wiederhab.«

»Kommen S' mit mir mit.«

David streckte sich seinem Papa entgegen, der ihn aus den Armen seines Opas nahm. Deichsler schnüffelte. Hatte David die Hosen voll, oder war das der Misthaufen? Er lupfte den windelverpackten Hintern seines Sohnes vor sein Gesicht und nahm eine tiefe Nase, um sicherzugehen, dass es keine Bescherung gegeben hatte. Wahrscheinlich hatte David Hunger.

»Und was dich angeht, Freddie«, flüsterte ihm sein Vater ins Ohr, »du erklärst mir die ganze Sache nachher.«

Die Aufregung verging wie der Tag, und die vier begaben sich in der dichter werdenden Dunkelheit zum Stall.

Jetzt wurde Deichsler auch klar, warum sich Kristel so aufgeregt hatte. Vor dem Stall bog sich ihre brüllende Tochter Georgina in den Händen einer blutjungen Frau, die von einem Fuß auf den anderen tippelte, als wäre ihr der Boden zu heiß. Vor Deichslers Vater salutierte sie: »Hauptkommissar Deichsler!«

»Lassen S' den Krampf. Sie verlieren ja das Kind.«

Kristel nutzte den Moment, um nach Georgina zu greifen. So schnell konnte die junge Polizistin gar nicht schauen. Dafür schaute sie fragend Deichslers Vater an.

Mit dem Selberdenken habt ihr's nicht so bei der Polizei. Genauso wenig wie mit dem Hineinversetzen in andere Leute. Erst stirbt der Mann, dann werden ihr die Kühe genommen. Und dann nimmt man ihr auch noch die Tochter, als sie sich dagegen wehrt, dass ihr die Kühe genommen werden. Alles, was ihr noch bleibt, sind die Gina und der Hof – ohne Kühe.

Kristel sah den leuchtenden Rücklichtern des Viehtransporters hinterher, auf dem die letzten Kühe weggefahren wurden. Die Auspuffgase dampften im orangefarbenen Licht, in das sich vereinzelte Schneeflocken verirrten. Kristel, die sich beruhigt hatte, drückte Georgina an sich und streichelte ihr über den Kopf.

»Kristel, ich muss dich noch was fragen«, sagte Deichsler und bemerkte, dass er sie duzte, wie sie es mit ihm schon die ganze Zeit getan hatte.

»Ich brauche Sie hier nicht mehr«, sagte Deichslers Vater zu dem Burschen, der Kristel den Arm auf den Rücken gedreht hatte.

»Aber der …«, stotterte der Bursche und deutete auf Deichsler, »Widerstand …«

»Haben Sie mich nicht verstanden?«

Der Bursche nickte und hatschte schmollend mit seiner Kollegin zu einem der beiden Audis.

Jungvieh macht auch Mist.

»Und was dich angeht, Freddie«, drohte sein Vater mit erhobenem Zeigefinger.

Wie ich das liebe. Irgendwann schneide ich ihn dir ab.

»Du erklärst mir nachher, warum du nicht in Nürnberg bei der Monika bist. Morgen sollst du doch bei der Geburtstagsfeier von deiner Schwiegermutter in Fürth sein, oder?«

»Scho«, sagte Deichsler.

Sein Vater musterte ihn von oben bis unten, wie er es so gerne tat.

Deichsler packte diesen Blick genauso wenig wie den erhobenen Zeigefinger.

»Ich würde sagen, du kommst jetzt mit zu uns. Duschst dich.« Er sah sich die zerfetzte Jacke an. »Sagst mir, was los war, und alles wird gut.«

Diesen Scheißdreck, wenn ich den schon höre! »Alles wird gut.« Nix wird gut.

»Ich habe einen Fall zu klären, weswegen ich der Kristel noch ein paar dringende Fragen stellen muss.«

»Da gibt's nichts zu klären.« Die Stimme seines Vaters wurde lauter und nahm den Tonfall an, der dafür gesorgt hatte, dass Deichsler an einer Befehlsallergie litt.

Jetzt fehlt nur noch: Solange du deine Füße unter meinen Tisch …

Der gebieterische Blick seines Vaters wanderte zu Kristel

und von dort zu deren Tochter Georgina, die ihn mit großen Augen ansah. Er atmete tief ein. Fast versöhnlich sagte er: »Auch wenn der Vorfall natürlich tragisch ist. Aber wir haben die Sache untersucht.«

»Pfff, untersucht! Der Tod vom Nazi ist für euch doch bloß ein weiteres Aktenzeichen!«, polterte Kristel.

Deichslers Vater fuhr unbeirrt fort. »Es liegt kein Fremdverschulden vor. Selbst wenn da Fußabdrücke vom Grell hinterm Hof waren. Der hat nie abgestritten, in letzter Zeit mehrmals vor Ort gewesen zu sein. Und sein Alibi ist absolut wasserdicht.«

Wie ich diese Professionalität hasse, deswegen wollte ich nie Bulle werden.

»Das Ganze war ein Unfall, so leid es mir tut. Und ihr kommt jetzt mit«, sagte er an Deichsler und seinen Enkel gewandt.

»Was du machst, ist deine Sache«, sagte Deichsler. »Ich muss auch noch mal mit Steffi reden, wegen Paul.«

»Wegen Paul muss ich mich auch noch mit dir unterhalten. Und die Monika hat uns angerufen.«

»Und?«

»Morgen kommst du mit nach Fürth!«

Morgen ermittle ich weiter in dem Fall.

Er biss sich auf die Zunge. »Sag der Mama einen schönen Gruß. Wir sehen uns.«

5

Immer noch baff schaute Deichsler seinem Vater hinterher, wie er in den Audi stieg, vorbildlich kerzengerade.

Ich habe die Kristel gar nicht gefragt, ob es in Ordnung ist, dass wir bei ihr bleiben.

Kristel gähnte, stellte Georgina auf den Boden und schlurfte zum Wohnhaus hinüber.

»Lauter Vollpfosten«, sagte Deichsler.

»Vollposten«, piepste Georgina.

Kristel nickte nur. Ihr war das Lachen vergangen.

David sah seinen Papa an und sagte: »Opa, ciao?«

»Opa, ciao«, wiederholte Deichsler.

Georgina dackelte ihrer Mama hinterher, David Georgina.

Entenpolonaise der dicken Hintern.

Jetzt konnte auch Deichsler mitgehen, ohne ein schlechtes Gewissen zu haben. Wenn er den Mörder ihres Mannes finden sollte, musste er ihr noch einige Fragen stellen. Vielleicht wandelte sie durch den Mordverdacht die Trauer über den Tod ihres Mannes in Energie um? Möglich wäre es, und im Gegensatz zu seinem Vater wollte er den Verdacht immerhin überprüfen.

Im Flur des Wohnhauses empfing ihn Lavendelduft. Kristel streifte Georgina die Schuhe von den Füßen, David setzte sich daneben und glotzte seinen Vater auffordernd an.

»Kristel?«

»Passt scho. Komm rein.«

Für David hatte er alles eingepackt, aber seine eigenen Anziehsachen lagen zu Hause im Schrank.

David schob sich seine Plastikkuh in den Mund, sein Papa musste grinsen.

Vielleicht sollten wir dir doch Fleisch zum Essen geben.

»Kriegt dein Bub daheim nix zum Essen?« Ohne auf eine Antwort zu warten, fuhr Kristel fort: »Ich hab Hunger wie ein Bär.«

»Du hast aber auch gekämpft wie eine Bärin.«

»Willst was mitessen?«, fragte sie, als hätte sie Deichslers knurrenden Magen gehört.

»Wie wär's, wenn du dich hinsetzt, ich dir einen Tee mache und das Essen herrichte?«, schlug Deichsler vor und überlegte, ob er in ein Fettnäpfchen getreten war, weil ihn Kristel erstaunt ansah.

»Du bist schon komisch. Nicht richtig hatschen können, aber einen auf Ritter machen und dann auch noch kochen wollen.«

»Bei einem Bandscheibenvorfall ist Bewegung besser als Sitzen, sagt der Doktor.«

»Bandscheibenvorfall in deinem Alter?«

»Genau das richtige Alter.«

»Wennst meinst. Auch wenn ich mir nicht vorstellen kann, was Kochen mit Bewegung zu tun haben soll. Eigentlich musst nur die Suppen warm machen. Mehr gibt's eh nicht.«

Deichsler atmete auf. Zum Glück schien Kristel nicht die große Gastgeberin spielen zu wollen. Eine Gemüsesuppe war jetzt perfekt.

»Da ist das Brot drin.« Sie deutete auf einen Brotkasten und ließ sich in die Kissen der hölzernen Eckbank fallen, während David und Georgina kichernd eine Spielzeugkiste mit Holzklötzen ausräumten.

»Vollposten! Vollposten!«, wiederholte Georgina ständig, und David fiel lachend ein.

»Soll ich dir einen Tee machen?«, fragte Deichsler.

»Du kannst *uns* einen Tee machen. Steht alles im Schrank über dir.«

Deichsler öffnete die Tür und fand sich in einem Kräuterwald wieder. »Irgendwelche Wünsche?«

»Jetzt mach mal nicht so einen Aufriss«, sagte sie. »Was bist du eigentlich für ein seltsames Mannsbild?«

Wenn ich das wüsst.

»Rennst mit deinem Kind rum, kochst mir einen Tee und was zum Essen. Und was ist das eigentlich für eine G'schicht mit dem Geburtstag von deiner Schwiegermutter?«

Deichsler kruschte in den verschiedenen Teesorten nach einer Antwort: »Heiße Liebe«, »Kleine Sünde«. Gott sei Dank hatte er Kristel schon gefragt, welchen Tee sie wollte, sonst hätte er die Namen noch aussprechen müssen.

Die Suppe blubberte in dem großen Topf vor sich hin. Deichsler war nicht aufgefallen, dass er Kristel noch keine Antwort gegeben hatte. Er verteilte die Suppe.

»Pusten«, sagte er, und Georgina, die die glatten blonden Haare ihres Vaters geerbt hatte, wiederholte strahlend: »Pusten.«

»Jetzt zeig mal, was du draufhast«, sagte Kristel, und Deichsler pustete erst auf Davids, dann auf Georginas Suppe. Sie selbst hielt ihre Hand schützend über den Teller. »Ich mach das schon selber.«

David, den Kristel ebenfalls in einen Kinderstuhl gesetzt hatte, löffelte die Suppe gierig in sich hinein. Entweder hatten Kristel und ihr Mann zwei Kinder gehabt, oder ein zweites war in Arbeit gewesen. Oder sie war schwanger. Unauffällig ließ Deichsler seinen Löffel zu Boden fallen.

»Jaja, der kleine Freddie«, sagte sie trocken.

Von unten betrachtet sah ihr Bauch nicht sonderlich dick aus. Vielleicht stand sie noch am Anfang der Schwangerschaft, oder man sah sie ihr kaum an. Was beides tragisch wäre. Deichsler versuchte, sich aufzurichten. Hatte das Bücken schon wehgetan, tat es das Aufstehen erst recht. Er stöhnte.

»Hättst mich halt g'fragt«, sagte Kristel, als er mit schmerzverzerrtem Gesicht unter dem Tisch auftauchte.

Langsam wird mir die Frau unheimlich. Kann die hellsehen?

»Brauchst nicht schauen wie ein Schweiberl, wenn's blitzt. Ich hab doch g'sehen, wie du den Kindersitz inspiziert hast. Und nein, ich bin nicht schwanger.«

Deichsler setzte sich wieder hin, löffelte brav seine Suppe weiter. Als er fertig war, sah er vorsichtig auf, auf Kristels gelbe Zähne, die ihr Grinsen entblößte.

Kaffee oder Zigaretten? Egal, irgendwie passen sie zu ihrer direkten Art.

Zuerst hatte er noch gedacht, Kristel würde sich über ihn lustig machen, bis er realisierte, wo sie hinschaute. Zu David. Jetzt wusste er, warum sie grinste. David kaute, seine Augenlider sanken herunter, es schüttelte ihn, die Augenlider fuhren nach oben, und er kaute weiter an seinem Brot. Das Schauspiel wiederholte sich mehrmals.

Georgina saß daneben, sah David an und sagte: »Vollposten?«

»Ja, manchmal ist auch David ein kleiner Vollposten«, sagte Deichsler. »Aber meistens ist er mein Wuggel.«

»Pudel?«, fragte Georgina.

Deichsler lachte. Sicherheitshalber schob er Davids Teller beiseite. Nicht dass sein Sohn noch Kopf voraus in der Suppe landete.

»Hab ich scho kontrolliert, is leer«, sagte Kristel. »Wie unser Gästezimmer. Du kannst also deine angekündigte Befragung in Ruhe bei einem Glaserl Glühwein fortsetzen.« Sie sah Deichsler aus ihren rehbraunen Augen an.

»Ja, aber –«

»Du warst doch nicht wirklich scharf drauf, heute noch zu deinen Eltern zu fahren, oder? Und zu deiner Schwiegermutter schon gar nicht.«

Anstelle einer Antwort erhob sich Deichsler, hievte David aus dem Kindersitz und versuchte, sich den Schmerz in der Bandscheibe nicht anmerken zu lassen.

Kristel schnappte sich Georgina, und gemeinsam stiegen sie die Holztreppe nach oben.

In dem geräumigen Zimmer wartete ein Holzbett an der Wand auf sie, umstellt von Bildern, die nichts Gutes verhießen. Deichsler blieb vor einem Bild stehen.

Bin ich froh, dass David schläft.

»Hiobin heißt's«, sagte Kristel.

Deichsler überlegte, ob er sie richtig verstanden hatte. Hatte sie »I hob ihn«, also »Ich hab ihn«, gesagt? Was hatte sie damit gemeint?

»Hab ich g'malt, kurz nachdem ich vom Nazi seinem Tod erfahren hab. Immer wenn die Gina schon g'schlafen hat. Musst nicht sagen, dass es dir g'fällt.«

Also doch Hiobin. Die weibliche Form von Hiob.

Er legte David aufs Bett.

»Ich lass schon mal die Badewanne ein.«

Bevor Deichsler etwas erwidern konnte, war Kristel mit ihrer

Tochter aus dem Zimmer verschwunden. David war so platt, dass er nicht einmal murrte, als ihn sein Papa aus- und ihm eine frische Windel und den Schlafi anzog. Deichsler gab seinem Sohn einen Kuss, streichelte ihm über die lockigen Haare und legte ihn demütig ins Bett.

Wie gut es mir geht: Mein Sohn ist gesund, meine Frau lebt. Vielleicht können wir uns irgendwie zusammenraufen. Dann sollte ich allerdings morgen auf den Geburtstag ihrer Mutter gehen.

Als annehmbare Zwischenlösung tippte er eine knappe SMS an Monika. »Es geht uns gut. Kommen heute nicht nach Hause«

Shit, ich habe vergessen, Steffi anzurufen. Was, wenn Paul etwas zugestoßen ist?

»Die Badewanne ist fertig.«

»Äh?«

»Frische Sachen habe ich dir sicherheitshalber auch gleich hingelegt. Ich hoffe, dich stört's nicht, dass sie vom Nazi sind.«

Oh nein, nicht schon wieder! Aber hab ich eine andere Wahl?

Die Anziehsachen des ermordeten Kurbi hatten ihm kein Glück gebracht. Auch wenn sie sicher nicht schuld an den weiteren Morden gewesen waren. Ein komisches Gefühl hatte er trotzdem. Er hatte die pfiffige Kristel schon viel zu lieb gewonnen.

Die heiße Wanne würde seine Rückenschmerzen ein wenig lindern. Und danach gab es eine Ladung Leck-mich-am-Arsch-Tropfen, damit ihm die Welt zumindest ein paar Stunden am Hintern vorbeigehen konnte. Er hörte, wie Kristel nach unten stapfte, von wo es bald darauf nach Glühwein, Zimt und Nelken zu riechen begann.

Er ging ins Bad, zog die Tür zu, streifte sich das versaute Gewand vom Leib und vermied es, in den Spiegel zu sehen. Widerwillig glitt er in das heiße Wasser, das seltsam braun war, und fühlte sich schon weniger nackt. Er schloss die Augen, versuchte, das Bad zu genießen, was jedoch nicht funktionierte. Seine verletzte Schulter brannte.

Dem Vater geschieht es ganz recht, dass ich heute nicht mitgekommen bin. Er ist immerhin schuld, dass ich Wasser verabscheue wie die Kühe den Schlachthof.

Ein muhendes Kalb stand in einem reißenden Fluss. Mit aufgerissenen Augen starrte es Deichsler hilfesuchend an. Und weit und breit kein anderer Mensch, der ihm helfen konnte. Der Fluss stieg immer weiter an, das Wasser reichte dem verängstigten Tier bereits bis über den Bauch. Da kam Kristel angerannt, brüllte: »Du musst Paul helfen! Der ersauft sonst!« und übertönte damit den dröhnenden Fluss. Sofort kletterte Deichsler über die scharfkantigen Felsen am Ufer ins schäumende Wasser. Wurde mitgerissen, unter Wasser gezogen, ruderte mit den Armen, schaffte es kurzzeitig, sich wieder an die Oberfläche zu kämpfen. Dann sah er den Kopf des Kalbs namens Paul, seinen panischen Blick. Deichsler schluckte Wasser, hustete, schnappte nach Luft, es zog ihm die Brust zusammen, eiskaltes Wasser überall.

Prustend schoss er aus der Badewanne hoch. Die Schreie waren immer noch zu hören.

Mensch oder Tier? Zum Glück nicht David.

Er rieb sich die Augen. Das Badewasser war kalt, eine Gänsehaut überzog seinen Körper. Hastig trocknete er sich ab, schlüpfte in den weißen Bademantel, der an einem Haken hing, und verlor auf der Treppe den Gürtel.

Auf dem Wohnzimmertisch standen zwei Tassen und ein Krug mit Glühwein.

Kristel!

Keine Spur von Kristel. Er tastete nach dem Lichtschalter, tippelte barfuß durch den dunklen Gang, stolperte über ein Bobby Car. Horchte erneut, aber David war still. Die ängstlichen Schreie drangen immer noch bis ins Haus. Deichsler riss die Tür auf, hetzte die Treppe hinunter. Seine nackten Füße hinterließen Spuren in der dünnen Schneedecke. Vor ihm der verwaiste Stall und die Boxen für die Kälber, der Misthaufen, der jetzt nicht mehr dampfte, dahinter die Wiesen und Äcker. In der Ferne schoben sich die Lichter des letzten Zuges von München nach Mühldorf durch die Nacht.

Er folgte den Schreien bis hinter den Stall, raffte den Bademantel zusammen, wodurch ihm aber auch nicht wärmer wurde. Auf sein Pfefferspray würde er verzichten müssen, das war in seiner Jacke. Trotz der Kälte bekam er feuchte Hände. Wie er heute Nachmittag festgestellt hatte, würde er Kristel nicht helfen können, wenn sie in Gefahr war, nur weil er ein Mann war. Also schnappte er sich die Mistgabel, die an der Stallwand lehnte, und schlich zum verwaisten Pferdegatter. Die Schreie wurden immer durchdringender, Deichsler schüttelte es. Er legte einen Zahn zu, eine Katze huschte fauchend davon. Falls sich wie damals ein gefährlicher Mörder herumtrieb, war auch David in Gefahr.

Soll ich umkehren? Reicht es nicht schon, dass Paul verschollen ist?

Die Schreie wurden immer panischer, und Deichsler entschloss sich, nicht umzukehren. Am Pferdegatter stürmte ein breiter Schatten auf ihn zu, blieb abrupt stehen. Ein Schatten auf vier Beinen, mit großem Kopf und wedelndem Schwanz. Ein Kalb.

Deichsler streichelte über das Fell des Tierbabys, und es hörte auf zu schreien. »Warst du das, hast du deine Mama vermisst?« Er sah etwas auf dem Boden liegen, bückte sich vorsichtig, hob es auf und betrachtete es eingehend: ein Würfel aus gepressten Holzfasern, ein Grillanzünder. Offenbar hatte das Kalb seinen offen stehenden Bademantel bemerkt, denn Deichsler spürte die Auswirkungen seines Saugreflexes am eigenen Leib. Er ließ die Mistgabel fallen.

»Da schau her!«

Kristel stand hinter ihm. »Die Monika und du, ihr scheints euch ja gut zu verstehen.«

Deichsler steckte den Grillanzünder schnell in die Tasche des Bademantels, den er verschämt schloss. »Monika?«

»Ja, das Kalb heißt Monika.«

Er folgte Kristel zurück zum Haus. »Und was macht das noch hier?«

»Is abg'hauen, wie ich den Stall aufg'macht hab.«

»Und du hattest keine Angst, dass ihm was zustößt?«

»Besser als da, wo's hinkommen soll, wird's ihm da draußen auf alle Fälle gehen.«

»Hat aber ganz schön geschrien.«

Kristel zuckte mit den Schultern. »Wenn sie in die Iglus kommen –«

»Iglus?«

»In die Boxen, wo nur Kälber sind. Dann hörst das auch die ganze Zeit.«

»Warum?«

»Weil s' zu ihrer Mama wollen. Die ersten Tag kriegen s' zwar noch die Milch von ihr aus der Flasche, aber sehen tun sie sie nicht mehr. Danach gibt's nur noch Milchpulver.«

»Irgendwie wie abpumpen«, murmelte Deichsler. »Nur dass sie ihre Mama nicht sehen.«

»Geh schon mal rein, ich bring die Monika in ihre Box zurück.«

Also ist die Milch, die wir trinken, eigentlich für die Kälber bestimmt. Jetzt verstehe ich das erst.

Im Haus knisterte der Kachelofen, erfüllte es mit einer wohligen Wärme. Deichslers Glieder sogen sie auf, wurden schwer. David würde morgen wieder früh wach sein. Dem war es egal, dass sein Vater in der Badewanne eingeschlafen war und fast Oralsex mit einem Kalb gehabt hatte. Oder, besser gesagt, es mit ihm.

6

Als Deichsler erwachte, kitzelten ihn Sonnenstrahlen in der Nase. Er hatte keine Ahnung, wo er sich befand. Sein Blick fiel auf das düstere Bild, das Kristel gemalt hatte, und er wusste wieder, wo er war.

Wenn ein Tag schon so beginnt.

Die Ereignisse der letzten Nacht kamen ihm in den Sinn, und er tastete mit der Hand über die Matratze. David lag nicht mehr neben ihm. War er herausgefallen?

Deichsler setzte sich auf und sah sich um, aber keine Spur von seinem Sohn.

Luidingers Anziehsachen warteten noch immer auf dem Korbstuhl auf ihn, vor dem Bild der Hiobin. Deichslers Schusswunde an der Schulter brannte bei jeder Bewegung. Widerstrebend zog er das karierte Hemd und die Jeans an und ging die Treppe hinunter. Die Uhr zeigte zehn.

David kasperte mit Georgina auf dem Wohnzimmerteppich vor dem Kamin herum. Mit Löffeln rührten sie in einer Blechschüssel. Kristel saß am gedeckten Tisch, den Kopf in die Hände gestützt, einen Haufen Papier vor sich.

»Morgen, mein Wuggel!«, begrüßte Deichsler seinen Sohn erleichtert und hob ihn hoch.

»Vollposten!«, sagte Georgina und deutete auf David, der seinen Papa mit den Händen von sich stieß, weil er weiter mit seiner neuen Freundin spielen wollte. Weswegen ihn Deichsler auch wieder auf den Boden setzte.

»Ich hab gar nicht –«, sagte Deichsler.

»Kaffee?«, unterbrach ihn Kristel.

Deichsler nickte. Heute brauchte er einen Kaffee, da war es mit schwarzem Tee mit Milch und Zucker nicht getan. Kristel schien es nicht erwähnenswert, dass er nicht gehört hatte, wie sein Sohn aufgewacht war. Er griff nach dem Milchkännchen. Das Kalb Monika tauchte vor seinem inneren Auge auf, er hörte seine Schreie. Er stellte das tönerne Kännchen zurück, nippte am schwarzen Kaffee und schmierte sich dick Butter und Zwetschgenmus auf ein Brot.

Butter … Milch für die Kälber.

»Und? Hast dein Rendezvous scho verdaut?«, fragte Kristel, ohne von dem Papierstapel aufzusehen.

Da es sich für Deichsler mehr nach einer rhetorischen Frage anhörte, überging er sie. »Warum sind euch eigentlich die Viecher genommen worden?«

Kristel sah ihn durchdringend an, und er legte das Brot zurück auf den Teller. »Sie sagen, wir haben sie verkommen lassen.«

»Das heißt?«

»Entzündete Euter, laufende Nasen, verschimmeltes Futter.«

»Und?«

»Was und?«

»Stimmt das?«

»Ja und nein. Weißt, im Winter kann's scho passieren, dass sich die Euter entzünden.«

Gut ist das nicht für die Tiere. Aber die Monika hat pumperlgesund gewirkt. Oje, die Monika.

Sein Handy lag auf dem Bett mit überquellender Mailbox: Nachrichten von Mama, Vater, Monika, Monikas Vater undsoweiterundsofort. Im Gästezimmer lag es gut. »Und warum kann das passieren?«

»Weil wir den Odel nicht aufs Feld fahren dürfen, solang es g'friert. Woher der Katarrh bei den Viechern g'kommen ist, kann ich dir allerdings nicht sagen. Aber das Futter war auf keinen Fall verschimmelt, wir haben da immer ganz genau aufg'passt.«

»Trotzdem haben sie's als Begründung aufgeführt?«

»Da steht's, schwarz auf weiß.«

Deichsler nahm das Blatt, das sie ihm entgegenhielt, und las. Wirklich, dort stand es schwarz auf weiß. »Übrigens habe ich gestern versucht, den Gsell zu befragen.«

»Versucht?«

»Jemand hat auf mich geschossen.«

»G'schossen?« Kristel dachte nach. »Das bestätigt nur meine Vermutung, dass er was mit der Sach zu tun hat. Aber dass er gleich schießt …«

»Irgendwas ist da faul«, sagte Deichsler.

David kam herangedackelt und biss in das Zwetschgenmusbrot, das Deichsler jetzt wieder in der Hand hielt. Zurück blieb ein dunkelblauer Bart.

»Wer könnte denn noch daran interessiert sein, dass euch die Viecher genommen werden?«

Kristel zuckte mit den Schultern.

Kommen ihre breiten Schultern von dem ständigen Zucken?

»Darauf, dass uns die Viecher g'nommen werden, hat wahrscheinlich keiner spekuliert. Aber aufn Grund sind zurzeit alle scharf. Wegen der Biogasler und der Autobahn. Manche Bauern müssen mehrere Gemeinden abfahren, damit sie ihr Gras zammenkriegen.«

Deichsler erinnerte sich an einen Artikel, den er kürzlich gelesen hatte: Deutschland verlor täglich hundert Fußballfelder an Natur. In Bayern waren es zwei Quadratmeter – jede Sekunde!

Die Uhr schlug zehn Uhr dreißig.

Vielleicht sollte ich mal mit Vater über den Fall sprechen. Aber der wird mich notfalls mit Gewalt zum Geburtstag von Monikas Mutter schleppen. Wahrscheinlich steht er eh gleich vor der Tür.

David krabbelte wieder zu seiner Freundin, und Deichsler sah ihm hinterher.

Wie es dir wohl gehen würde, wenn sie dich von deiner Mama trennen würden?

»Ich kann schon auf ihn aufpassen, wenn du wegmusst«, sagte Kristel und band sich die Haare mit einem Gummi zusammen. »Sonst hab ich eh nix zu tun. Wenn dein Vater kommt, sage ich ihm einfach, dass ich nicht weiß, wo du hin bist. Die Viecher sind übrigens in Attaching beim Viehhändler.«

»Attaching, Attaching …«, sinnierte Deichsler.

»Bei Freising. Da, wo die dritte Startbahn gebaut werden soll.«

Deichsler hatte den Kampf der Attachinger gegen die dritte Startbahn aus der Ferne mitbekommen. Zwar hatten sich die Münchner in einem Bürgerentscheid dagegen ausgesprochen, aber vor Gericht hatten die Flughafenbetreiber und damit der Freistaat Bayern Recht bekommen. Der Bayerische Landtag hatte sogar eine Massenpetition abgelehnt, die zweiundachtzigtausend Menschen unterschrieben hatten.

Gelebte Demokratie.

Das Dorf Attaching steckte wie ein Stachel im Kopf des lang gezogenen Flughafens, inmitten weißer Äcker.

Wer ist bloß auf die depperte Idee gekommen, da einen Flughafen hinzubauen?

Am Ortseingang wurde er von einem Schild »Speisekartoffel ab Hof« begrüßt. Vor einem Einfamilienhaus, das so gar nicht nach Bauernhof aussah. Zwar tummelten sich im Garten Zwergkaninchen in einem Gehege, aber von anderen Tieren oder landwirtschaftlichem Gerät war nichts zu sehen.

Vielleicht gibt es deswegen nur eine Speisekartoffel.

Da er nicht wusste, wo genau er hinmusste, fuhr er weiter. Vor der abknickenden Vorfahrtsstraße überraschte ihn ein Dutzend kreisförmig angeordneter Steine im Schatten einer Kapelle. Wie Grabsteine wachten sie auf einer Grasfläche links der Straße. Das moderne Gotteshaus daneben wirkte wie ein Fremdkörper in der ländlichen Umgebung. Ganz anders als die gängigen zierlichen Kapellen, die man im Wald fand, aber zu schmächtig für eine Kirche. Das runde steinerne Hauptgebäude umarmte den Glockenturm, ging ohne Unterbrechung in ihn über. Die schiefen, sich aufeinander zuneigenden Dächer strahlten Würde, Fortschritt und Beharrlichkeit aus. Die Kapelle schien eine zärtliche Antwort auf die Bedrohung durch die dritte Startbahn zu sein.

Die meisten der großflächigen Anwesen am Straßenrand waren früher Bauernhöfe gewesen, was die Fruchtbarkeit der Gegend unterstrich. Einige waren renovierungsbedürftig mit pockennarbigen Fassaden, aber die meisten gut in Schuss, frisch gestrichen und mit gepflegten Gärten. Die Transparente an den Zäunen wirkten wie eine Dauerdemonstration. »Hier wird Attaching zerrissen«, stand auf einem. Quer über das Transparent war ein dicker schwarzer Riss gemalt. Zynischerweise war der Stoff wirklich eingerissen, die Zeit und der Wind hatten an ihm genagt. »Wir Attachinger wollen zusammenbleiben«, prangte in Weiß auf rotem Grund an einem Zaun vor einem dürren Gebüsch. Und immer wieder das Logo der Bürgerinitiative Attaching. Eine durchgestrichene Drei, aus kleinen Flugzeugen zusammengesetzt, in einem roten Kreis. Gegenüber dem Marktplatz mit dem blau-weißen Maibaum sagten die Attachinger mit einem Plakat mit rotem Herz »Danke München« für das Ergebnis des Bürgerentscheids. An der Pizzeria gegenüber unterhielt sich eine Gruppe Männer.

Wenn es läuft wie bei der Isentalautobahn, könnt ihr nackert durchs Dorf laufen, und die dritte Startbahn wird trotzdem gebaut.

Die letzten Häuser zogen an Deichsler vorüber, er ließ den Ort hinter sich. Am Horizont brausten Autos und Lastwägen an Solarzellen vorüber. Ein Rabe hüpfte über einen Acker, der Himmel verdunkelte sich. Das sonore Pfeifen der Fahrzeuge wurde nur von dem Triebwerk eines landenden Fliegers übertönt. Da entdeckte Deichsler das Schild »Viehhandel Passig«, das von der Dorfstraße weg wies. Er setzte den Blinker. Weiße Stecknadelköpfe prasselten vom Himmel und sammelten sich auf dem Scheibenwischer, den Deichsler nicht mehr betätigte, da er den Zündschlüssel zog.

Der Besitz des Viehhändlers ähnelte eher dem eines Fuhrunternehmens. Ein Lastwagen parkte neben dem anderen, die Kabinen rot, die Sattelzüge grau. In einer Ecke spritzte ein Arbeiter mit einem Dampfstrahler Lkws ab. Deichsler holte sein Handy aus der Tasche und stellte die Fotofunktion ein. Als er an den Anhängern vorrüberging, sah er Belüftungsschlitze, die jetzt verschlossen waren.

Auf der Autobahn sind die Belüftungsschlitze geöffnet, sodass die Tiere Luft kriegen.

Von den Tieren war weder etwas zu hören, noch zu sehen, aber es roch nach Kuhmist. Deichsler wollte wissen, ob Kristels Tiere hier waren. In einem Zustand, der eine Wegnahme legitimierte. Der Arbeiter in dem blauen Arbeitskittel hatte ihn bereits gesehen. Sein rotes Gesicht strahlte durch den trüben Wintertag zu Deichsler herüber. Da hatte Deichsler eine Idee. Er latschte zurück zum Wagen, in dem seit Monaten eine Wodkaflasche herumrollte, die ihm ein zufriedener Kunde geschenkt hatte. Neben einer neuen, noch verpackten Trinkflasche von David.

Gegen ein Schluckerl wird doch keiner was haben.

Er riss die Verpackung von Davids Flasche auf und packte sie samt Wodka in den Rucksack. So beladen ging er zu dem Arbeiter, der mit seinem Dampfstrahler mittlerweile das Ende des Anhängers bearbeitete.

»Ganz schön frisch heut, oder?«, fragte Deichsler, atmete aus, dass sich eine weiße Wolke vor seinem Mund bildete, und rieb sich die Hände.

»Das kannst laut sagen. Aber die Wägen müssen g'waschen werden, da kannst nix macha.«

»Aber ein bisserl aufwärmen von innen könnt ned schad'n, oder?« Deichsler spähte über den betonierten Platz mit den Lkws und zog den Wodka betont unauffällig aus dem Rucksack.

Der Arbeiter sah sich ebenfalls um.

»Der Luck bin i, servus«, sagte Deichsler und streckte dem Mann die Hand entgegen. »Ein Glaserl hätt ich auch dabei.«

»Alfons«, sagte der Arbeiter und vergaß, Deichsler die Hand zu geben.

Dieser holte nun auch Davids Flasche aus dem Rucksack hervor, schraubte den Aufsatz herunter und füllte sie bis oben hin mit Wodka.

Neugierig inspizierte Alfons die Flasche mit dem kleinen Affen, der an einer Liane hing und ihm zuwinkte.

Deichsler spürte förmlich, wie ihm das Wasser im Mund zusammenlief.

Alfons konnte den Blick nicht mehr von dem Affen an der Liane wenden, auch nicht, als Deichsler die Wodkaflasche im Rucksack verschwinden ließ. Seine Halsschlagader pumpte vor Freude. Mit dem Dampfstrahler spritzte er immer wieder Richtung Anhänger, wie um dadurch Druck abzubauen. Doch der Strahl ging ins Leere, weil er so auf die Flasche fixiert war.

»Wirklich saukalt heut. Fast wie in Sibirien«, sagte Deichsler, tat so, als würde er aus dem merkwürdigen Becher trinken, und schluckte.

»I weiß ned«, sagte Alfons und schaute sich wieder um.

Vermutlich war er schon öfter beim Trinken erwischt worden. Obwohl der Strahler ganz schön schwer sein musste, sah Deichsler, wie die fleischigen Hände des Mannes zu zittern begannen. Auch Alfons' Füße, die in schwarzen Gummistiefeln steckten, klapperten. Dann griff er zu. Schluckte gierig den Becher leer, der in seinen Händen flatterte. In seiner Gier war ihm entgangen, dass Deichsler keinen einzigen Tropfen getrunken hatte, sodass genug für ihn übrig war. Schon wurden seine Hände ruhiger.

Deichsler füllte nach, nahm den Becher und tat erneut so, als würde er trinken. »Wirklich brutal kalt.« Er gab ihn Alfons zurück.

Bei Alfons war jetzt jede Hemmung gefallen, er hatte sogar aufgehört, auf seinen Strahler zu drücken. Er kippte den Wodka hinunter, rülpste, leerte den Becher. »Guat's Zeug!«

»Sag einmal, Alfons, ihr habts doch auch Viecher?«

»Ja«, flötete Alfons. »Und ich bin das Oberviech.«

Sein Lachen entblößte riesige Eckzähne, Hauer, die Deichsler an einen Eber erinnerten. Aus Spaß an der Freud lachte er mit. »Und wie viel sind das?«

»Paar Hundert werden's scho sei.«

Deichsler pfiff durch die Zähne.

Alfons nickte mit dem Kopf in Richtung der Lastwägen, ohne dabei den Blick von Davids Trinkflasche zu nehmen. »Hinter denen.«

Ein Mann in kariertem Pullover kam um die Ecke. Der Schnee, der vom Himmel jagte, verschwand in seinen grauen Haaren, stach Deichsler ins Gesicht. Aus seiner Miene schloss Deichsler, dass er nicht sonderlich erfreut über Alfons' Trinkpause war. Also hatte er richtig vermutet. Kurz fühlte er sich schlecht, weil er Alfons' Krankheit für seine Zwecke missbraucht hatte, besann sich aber sogleich wieder auf seinen Fall.

Wenn der gwamberte Uhu nicht das Oberviech ist, weiß ich auch nicht.

Alfons bemerkte Deichslers Blick, obwohl er ziemlich angesoffen war. Er drehte sich um, wollte seinen Strahler ablegen, ohne den Becher loszulassen. Der kärgliche Rest Wodka tropfte hinunter, der Becher fiel scheppernd zu Boden. »Auweia, der Chef«, sagte Alfons und strich sich über die Stirn.

»Servus, Alfons, mach's guat«, sagte Deichsler und schlenderte in die entgegengesetzte Richtung davon.

»Ja, Alfons, sag einmal!«, hörte Deichsler das Oberviech hinter sich brüllen und schaute, dass er weiterkam und schnell um die Ecke bog. Die Wodkaflasche war halb leer und Alfons seinen Flattermann los. Seinem Ziel, Kristels Tiere zu inspizieren, war Deichsler keinen Schritt näher gekommen. Und jetzt, wo das Oberviech auf ihn aufmerksam geworden war, blieb ihm nicht mehr viel Zeit, um die Tiere zu fotografieren. Der Chef würde Alfons sicher über den Fremden ausquetschen.

Das wird nicht so einfach sein. Oans, zwoa, gsuffa.

Am Ende des Geländes entdeckte er eine längliche Halle. Die Seitenwände waren von Löchern durchsiebt, die Vorderseite durch herunterhängende Gitter verschlossen. Sie erinnerten Deichsler an ein Kettenhemd für Ritter. Eines der Gitter war nach oben gezogen, sodass er in den Stall zu den Rindern sehen konnte.

Schaut nicht anders aus als bei der Kristel aufm Hof. Außer dass es mehr Viecher sind.

Deichsler drehte sich um. Auch im Stall waren keine Arbeiter, und das Oberviech hatte anscheinend noch immer mit dem angesoffenen Alfons zu tun. Tausend Kuhaugen glotzten ihn an. Die Tiere waren abgemagert, ausgemergelt, fertig und krank. Vereinzelte Viecher muhten kraftlos, unförmige Luftblasen sammelten sich vor ihren geifernden Mäulern. Deichsler holte sein Handy heraus, rief ein bestimmtes Bild auf. Auf den gelben Plastikohrmarken von Kristels Kühen prangte »DE 09«, das Kürzel, das für Bayern stand, wie ihm Kristel erklärt hatte. Darunter die fortlaufende Nummer. Deichsler las Ohrmarke für Ohrmarke, suchte hektisch nach Kristels Tieren. Das rasende Oberviech würde nicht lange auf sich warten lassen. Er schritt die Reihen ab, hörte Ketten klirren, konnte nicht anders, als jeder Kuh in die Augen zu sehen. Da endlich hatte er die entsprechenden Nummern gefunden.

Aber das können nicht Kristels Viecher sein. Unmöglich, dass die in so kurzer Zeit so dermaßen abgebaut haben.

Die Rippen zeichneten sich ab, einigen Tieren hing Sabber am Maul. Deichsler fotografierte nicht nur die Tiere, sondern auch die Marken. Immer und immer wieder leuchtete der Blitz des Handys auf.

Das ist kein Stall, sondern ein Tierhospiz, das seinen Namen nicht verdient.

Ein Stier riss den Kopf in die Höhe, presste Luft aus seinen Nasenlöchern, kreiste den Kopf in der Luft, soweit es ihm das Schloss um den Hals und die daran befestigte Kette ermöglichten. Die Kette rasselte, der Schwanz wedelte hin und her, als bedrohe ihn eine Armee Fliegen. Das Viech fixierte Deichsler, schabte mit den Vorderhufen über das verdreckte Gitter, röhrte, streckte den Schädel nach vorn, dass sein Bauch sich streckte, schnaubte wütend.

So muss sich Luidinger kurz vor seinem Tod gefühlt haben.

7

Die Stimme des Oberviechs wurde lauter. »Wenn ich den da herin erwisch, dann zieh ich nicht nur dir dein Euter lang, Alfons.«

Deichslers einzige Möglichkeit war, sich unter die fertigen Tiere zu flüchten. Er schlüpfte zwischen die abgemagerten Leiber und ging in die Knie.

»Ja, servus, Bertl, was treibt dich denn zu uns? Haben s' dich aus deiner Tierverwertungsanstalt rausg'schmissen?«, hörte Deichsler das Oberviech, wagte kaum, von dem verschissenen, stinkenden Boden aufzusehen. Um ihn herum nur Tierhufe, einer davon an seinem Rücken. Stiefel klackerten heran, und Deichsler hob den Kopf. Das Oberviech umarmte einen Cowboy herzlich.

»Du im Stall?«, fragte der Fremde mit dunkler Stimme. Von unten sah Deichsler, wie er sich über die dicken Koteletten strich, die perfekt zu seinem hutbedeckten Eierkopf mit den schwarzen Haaren passten.

Elvis für Arme.

»So ein komischer Kerl hat sich bei uns rumtrieben und den Alfons bsuffa g'macht.«

Elvis lachte auf. Der wütende Bulle hatte sich zum Glück beruhigt und schnupperte am Hinterteil einer maladen Kuh.

Riechsalz für Gamsige.

»Der Alfons macht sich doch selber bsuffa, da braucht's keinen komischen Kerl dazu.«

Das Oberviech hielt Elvis Davids Trinkflasche unter die Nase.

Wenn David das sehen würde, wäre es aus mit dem Frieden.

»Affig«, sagte Elvis.

»Scho«, sagte das Oberviech, »geh ma«, und schaute sich noch einmal um.

Plötzlich hörte Deichsler es plätschern und spürte gleich darauf etwas Warmes auf seinem Rücken. Er richtete sich auf und drückte sich zwischen den warmen Kuhleibern hindurch.

Mir bleibt aber auch nix erspart. Vielleicht ist die flüssige Wärmepackung ja gut für meine Bandscheibe.

Hinkend wetzte er zum Auto. Von Alfons keine Spur, wahrscheinlich schlief er in einer Lastwagenkabine seinen Suri aus. Bevor er auf den Sitz seines Detektivautos kletterte, klopfte Deichsler den Mist notdürftig von seinen Anziehsachen und breitete eine Mülltüte auf dem Polster aus. Die hatte er immer dabei, falls bei David etwas in die Hose ging. Es reichte schon, dass sein Wagen wie eine Odelgrube stank, da musste er nicht auch noch die Sitze versauen. Mittlerweile roch er zwar gar nichts mehr, aber er wusste, dass eine Dusche unabdingbar war, Wasserphobie hin oder her.

So kann es nicht weitergehen. Ich muss etwas dagegen unternehmen. In Eigenregie oder mit fachlicher Unterstützung. Ob Vater dazu bereit ist, mit mir angeln zu gehen? Dann lass ich mich in den kalten Bach fallen, spiele einen Ertrinkenden. Und Vater rettet mich, einen erwachsenen Mann. An der gleichen Stelle, an der es geschehen ist.

Deichsler sah schon die Schaulustigen vor sich, wie sie sich daran aufgeilten, dass ein erwachsener Mann in die Isen platschte und sich herausholen ließ.

Auf der Fahrt von Attaching ins Isental überlegte er, ob er bei seinen Eltern übernachten sollte, die in Fürth den Geburtstag seiner Schwiegermutter feierten. Er hätte also das Haus für sich. Er mochte es nicht, jemandem zur Last zu fallen, und Kristel hatte wirklich andere Sorgen, als sich um David und ihn zu kümmern. Allerdings mochte er es ebenso wenig, der Predigt seines Vaters zuhören zu müssen, warum er nicht beim Geburtstag von Monikas Mutter gewesen war. Spätestens wenn sie aus Fürth zurückkehrten, würde das unvermeidbar sein.

Als er in den Hof einbog, wartete Kristel vor der Stalltür. Georgina und David waren nicht zu sehen.

Hat sie mich so vermisst?

Er legte die Plastiktüte zusammen und klopfte seine Jacke ab, was nichts an den braunen Schlieren änderte. Sollte er ihr eine Lüge auftischen oder die Wahrheit erzählen? Damit würde sie zwar an den Tod ihres Mannes erinnert werden, weil er unter ähnlichen Umständen gestorben war. Andererseits ging sie davon aus, dass es kein Unfall gewesen war. Auch wenn es immer häufiger vorkam, dass Bauern von einem ihrer Tiere auf die Hörner genommen wurden. Erst kürzlich hatte Deichsler von einer siebzigjährigen Bäuerin aus Bad Tölz gelesen, die leblos in ihrem Stall gefunden worden war. Auch bei Altötting war ein siebenundfünfzigjähriger Bauer auf der Weide von seinen Kühen totgetrampelt worden, als er sie in den Stall treiben wollte. Der bisher prominenteste Fall war der des Bauern in der Nähe von Köln, der von einem Stier auf die Hörner genommen worden war.

Damals hatte die Münchner Tierrechtsorganisation Animal Peace für Aufsehen gesorgt. Sie hatte den dreijährigen Bullen als Helden bezeichnet, der seinen »Sklavenhalter angegriffen und tödlich verletzt« habe, und sich verneigt vor dem »Helden der Freiheit. Mögen ihm viele weitere Rinder in den Aufstand der Geknechteten folgen«, hatten sie geschrieben.

Die Aussage war von der lüsternen Presse natürlich aufgegriffen worden wie ein blutiges Stück Fleisch von einem hungrigen Löwen. Andere Tierrechtsorganisationen wie PETA hatten sich daraufhin von Animal Peace distanziert.

Aber rächten sich die Tiere wirklich dafür, dass sie eingesperrt und ihnen oder ihren Frauen die Kälber, die Kinder genommen wurden? Nahm man das an, so billigte man dem Tier automatisch auch Emotionen und damit Empathiefähigkeit zu. Warum sollten Kühe nicht imstande sein zu leiden? Elefanten trauerten, wenn ein Tier aus ihrer Herde starb. Puten erröteten, so sensibel waren sie. Und Kühe standen in Gruppen beieinander, falls das denn ausnahmsweise möglich war, waren also durchaus soziale Wesen.

Deichsler entschied sich, Kristel die Wahrheit zu sagen. So würde er ihr zeigen, dass er sich trotz seiner Zweifel für die Lösung des Falls einsetzte. Während der Aufklärung den Kasperl zu spielen, daran hatte er sich seit der Begegnung mit dem Kalb gewöhnt.

Kristel stand mittlerweile nicht mehr auf dem Hof.

Also hat sie doch nicht auf mich gewartet.

Auch im Stall war sie nirgends zu sehen. Die Leere wirkte auf Deichsler beklemmend, zeugte von einem ungewollten Ende, obwohl das Leiden der Tiere vor Ort mit deren Abtransport ebenfalls beendet worden war. In diesen Mauern hatten Generationen Kühe gehalten, keineswegs immer zum Vorteil für die Tiere und deren Nachwuchs. Was hatte es für Luidinger bedeutet, als er erfuhr, dass ihm die Kühe genommen werden würden? Aufgrund von Vernachlässigung. Wie sehr musste er sich vor den anderen Bauern geschämt haben? Und dann war er an dem Ort gestorben, an dem er täglich stundenlang geschuftet hatte. Auch wenn Deichsler noch nicht wusste, wie sich sein Tod abgespielt hatte: Er hatte Frau und Kind zurückgelassen. Wie es Monika und David wohl ginge, hätte ihn der Stier des Viehhändlers aufgespießt?

Der Gedanke trieb ihm Tränen in die Augen, was ihn verwunderte. Er hatte lange nicht mehr geweint, dachte schon, es verlernt zu haben. Er beschloss, Monika heute Abend anzurufen.

Eine schwarze Katze huschte in den Stall gegenüber, dann erklang ein erfreuter Aufschrei aus der Richtung, in die sie verschwunden war. Deichsler folgte dem Tier. Inmitten des Stalls stand das Kalb Monika, umringt von David, Georgina und Kristel. Monikas Zunge fuhr über Davids Hand, der kicherte, dass seine schwarzen Locken wackelten.

Kristel drehte sich nur kurz um, als er den Stall betrat. »Ich dachte schon, der Veterinär kommt zurück«, sagte sie.

Der Veterinär …

David bemerkte seinen Papa und rannte auf ihn zu. »Papa!«

»Hallo, mein Wuggel. Hast du mit der Monika gespielt?«

»Mit Ina gepielt«, nuschelte David. »Muh Hand gescheckt.«

Kristel schnupperte demonstrativ. »Du passt ja richtig gut zu uns in den Kuhstall.« Dann hielt sie sich die Nase zu. »Du stinkst ganz schön.«

David, der Grimassenkönig, spitzte die Lippen und schnüffelte wie ein Schweinchen an seinem Papa. »Du tinkst!«

»Was? Du Schliffe!« Deichsler kitzelte seinen Sohn, der sich bog wie eine Banane. Georgina kam auf ihn zugerannt, um ihrem

Freund zu helfen. Deichsler sah kurz zu Kristel, die nickte, sodass er die beiden Kinder durchkitzelte, die sich schieflachten. Das Kalb Monika schaute derweil interessiert und bewegungslos zu ihnen herüber.

»Und, wie geht's dir?«, fragte Deichsler, als die beiden Kichererbsen verstummt waren.

»Wie soll's mir schon gehen?«, antwortete Kristel.

»Vielleicht sollte ich mich erst einmal duschen gehen«, sagte Deichsler.

»Ja, ja, ja«, sagte David, legte den Kopf schief und feixte. »Du tinkst.«

»Gut, dass du nie stinkst, mein Kleiner«, sagte Deichsler und kitzelte seinen Sohn ein letztes Mal, bevor er sich umdrehte.

»Wart mal, Freddie«, sagte Kristel und ging ihm hinterher. »Ihr zwei könnt ja weiter mit der Monika spielen.«

»Ja, Onika!«, schrie David und wackelte mit Georgina zu dem Kalb.

»Und, hast was herausg'funden?«

»Irgendwas ist da faul.«

»Sag ich doch.« Sie musterte ihn. »Was is dir eigentlich passiert?«

Deichsler trat von einem Fuß auf den anderen. »Investigative Recherche.«

»Im Stall vom Viehdantler? Hast schon wieder ein Rendezvous g'habt?« Sie grinste dreckig und schob ihre Lippen dabei trotzig nach vorne.

Erneut bemerkte Deichsler, dass die gelben Zähne irgendwie zu ihr passten. Er konnte nicht anders und musste ebenfalls grinsen. »Dieses Mal mit einem Stier.«

»Hab schon g'hört, dass du gern mal mit den Spinaterern, den schwulen Schuhplattlern, unterwegs bist. Was sagt eigentlich die Monika dazu?«

»Frag s' halt.«

»Ich soll deine Frau anrufen?«

»Ach so. Ich dachte, du meinst das Kalb.«

Der Geburtstag …

»Dein Vater war nicht g'rade begeistert, wie ich ihm g'sagt hab, dass du nicht da bist. Man könnte auch sagen, er war stinksauer.«

»Sauber, sauber«, tönte David hinter ihnen, der scheinbar alles mit angehört hatte.

»Wenigstens dein Sohn hat kapiert, was jetzt zu tun ist«, sagte Kristel und wies mit dem Kopf zur Tür.

Sie gingen vor den Stall. Es war immer noch frisch, Schneeflocken irrten zwischen ihnen umher.

Deichsler fiel ein, dass sein Handy lautlos gestellt war, und kramte es hervor.

Siebzehn Anrufe in Abwesenheit, aber keiner von Steffi. Er hörte die Nachrichten gar nicht erst ab. Stattdessen erzählte er Kristel von dem Treffen zwischen Elvis von der Tierverwertungsanstalt und dem Oberviech. »Ich glaube, die beiden haben was zu verheimlichen. Wahrscheinlich schachern sie sich gegenseitig Aufträge zu.«

»Gut möglich«, sagte Kristel. Ihr Atem roch nach Kaffee. Schwere Ringe hingen unter ihren Augen. »Ich glaub, mit dir hab ich eine gute Wahl g'troffen.« Sie gab ihm einen Schmatz auf die Wange, der sie mehr als ihn zu überraschen schien.

Deichsler schloss reflexartig die Augen.

»Du riechst wie ein richtiger Bauer.«

Ist das jetzt ein Kompliment oder ein Seitenhieb? Früher in der Schule wäre das eine brutale Beleidigung gewesen.

Da kam David mit gespitzten Lippen angerannt. »Wi auch! Wi auch!«

Deichsler ging in die Knie. Sein schmerzender Rücken erinnerte ihn daran, dass er nicht mehr in dem Alter war, in dem man Kühen zu Füßen liegen sollte. Er öffnete die Arme, und David gab ihm einen donnernden Kuss, dass sein Papa nach hinten kippte.

»Du bist ja ganz schön stürmisch, mein Kleiner«, frotzelte Kristel.

Deichsler tätschelte seinem Sohn den Po. »So, und jetzt geh zurück zur Georgina und zum Kalb. Die warten schon auf dich.« Tatsächlich muhte das Kalb in diesem Moment, als würde es ihn rufen.

Sollte er sich den unangenehmen Teil für später aufheben? Frisch geduscht, in sauberem Gewand? Er entschied sich dagegen, weil das bedeutet hätte, sich erneut seiner Wasserphobie zu stellen. »Du, Kristel?«

Sie warf ihre schwarzen Haare über die Schulter und sah ihn gespannt an. »Ja?«

Zur Unterstützung holte er sein Handy heraus, wischte die Anrufe in Abwesenheit vom Display und zeigte ihr die Fotos von ihren Kühen.

»Das sind nicht unsere Viecher!«, schoss es aus ihr heraus.

Deichsler vergrößerte die Ohrmarken.

»Unsere Marken? Komisch, man sieht einen Ausfluss unter den Nasen, wie ihn unsere Kühe g'habt hab'n.«

»Kann es vielleicht sein, dass ihr euch zu wenig um die Kühe gekümmert habts?« Schon als Deichsler die ersten Worte ausgesprochen hatte, wusste er, dass er dabei war, etwas Falsches zu sagen.

Kristels Miene verdüsterte sich wie der Himmel. Ein Sturm zog auf. »Hab ich mich deiner Meinung nach vielleicht auch zu wenig um meinen Mann g'kümmert?« Ihre Stimme wurde lauter, die Kinder spähten aus dem Stall. »So wie du dich zu wenig um deinen ersten Sohn, den Paul, gekümmert hast.« Kristels Halsschlagader pulsierte, ihr Mund stieß wütende Wolken in die kalte Luft.

Jetzt gehst du aber einen Schritt zu weit.

»Was geht dich Paul an?«

»Der Paul war in der Mordnacht aufm Hof.«

»Wie kommst denn auf so einen Schmarrn?«

»Komm mit!« Kristel zog ihn am Arm.

Deichsler schüttelte ihre Hand ab und drehte sich zu den Kindern, die Kristel egal zu sein schienen.

Sie hetzte zum Wohnhaus, sperrte auf und ließ die Tür sperrangelweit offen stehen.

Als Deichsler die Türschwelle erreicht hatte, kam sie herausgestürmt und wedelte vor seiner Nase mit einem schwarzen Stofffetzen herum, der an den Rändern ausgefranst war.

»Was ist das?«, fragte Deichsler. »Soll ich jetzt auch noch putzen?«

Kristel ignorierte seinen Seitenhieb. »Dein sauberer Sohn

ist in der Nacht aufm Hof g'sehen worden. Und das hat er verloren.« Mit einer ruckartigen Bewegung streckte sie ihm den Stofffetzen entgegen. Es war ein Aufnäher mit einem großen A mit Kreis drumherum. Über dem Balken des As stand ein L, darunter ein F.

ALF. Ist der Paul etwa ein Fan der Serie über den Außerirdischen, der gerne Katzen isst?

Um den Kreis herum stand: »SUPPORT THE ANIMAL LIBERATION FRONT«.

»Unterstütze die Tierbefreiungsbewegung«, flüsterte Deichsler kaum hörbar.

»Ich hab recherchiert. Das sind Extremisten, die zünden auch Bauernhöfe an.«

»Jetzt mach mal halblang, Kristel. Wir gehen immer noch von einem Unfall aus.«

»Wir? Bist jetzt doch wieder mit deinem Vater einer Meinung? Willst also gar nicht wissen, was das is, oder wie?« Sie warf ihm den Aufnäher, der nach Räucherstäbchen roch, ins Gesicht.

Deichsler war zu langsam, und der Stoff segelte zu Boden.

»Vielleicht hat der Paul ja den Nazi umg'bracht.«

»Jetzt reicht's aber, Kristel. So redest du nicht über meinen Sohn.« Deichsler hob den feuchten Aufnäher hoch und knetete ihn in der Hand.

»Den Sohn, den du nicht einmal kennst«, bohrte sie weiter und setzte ihren Finger auf Deichslers Brust, die immer enger wurde.

»Mir reicht's. Such dir gefälligst einen anderen Deppen!« Er steckte den Aufnäher ein, wetzte zurück in den Stall und schnappte sich Wechselklamottentasche und David, der wütend protestierte und sich in seinen Armen wand.

»Nein! Nein!« Er fing an zu weinen. Brüllte: »Ina! Ina!« Auch Georgina begann, nach David zu plärren.

Der Gesichtsausdruck von Kristel, die jetzt in der Stalltür stand, verhärtete sich immer mehr.

Deichsler drückte seinen Sohn, der sich mit Armen und Beinen dagegen wehrte, in den Kindersitz.

Wie ich das hasse. Und alles wegen dieser blöden Kuh!

»Ist schon gut, mein Wuggel.« Nach einer gefühlten Ewigkeit startete er den Wagen und gab Vollgas. Die Reifen drehten durch, dann raste er auf die Straße. Ein Lastwagen bretterte auf ihn zu, der Fahrer hupte, weil er nicht mehr bremsen konnte.

8

Mit zitternden Händen sperrte Deichsler den Wagen ab, David auf dem Arm. Das war gerade noch einmal gut gegangen. Hätte er den Wagen nicht ins Feld gelenkt, wären David und er jetzt Mus. Auf den Stufen, die eigentlich in den Tagwerk-Laden führen sollten, hielt er inne. An der quietschgelben Fassade hing zwar noch immer das blaue Tagwerk-Logo mit der Welle über dem Schriftzug, aber daneben prangte ein ebenfalls blaues Schild: »Powerplantape«.

Also ist Steffis Freund mit seinem Laden umgezogen und verkauft jetzt hier seine Kleidung aus fairem Handel, CDs und Bücher. Da ich mir schlecht ein Buch braten kann, bin ich hier wohl falsch.

Deichsler wollte schon umdrehen, da sah er durch die Glasscheibe, dass in den Regalen auch Schokolade, Wein, Chips und andere Lebensmittel warteten.

Vielleicht habe ich mich ja getäuscht.

Die Tür öffnete sich, er ging hinein, afrikanischer Hip-Hop begrüßte ihn. Erinnerte ihn daran, dass er, nachdem er Kurbis Mordfall gelöst hatte, eigentlich eine CD mit kenianischer Musik hatte kaufen wollen. Zur Erinnerung an seine dort verbrachte Zeit. Als er nach Kenia abgehauen war, war Steffi mit Paul schwanger gewesen. Er stellte David auf den Boden. Der typische Bioladengeruch nach Kräutern, Obst und Gemüse war verschwunden, der Raum wirkte jetzt größer, fast überdimensioniert. Über der mit Lebensmitteln gefüllten Kühltheke reihten sich Schallplattenhüllen, daneben drehte sich ein Plattenspieler.

Gewagte Kombination.

Kapuzenjacken hingen auf Ständern, Shirts und Socken lagen auf einem Tisch, grelle rot-gelbe Gesichter strahlten ihm von der Wand entgegen. David bewegte seine Arme im Takt der Musik und schwang seinen Windelhintern hin und her, weswegen Deichsler kurz lächeln musste. Davids Nase lief, Deichsler griff in seine Hosentasche und hatte den Aufnäher, der angeblich Paul gehören sollte, zwischen den Fingern. Er steckte ihn zurück, holte stattdessen ein Taschentuch heraus und putzte Davids Nase.

Vielleicht gibt es hier solche Aufnäher, und der Verkäufer kann mir sagen, ob Paul einen bei ihm gekauft hat. Vorstellbar wäre es.

Er sah sich um. Gegenüber an der Kasse, neben der Käse- und Fleischtheke, räumte eine Frau mit widerspenstigen Locken ihren geflochtenen Einkaufskorb aus. Sie ratschte mit Steffis Bekanntem, einem sehnigen jungen Mann mit dicker schwarzer Brille und verschlafenem Blick. Er hieß Matthias Brechter, wenn Deichsler sich richtig erinnerte. Was die Frau erzählte, schien sie selbst mehr als ihn zu interessieren.

»Der Luidinger soll bei einer Psychologin g'wesen sein«, flüsterte die Kundin um Aufmerksamkeit heischend. »Ich hab ihn mal g'sehen. Z' Arding, am Krankenhaus.«

Deichsler begann, im Regal nach der veganen Nirwana-Schokolade mit Trüffeln zu suchen. Wenn David und er das Nirwana schon enttäuscht hatten, sollten sie ihm zumindest kulinarisch ein Opfer bringen. Da er nicht fündig wurde, beschloss er, mit einer anderen veganen Schokolade vorliebzunehmen.

»Beim Frühbeis Jack und beim Ismair Ade soll er auch öfter g'wesen sein«, gschaftelte die Kundin. »Und denen haben s' auch ihre Viecher g'nommen.«

Deichsler ging zur Kühltheke an der Wand, um den Tratsch besser verstehen zu können. David tanzte ihm poposchwingend hinterher.

»Eine Schande ist das, wie die mit dem Erbe von ihren Eltern umgehen«, sagte die Frau, die ihre Sachen jetzt in eine mitgebrachte Tasche packte.

»Mir tun vor allem die Kristel und ihr Zwack leid. Der ist ja g'rade einmal eineinhalb Jahr alt«, sagte Matthias.

Die Kundin nickte. »Zwei.«

Du machst der Mama ernst zu nehmende Konkurrenz mit deinem Detailwissen. Big Ratschkathl is watching you.

Deichsler legte Soße, Seitan, Knödelteig und Salat in den Einkaufskorb. Er musste zu Kräften kommen, ein gutes Essen würde dabei helfen. Und wenn etwas Power gab, dann ein Seitanschnitzel.

Power! Kannst nicht einfach Kraft sagen?, hörte Deichsler die Stimme seines Vaters, der glücklicherweise auf dem Geburtstag seiner Schwiegermutter in Fürth war. Nicht ohne Schadenfreude sah er ihn vor sich. Wie er sich für seinen Sohn fremdschämte und beim Griechen an der Fürther Freiheit verlegen Zaziki und Gyros in sich hineinschaufelte. Nur die Mama tat ihm leid, der wiederum wahrscheinlich die Monika und ihre Mama leidtaten, weil ihr Mann, der Schwiegersohn, und vor allem ihr Sohn David nicht da waren.

Hoffentlich übernachten die in Fürth.

Als sich die Tür hinter der Kundin mit den aufgeschreckten Locken schloss, atmete Matthias erleichtert aus.

»Ganz schön anstrengend manchmal, hah?«

»Das können S' laut sagen.«

»Die vegane Nirwana-Schokolade haben Sie nicht, oder?«

Matthias kam hinter der Theke hervor, sah im Regal nach und schüttelte den Kopf. »Tut mir leid. Aber Sie haben ja eh schon eine andere gefunden.« Sein Blick wanderte zu dem Klamotten-Bereich, wo David auf dem Boden saß.

Er hatte seine Schuhe ausgezogen und streifte sich gerade den zweiten von einem Paar weinroter Socken über. Die Zunge hing ihm dabei halb aus dem Mund.

»Brauchst neue Socken?«, fragte Matthias.

»Socken tinken«, sagte David, und die beiden Erwachsenen lachten.

»Haben Sie irgendwas von ALF?«, fragte Deichsler.

»Von ALF?« Matthias lachte erneut. »Da werden S' am Unteren Markt in der Buchhandlung von der Rita Elas mehr Glück haben.«

»Ich meinte nicht den Außerirdischen, sondern die Animal Liberation Front.« Deichsler war unsicher, ob in Matthias' Augen etwas aufblitzte.

»Nein, da muss ich Sie leider enttäuschen.«

Soll ich ihn nach Paul fragen?

»Kennen Sie den Paul?«

»Paul wie?«

»Den Sohn von der Steffi?«

»Wer will das wissen?«

Plötzlich steckte ein Stein in Deichslers Hals und ging auf wie

Bauschaum. Deichsler zahlte, ohne zu antworten, zog David die Socken von den Füßen und griff nach dessen Schuhen. Dann verließ er den Laden, seinen strampelnden und brüllenden Sohn im Arm.

Eine junge Frau mit roten Dreadlocks und einem Lippenpiercing betrat gerade das Geschäft und sah ihn aus großen Augen verständnislos an.

Deichsler kümmerte sich nicht weiter um sie und packte David in den Kindersitz im Auto.

Am Haus seiner Eltern, in einer Reihenhaussiedlung am Rande von Dorfen, hatte sich David wieder beruhigt. Deichsler nahm ihn bei der Hand, schnappte sich die Einkaufstüte und ging an den zu Kugeln geschnittenen Buchsbäumen vorbei ins Haus. Der mit einer Zeitschaltuhr versehene Bewegungsmelder leuchtete in der Dunkelheit.

»Opa, Oma da?«, fragte David und breitete die Arme aus, die Handflächen fragend nach oben gerichtet.

»Nein, David«, sagte Deichsler und schob seinen Sohn in die Küche, wo er den Einkauf auspackte.

Paul ist an Luidingers Todestag auf dem Hof gewesen, hat die Kristel gesagt. Ob der ALF-Aufnäher wirklich ihm gehört?

Er stellte David auf einen Plastikschemel, den seine Eltern eigens für ihren Enkel angeschafft hatten, krempelte ihm die Ärmel hoch und wusch ihm die Hände. Anschließend reinigte er seine eigenen Hände, was er nach dem Stallbesuch längst hätte tun sollen, und stach mit dem Messer in die Packung mit dem Knödelteig. Er rutschte ab, und die Klinge fuhr in seinen Finger.

»Aua!«, sagte David.

Deichsler zog die Hand zurück.

Luidinger soll bei einer Psychologin in Erding gewesen sein. Und bei zwei Bauern, denen die Viecher auch genommen worden sind. Ich sag ja, da ist was faul!

Er verarztete seinen Finger mit einem Heftpflaster, formte aus einem Teil des Teiges einen Knödel und legte ihn auf einen Teller. »Das ist ein Knödel, David.«

»Klo?«

»Du musst aufs Klo?«

David schüttelte den Kopf. »Klo«, wiederholte er und deutete auf den Knödel.

Jetzt schüttelte Deichsler den Kopf »Nein, Knödel.«

»Klo!«

»Ach, Kloß meinst du.«

Du bist ja schon wie deine Mama. Ich sag Knödel, sie sagt Kloß. Ich sag Rote Rüben, sie sagt Rote Beete. Wenn es zwei Menschen aus dem gleichen Bundesland, was viele Franken natürlich nicht so sehen, weil Franken ihrer Meinung nach nicht Bayern ist, so ergeht, wie ergeht es erst Menschen aus zwei gänzlich unterschiedlichen Kulturen? Da sind Missverständnisse doch vorprogrammiert.

Deichsler formte einen weiteren Knödel und ließ ihn aus großer Höhe auf den Teller klatschen.

Wenn das die Mama mitbekommen hätte: »Mit Essen spielt man nicht!«

David kicherte, legte seinen Kopf schief, griff nach dem Kloß und warf ihn in die Luft, sodass er platschend auf der Küchenplatte landete. Auch wenn Deichsler, seitdem er in Kenia gewesen war, großen Respekt vor dem Essen hatte und diesen auch David zu vermitteln versuchte, überkam ihn eine seltsam ausgelassene Stimmung. Er griff in den Teig, bastelte zwei weitere Kugeln und begann, mit drei Knödeln zu jonglieren. David versuchte, es ihm nachzumachen. Ein Kloß nach dem anderen dotzte auf den Boden und mutierte zu einem hellen Fladen.

Irgendwann stand dann doch das Essen auf dem Tisch. Knödel und Schnitzel dampften, der Salat war angemacht. Deichsler schenkte sich ein Weißbier ein und schnitt David das Essen in kleine Häppchen. Es mundete köstlich!

David schien von der Landluft und dem Spielen mit seiner neuen Freundin so erledigt zu sein, dass ihm unmittelbar nach dem Essen das Kinn auf die Brust fiel. Wie seinem Papa, der stinkend und erschöpft neben seinem Sohn im Ehebett seiner Eltern eindöste.

»Ich glaub's einfach nicht!«

Deichsler schreckte hoch, sah nur verschwommen. War das

wirklich die Stimme seines Vaters gewesen? Er rieb sich die Augen.

»Schau, dass du rauskommst aus meinem Bett!«, brüllte Deichsler senior, der in der Tür stand.

»*Unser* Bett, Fred, *unser* Bett«, versuchte Deichslers Mama zu beschwichtigen.

David gab einen spitzen Schrei von sich, Deichsler legte ihm die Hand auf den Bauch, und sein Sohn schlummerte weiter. »Ich steh ja schon auf«, grummelte er.

»Und dusch dich, du Sau«, sagte sein Vater, als er sich an ihm vorbeischob. »Und wie's in der Küche ausschaut!«

»Pssst, du weckst noch den David auf«, flüsterte seine Mama und ging zu ihrem Enkel ins Schlafzimmer.

Deichsler flüchtete ins Badezimmer, wo er sich kaum wohler fühlte als in Gegenwart seines Erzeugers, und schloss die Tür.

»Beeil dich. Ich muss mit dir reden und will auch irgendwann ins Bett!«, polterte sein Vater auf dem Flur.

Als Deichsler nach dem Duschen ins Erdgeschoss ging, hörte er, wie Angela Merkel eine Rede hielt, die von einer Schnarchsymphonie seines Vaters untermalt wurde. Erleichtert atmete er auf.

War wohl nix mit Reden. Soll ich jetzt gleich fahren, was David und der Mama gegenüber nicht sonderlich fair wäre, oder erst morgen früh? Vielleicht kann mir der Alte noch was zu dem Fall sagen, nach der Standpauke.

Auf einmal stand seine Mutter hinter ihm. »Weißt, Freddie, ist ja schön, dass ihr da seids«, sie berührte ihn leicht an der Schulter, »aber ein bisserl aufräumen hätts schon können in der Küch. Da schaut's ja aus wie auf einem Schlachtfeld.«

»Wenn ich nicht eingeschlafen wäre, hätte ich es gemacht.«

»Wirklich furchtbar, was mit dem Luidinger passiert ist«, sagte sie gedankenverloren. »Jetzt geh ins Bett, bist ja ganz käsig.«

Deichsler legte sich ins Gästezimmer, das seine Eltern eingerichtet hatten, nachdem er den Mord an Kurbi gelöst hatte, und schlief sofort ein. David durfte bei Oma und Opa weiterrüsseln.

»Freddie! Aufsteh'n!«

Lass mir bloß meine Ruhe.

Deichsler zog sich die Bettdecke über den Kopf. Auf ein Déjà-vu aus seiner Schulzeit hatte er überhaupt keine Lust.

»Du fauler Hund, steh auf!«

Vater, charmant wie immer.

»Wir müssen reden!«

Paul! Kristel hat gestern was davon erzählt, dass Paul in der Nacht auf dem Hof war, als der Luidinger starb.

»Komm ja schon.« Deichsler zog Luidingers Hose an, schnüffelte, zog sie wieder aus. »Vater?«

»Ich leg dir was raus.«

»Ist der David schon wach?«

»Den hat die Mama schon in der Reißen.«

Deichsler streifte sich Hemd und Pullunder seines Vaters über. *Ziemlich old fashioned.*

Beim Hinuntergehen musste er grinsen. Er erinnerte sich daran, wie er sich bei seinem letzten Fall als sein Vater ausgegeben hatte. Aus der Küche duftete es nach Kaffee und frischen Semmeln. Seine Mama hatte den Tisch in der Küche gedeckt.

»Na, Wuggel.« Er drückte David einen Kuss auf die Wange.

»Papa pieks!«

»Rasieren könntest dich wirklich mal wieder«, sagte seine Mutter vorwurfsvoll.

Sein Vater setzte sich an den Tisch, schenkte sich Kaffee ein, Deichsler hielt ihm seine Tasse hin.

»Keine Negerbrühe mehr?«

Du musst es mir nicht immer beweisen, dass du ein Hinterwäldler bist. Nein, ich mag gerade keinen Tee mit Milch und Zucker, wie ich ihn in Kenia immer getrunken habe.

»Vati!«, kam ihm seine Mutter zuvor.

»Is ja schon gut.«

Deichsler nahm einen Schluck vom Kaffee: schwarz und bitter. »Du hast doch den Tod vom Luidinger untersucht, oder?«

»Ich geh mit dem David mal rüber«, sagte seine Mutter und verschwand im Wohnzimmer.

»Die Kollegen von der KTU haben schon was g'funden.«

»DNA vom Paul? Die Kristel sagt, er war in der Nacht, wo der Luidinger gestorben ist, auf dem Hof. Sie hat mir was gegeben, was von ihm sein soll.«

»Der Paul hat zwar so einiges auf dem Kerbholz, aber DNA haben wir noch keine von ihm. Unter dem Luidinger seinen Fingernägeln haben s' DNA von dem Stier gefunden.«

»Was heißt das: Paul hat so einiges auf dem Kerbholz?« Deichsler legte die angebissene Semmel zurück auf den Teller. Einen auf großen Moralapostel machen, keine Milch trinken, weil die Kälber deswegen den Müttern genommen wurden, aber nicht einmal wissen, was mit seinem Sohn los war, so einer war er nämlich, wenn er ehrlich war.

»Wie der Paul schon ausschaut.«

»Was ist denn das wieder für ein Schmarrn!«, regte sich Deichsler auf. »Aufgrund deiner Arbeit müsstest du eigentlich wissen, dass man vom Aussehen nicht auf einen Straftäter schließen kann.«

»Und was ist mit den Türken, die ihre Frauen schlagen?«

»Ist der Mann von der Annamirl, der Berni, vielleicht ein Türke?«

»Wenn ich sehe, dass die türkischen Frauen mit ihren Kopftüchern drei Tüten schleppen müssen und die Männer mit den Händen in den Hosentaschen hintennachlaufen, krieg ich schon zu viel.«

Jetzt machen wir einen Test.

»Papa, wo ist eigentlich der Zucker?«

Deichslers Vater dachte nach und wischte seine Unwissenheit mit einer Handbewegung weg.

Und du weißt nicht einmal, wo in deiner eigenen Küche der Zucker steht.

»Was weißt du schon von meiner Arbeit!«

»Wenig, aber deswegen reden wir ja. Also, was ist mit dem Paul?«

Deichslers Eingeständnis schien seinem Vater zu gefallen. »Weißt, weil du mir damals mein Handy und den Dienstausweis weggenommen hast, darf ich mir heute noch blöde Sprüche von den Kollegen anhören.«

»Aber ich hab dir doch beides zurückgegeben.«

»Ja, nachdem ich dich dreimal dran erinnert habe. Hättest dich mal g'scheit um deinen Sohn g'kümmert.«

Deichsler hörte David aus dem Wohnzimmer schreien. »Mama, alles in Ordnung bei euch?«

»Bassd scho. Unterhalte du dich ruhig weiter mit dem Vati.«

»Wie der schon ausschaut, der Paul.«

»Jetzt fängst schon wieder damit an.«

»Der kann sich nicht einmal kämmen. Genau wie seine Freundin, die Merle.«

»Als wenn das was zu sagen hätte. Ich sag nur: Kurbis Mörder. Den habts alle gern gehabt. Der war im Trachtenverein und in der CSU, so wie es sich gehört.«

»Ist ja scho gut. Aber die Freunde vom Paul …«

»Was hat er denn für Freunde?«

»Den Erkan und den Mirko. Beide wohnen illegal in ihren Bauwagen, und der eine ist auch noch …«

»Ja, sag's ruhig.«

»Du weißt scho.«

»Hast Angst, dass du selber schwul wirst, wenn du das Wort aussprichst, oder was?«

»Freddie, jetzt red bitte nicht so mit deinem Vater«, tönte es aus dem Wohnzimmer.

»Schwul!«, rief Deichsler provokativ.

Da kam David grinsend angedackelt. »Wul! Wul!« Er freute sich, ein neues Wort gelernt zu haben.

»Ja, fast, mein Großer«, sagte Deichsler und streichelte ihm über die Haare. »Schwul, so heißt's richtig. Und Moslem ist er auch noch, der Erkan. Da wird's dann schon ein bisserl schwierig bei zwei Männern. Wer soll deiner Meinung nach in so einer Beziehung dann wen schlagen?«

Das Blut wollte das Gesicht von Deichslers Vater überhaupt nicht mehr verlassen. »Außerdem ist Paul bei Ackern in einen Hühnerstall rein und hat Hendl g'stohlen.«

»In einen Hühnerstall?«

»Ja, in einen Privathof von der Firma Rasengut.«

»Ist er erwischt worden?«

»Dein Sohn kann sich nimmer kämmen, weil seine Haare so verfilzt sind, und ein Gewalttäter ist er auch.«

»Ist er erwischt worden?«, wiederholte Deichsler nachdrücklich seine Frage und biss sich auf die Lippe.

»Im Hühnerhof, ja«, sagte sein Vater kleinlaut und schob lauter hinterher: »… und ein Gewalttäter ist er auch.«

»Was hat er denn gemacht?«, fragte Deichsler leise.

»Ich weiß es nicht genau, ein Kollege hat's mir gesagt. Aber ich werde nachschauen. Darauf kannst du dich verlassen.«

»Den Gewalttäter-Scheiß glaube ich erst, wenn ich Beweise hab.«

Wie ignorant bin ich eigentlich die letzten achtzehn Jahre durchs Leben gelaufen? Mein Sohn ein Hühnerdieb und Gewalttäter? Kristel und der Papa haben schon recht, ich weiß nicht einmal, wie er ausschaut.

»Papa, ich muss die Unschuld von Paul beweisen.«

»Wir gehen immer noch davon aus, dass der Luidinger durch einen Unfall gestorben ist, dass ihn der Zuchtstier auf die Hörner genommen hat.«

So viel Loyalität deinem unehelichen Enkel gegenüber hätte ich dir gar nicht zugetraut.

»Aber das, was du mir gerade erzählt hast, lässt die Sache natürlich anders ausschauen«, fuhr sein Vater fort.

Ich Volldepp! Wenn die Steffi das erfährt. Ich habe meinen eigenen Sohn ans Messer geliefert.

»Anders lernt's der nicht.«

»Du glaubst doch nicht, dass dein Enkel den Luidinger umgebracht hat, Papa?«

»Was ich glaube oder nicht, das zählt nicht. Wir müssen jeder Spur nachgehen. Der Fall wird neu aufgerollt.«

Deichsler erhob sich, zog sich seine angeschossene Jacke zu schnell über die verletzte Schulter, zuckte vor Schmerz zusammen und stürmte aus dem Haus. Er hätte große Lust gehabt, David auch gleich einzupacken, aber so konnte er ungestörter arbeiten.

Mein Sohn ein Mörder?

9

Er sprang ins Auto und schlug auf das Lenkrad ein, dass der Wagen wackelte. Als er aus dem Seitenfenster schaute, sah er einen kleinen Bub, der ihn mit weit aufgerissenen Augen beobachtete. Deichsler kurbelte das Fenster herunter und zischte: »Schleich dich, sonst fress ich dich!«

Der Junge schnappte sein Laufrad und wetzte davon, ohne sich noch einmal umzusehen.

Irgendwas stimmt da nicht.

Er holte sein Handy heraus und rief Steffi an.

»Was willst?«, fragte sie.

»Sag einmal, was ist eigentlich mit Paul los?«

»Was ist eigentlich mit dir los? Ist dein Auftrag schon erledigt?«

»Jetzt sag schon.«

Steffi stöhnte. »Schulden hat er«, flüsterte sie, »und weg ist er auch.«

»Wegen was hat er denn Schulden?«

»Was weiß ich?«

»Gut, dass ich darüber jetzt auch informiert bin«, sagte Deichsler, ohne bissig sein zu wollen, und versprach, sich wieder zu melden. Nachdem er aufgelegt hatte, fuhr er davon.

Kurz vor Schaftlding muffelte es heftig. Dagegen war der Stall des Viehhändlers ein Luftkurort gewesen. Neben einem Hof hoben sich zwei Kreise wie Ufos in den Himmel: Biogasanlagen.

Da stinkt doch was zum Himmel!

Deichsler tauchte in das Waldstück dahinter ein und parkte auf einem Waldweg. Er musste abklären, ob es gerechtfertigt gewesen war, dem Luidinger und der Kristel ihre Kühe zu nehmen. Aber dafür brauchte er einen unabhängigen Experten. Er nahm sein Handy und tippte »Vieh« in die Internet-Suchmaschine ein. Der erste Treffer war ein Verein namens »VIEH e.V.«, der sich um bedrohte Tierarten kümmerte.

Wohl eher nicht.

Unter ihm gierte eine Schlagzeile aus dem »Traunsteiner Tagblatt« nach Aufmerksamkeit: »Anni Friesinger: ›In erster Linie bin ich Mutter‹«. Was die Eisschnellläuferin und Mutter mit einem Vieh zu tun hatte, wollte er gar nicht wissen. Dann spuckte die Suchmaschine aber doch noch etwas Brauchbares aus: den Verein gegen tierquälerische Massentierhaltung e.V., www.provieh.de. Deichsler klickte den Link an. Der Verein mit Sitz in Kiel setzte sich für art- und umweltgerechte Haltung, artgerechte Ernährung und schonenden Transport und Schlachtung von Nutztieren ein.

Wie kann man Tiere denn artgerecht schlachten und transportieren? Aber das ist augenblicklich nicht die Frage.

Der Geschäftsführer hieß Stefan Johnigk. Deichsler tippte auf die angegebene Telefonnummer, es tutete und tutete, aber niemand ging ran. Als er den Finger schon auf »ENDE« legen wollte, sagte eine Stimme: »Johnigk, PROVIEH, guten Tag.«

Deichsler erklärte ihm sein Anliegen.

»Dafür müssten wir eine Probe von dem Futter nehmen. Alle anderen Anschuldigungen sind nicht mehr überprüfbar, wenn die Tiere nicht mehr vor Ort sind«, sagte Johnigk. »Das is wie Kaffee kochen ohne Wasser. Warten Sie mal …«

Deichsler hörte Papier rascheln.

»Ich muss in den nächsten Tagen eh nach Bayern. Wegen der Ammenkuhhaltung ein paar Ökobauern besuchen. Dann mach ich gern einen Schlenker nach Dorfen. Da muss auf dem Hof schon einiges stinken, wenn der Amtsvet den ganzen Stall leer räumen lässt.«

»Armenkuhhaltung? Arme Kühe, oder was?«, fragte Deichsler.

»Nee, Ammenkuh – Amme wie Mutter für Kälber.«

»Aber warum brauchen die denn eine Amme?«

»Weil die Mutter in der Melkmaschinerie steckt und beides nicht geht – Kälbchen säugen und Milch abpumpen lassen. Deshalb werden Mutterkuh und Kalb üblicherweise getrennt. Weil es aber für die Kälber verhaltensgerechter ist, aus einem Euter Milch zu trinken als aus einem Eimer, gesellen einige Milchbauern mehreren Kälbern eine Amme bei. Eine Kuh hat genügend Milch, um vier Kälbchen satt zu kriegen. Das Prinzip nennt man Ammenkuhhaltung.«

Deichsler musste an Monika denken, die häufig Milch abgepumpt hatte, bevor sie arbeiten gegangen war, wenn er auf David aufgepasst hatte. »Und warum geht das nicht: säugen und melken? Menschenmütter pumpen doch auch ihre Milch ab, wenn sie nicht zum Stillen kommen.«

»Einige wenige Bauern machen das sogar. Aber Menschen haben es damit leichter: Sie müssen nicht so effizient sein und haben nur zwei statt vier Milchdrüsen. Zudem sind sie in der Lage, diese selbstständig und einzeln abzumelken – um als Biologe mal im Bild zu bleiben. Die Melkmaschine im Stall saugt hingegen an jeder Zitze der Kuh gleich stark. Wenn sich das Kalb zuvor aber schon an seiner Lieblingszitze satt getrunken hat, kann es beim Melken zu Problemen kommen. Und wenn so ein Euter erst einmal entzündet ist, tut das der Kuh verdammt weh und ist auch schlecht für die Qualität der Milch.«

»Aha. Dann sehen wir uns also im Isental?«

»Jo, so mookt wi dat – falls die Bayern mich Tierschützer-Saupreußen denn überhaupt über die Landesgrenze lassen, aber davon gehe ich mal aus. Ich geb Laut, wenn ich vor Ort bin.«

Deichsler fuhr weiter bis Erding, stellte sich auf den großen Parkplatz des Krankenhauses und startete in seinem Smartphone die nächste Suche: »Psychologin Erding.« Sofort erhielt er einen Namen: Claudia Stegk, Psychotherapeutin in der Liegnitzerstraße. Die könnte nach allem, was er in Matthias' Laden gehört hatte, die richtige sein. Auf ihrer Webseite lächelte Stegk gewinnend, die blonden Haare hatte sie streng nach hinten gekämmt. Deichsler wusste nicht, ob bei der Wirkung auf den Betrachter das Lächeln oder die strenge Frisur überwog.

Er stieg aus, überquerte die Bajuwarenstraße am Busparkplatz und spazierte in die Liegnitzerstraße. Nach dem Terror durch seinen Vater musste er seinen Kopf auslüften. Er nahm seine Mütze ab, um ganz in die kalte Januarluft einzutauchen. Zerrissene schwarzblaue Wolkenfetzen zogen über den Himmel.

Die Praxis lag in einem Wohngebiet, eingezwickt zwischen Reihenhäusern. An der unverschlossenen Tür hing ein goldenes Schild, das auf die Praxis im ersten Stock hinwies. Deichsler stapfte die Treppen hinauf. Auch die zweite Tür war nicht verschlossen.

Zu Deichslers Erstaunen empfing ihn die Psychologin bereits im Gang, in dem bunte Kunstdrucke hingen.

»Guten Tag, schön, dass Sie da sind«, sagte sie. Sogar ihre goldenen Ohrringe schienen vor Freude zu baumeln. Sie hieß ihn mit einem verschwitzten Händedruck willkommen.

Und ich dachte, es wäre schwer, eine Psychologin zu finden. Noch dazu ohne Termin. Ist das jetzt ein gutes Zeichen, dass die mich persönlich empfängt, obwohl sie weder weiß, was ich möchte, noch, wer ich bin?

»Kommen Sie doch bitte mit!« Die Psychologin führte ihn in ein Zimmer, in dem Stühle mit dem Rücken zur Wand standen.

Sieht mir mehr nach Warte- als nach Sprechzimmer aus, aber mir soll's egal sein. Wenn ich erfahre, was ich wissen möchte, könnten wir die Unterhaltung auch auf dem Klo führen.

»Darf ich Ihnen etwas anbieten? Kaffee, Tee, Wasser?«

»Ein Wasser, bitte.«

Sie flitzte davon und war keine zwei Sekunden später zurück.

»So.« Sie legte ihre Hände auf die Oberschenkel. »Was haben Sie auf dem Herzen?«

Deichsler wartete schon darauf, dass ihre Finger auf den Oberschenkeln zu trommeln begannen. »Es geht um einen Ihrer Patienten.«

Sie nickte. Ihr Kopf schmal wie ein Totenschädel. »Um wen?«

»Um Ignaz Luidinger.«

»Stimmt, der war mein Patient. Ein schwieriger Fall.« Wie Wickie rieb sie sich mit dem Zeigefinger die Nase.

Eine Psychologin wie aus einem Freud-Bilderbuch.

»Aber kommen wir doch erst einmal zu Ihnen.«

»Zu mir?«

»Wie stehen Sie zu Ihrem Vater?«

»Ach, mein Vater!« Deichsler machte eine wegwerfende Handbewegung.

»Das hatte ich vermutet. Ich tippe auf Ödipus.«

»Ödipus ist mir gerade völlig wurscht!«, entfuhr es Deichsler.

Er hielt kurz inne und atmete tief durch. »Ich möchte eigentlich nur wissen, was Sie mir zu Ignaz Luidinger sagen können. Es geht um eine Straftat und ist von großer Relevanz.«

»Straftat … soso. Hat diese Straftat vielleicht etwas mit Tieren zu tun?«

»Sie haben es sicher in der Zeitung gelesen.«

»Und mit Sex?«

»Mit Sex?« Deichsler überlegte.

»Sie sind mit Ihrer Vorliebe nicht alleine.«

»Mit welcher Vorliebe denn?«

Hat die Kristel, die Goaß, der Frau etwa erzählt, was mit der Monika war?

»Knapp zehn Prozent aller Männer machen in ihrem Leben zoophile Erfahrungen. Sofern sie die Tiere beim Sex nicht verletzen, ist das nicht strafbar.«

Deichsler sprang auf. Wut hämmerte in seinem Kopf. »Jetzt reicht's aber!«

Plötzlich flog die Tür auf, und eine Frau mit streng nach hinten gekämmten blonden Haaren kam herein. Sie trug lediglich Ohrstecker als Schmuck und sah gesünder aus als die Psychologin.

Deichsler schaute zu der Frau, die ihm gegenübersaß. Dann zu der Frau, die gerade hereingekommen war.

Ich Volldepp!

Die Frau, die gerade hereingekommen war, taxierte Deichsler und ihre Doppelgängerin. »Was ist hier los?«

»Der Herr benötigt eindeutig eine Behandlung.«

»Ich –«

»Frau Springer, ich habe Ihnen schon oft gesagt –«

»Ödipus und Zoophilie.«

Die zweite Frau atmete genervt aus. »Kommen Sie bitte mit«, wandte sie sich an Deichsler. »Und Sie, Frau Springer, warten bitte hier, ohne weiter für Verwirrung zu sorgen.«

Er folgte ihr in ein Behandlungszimmer mit einer Couch, über der ein Porträt von Sigmund Freud hing. Am liebsten hätte er sich gleich darauf gelegt, aber die Frau, die wohl die echte Frau Stegk war, bot ihm einen Platz vor ihrem Schreibtisch an.

Sie strich sich über die Haare und sah ihn aus hellen Augen an. »Sie müssen wirklich entschuldigen, Herr …«

»Deichsler.«

»Haben Sie nicht auch einen Vater, der –?«

»Natürlich, warum sollte ich keinen Vater haben?«

Dieser damische Freud. Der hat auch bloß Pimpern im Kopf gehabt.

»… der bei der Erdinger Kripo arbeitet, wollte ich sagen.«

Deichsler nickte.

»Wissen Sie, Frau Springer hat ein kleines Problem.«

»Das habe ich gemerkt.«

Grübchen gruben sich in die Wangen der Psychologin. Das Zusammentreffen zwischen ihrer Patientin und Deichsler schien sie zu amüsieren.

»Sie denkt, sie hätte hellseherische Fähigkeiten. Sie liebt griechische Mythologie und Tiere.«

»Auch das habe ich gemerkt.« Wieder musste Deichsler an seine nächtliche Begegnung mit Kalb Monika denken – und ebenfalls schmunzeln.

»Hat sie einen wunden Punkt getroffen?«

Deichsler schüttelte ein wenig zu hastig den Kopf.

»Nun gut. Wie kann ich Ihnen weiterhelfen?«

»Ich bin Privatdetektiv. Die Frau von Ignaz Luidinger hat mich beauftragt. Sie denkt, dass sein Tod kein Unfall war.«

Die Psychologin legte ihre Hand an den Mund und rieb sich mit dem Zeigefinger die Nase. Deichsler grinste. Die Springer war ihr perfektes Double.

»So gerne ich Ihnen weiterhelfen würde. Ich unterliege der Schweigepflicht und nehme sie sehr ernst. Gerade im Fall von Herrn Luidinger.«

»Warum gerade im Fall von Herrn Luidinger?«

»Wissen Sie, Landwirte sind ein eigener Menschenschlag. Da haben die Begriffe ›Ehre‹ und ›Tradition‹ noch eine andere Bedeutung.«

»Aber Sie müssen mir helfen! Mein Sohn wird des Mordes verdächtigt.«

»Dafür ist die Polizei zuständig.«

»Verstehen Sie doch!«

»Ihr Vater wird seinen Enkel doch nicht –«

»Pah! Mein Vater.«

»Vielleicht lag Frau Springer gar nicht so daneben mit ihrer –«

»Aber … Ich … Sie wollen doch auch, dass der Fall aufgeklärt wird, oder?«, versuchte er es auf eine andere Tour. »Sie als Humanistin.«

»Sie schmeicheln mir, Herr Deichsler.« Die Psychologin legte die Hände auf die Oberschenkel, presste sie ins Fleisch. »Eine Schweigepflichtentbindung gibt es lediglich bei Kapitalverbrechen. Allerdings auch dann nicht für Aussagen gegenüber Privatdetektiven, sondern der Polizei.«

»Aber –«

Die Grübchen in ihren Wangen lachten wieder. »Ich verstehe, dass Sie Ihrem Sohn helfen wollen … Es tut mir leid.«

Zähneknirschend erhob sich Deichsler und verabschiedete sich von der Psychologin. Die irre Springer saß nach wie vor im Wartezimmer, harrte vermutlich auf ein weiteres Opfer. Deichsler musste noch einmal hinsehen, als er an ihr vorbeiging. Sie drückte ihre Hände mit ausgestreckten Armen gegen ihre Oberschenkel – wie die echte Frau Stegk.

»Und denken Sie daran«, sie lächelte ihn an, »wenn Sie zärtlich zu den Tieren sind, ist es nicht strafbar.«

Deichsler beugte sich zu ihrem Ohr hinunter und flüsterte: »Ist es auch nicht strafbar, wenn ich ganz zärtlich zu Ihnen bin?«

»Was glauben Sie eigentlich, wer Sie sind?«, pulverte sie los und wandte sich angeekelt von ihm ab.

»Und schönen Gruß an Ödipus«, sagte Deichsler noch, bevor er das Irrenhaus für Arme verließ.

Monika!

Sein Handy befand sich immer noch im Ruhemodus. Monika hatte es wieder versucht, wie auch seine Mama. Er hörte die Nachricht auf der Mailbox ab.

»Griaß di, Freddie, auch wenn ich's nicht gut finde, dass du nicht beim Geburtstag von deiner Schwiegermutter warst. Wenn du arbeiten musst, gib mir Bescheid, dann kümmere ich mich um den David. Ich sehe ihn eh so selten. Aber tu mir einen Gefallen und ruf die Monika an.«

Vor allem der Monika hätte ich damit einen Gefallen getan, aber nicht mir.

Die Musik eines eingehenden Anrufs wirbelte sein Hirn durcheinander wie eine Ladung LSD. »Hallo?«

Ein Schluchzen am anderen Ende.

»Hallo?« Deichsler nahm das Handy von seinem Ohr und warf einen Blick auf das Display: Steffi. »Steffi, was ist denn los?«

»Ich hab was im Baumhaus gefunden. Von Paul.«

»Was denn?«

»Ich weiß nicht …« Sie schluchzte wieder.

»Jetzt sag schon!«

»Lederhandschuhe.«

»Na und?«

»Und so eine Sturmhaube.«

»Hat der Paul ein Moped?«

»Nein, er fährt nur mit dem Radl. Und so ein Handbuch von der ALF.«

Deichsler sackte in sich zusammen. Er musste zu Steffi fahren und die Beweismittel holen, obwohl sich alles in ihm dagegen sträubte. Musste sein Ego bändigen. Hier ging es nicht um irgendwelche persönlichen Befindlichkeiten, sondern um seinen Sohn Paul.

»Komm bloß nicht zu mir. Ich will dich nicht sehen«, sagte sie und hörte auf zu schluchzen. »Das Handbuch findest du auch online.«

10

Auf der Fahrt ins Isental kreisten seine Gedanken ausschließlich um Paul, sodass ihm auch nicht auffiel, dass die Biogasanlage in Schaftlding aufgehört hatte zu ranzeln. Hatte Paul wirklich etwas mit Luidingers Tod zu tun? Die Handschuhe, die Sturmhaube. So etwas verwendete man bei Einbrüchen. Oder bei einem Mord, bei dem man unerkannt bleiben wollte. Auch nach längerem Nachdenken kam Deichsler auf keinen grünen Zweig. Dafür wurde ihm schmerzlich bewusst, dass er ein Meister in der Kunst des Verdrängens war. Er hatte nicht wirklich wahrhaben wollen, dass sein Sohn verdächtigt wurde, Luidinger umgebracht zu haben. Aber er hatte die Polizei auf ihn gehetzt, indem er seinem Vater von dem Verdacht erzählt hatte. Der Schwermut überfiel ihn wie die hereinbrechende Nacht.

Wie könnte ich etwas über Paul herausfinden?

Obwohl Telefonieren während des Autofahrens verboten war, wählte er Steffis Nummer. Niemand ging ran. Ihr Handy begrüßte ihn mit einer Mailbox-Ansage.

Verdammt. Vater hat mir schon alles erzählt, was er weiß, und Pauls Freunde kenne ich nicht. Also doch zu Kristel?

Als er ankam, führten Kristel und Georgina das Kalb Monika über den schwach beleuchteten Hof.

Was für ein Luxus: Zwei-zu-eins-Betreuung. Davon können Erzieherinnen nur träumen.

Durch ihre Anwesenheit geriet der Schwermut in den Hintergrund. »Na, ihr drei«, sagte Deichsler, als er ausstieg. Fast hätte er noch hinzugefügt: »Das sieht mir ja ganz nach einer glücklichen Familie aus«, verkniff es sich dann aber. Stattdessen streichelte er Monika über das warme Fell und sagte: »Jetzt hast du's gut.«

»Stimmt«, sagte Kristel. »Die kommt mir nicht zum Metzger.«

Als hätte das Kalb Kristels Worte verstanden, muhte es zustimmend.

»Aber in den Stall kommst wieder.«

Gemeinsam brachten sie das Kalb in den Kindergarten, wie

der Kälberstall genannt wurde, dann küsste Kristel Monika auf den Kopf.

»Nackt!«, sagte Georgina und schmatzte in die Luft.

»Nackt?« Deichsler sah Kristel fragend an.

»Nacht. Guat Nacht«, erklärte sie.

»Guat Nackt«, wiederholte Georgina. Beim Hinübergehen in das Wohnhaus sah sie ihre Mama an. »Baden gehen?«, fragte sie.

»Nein, mein Schatz, wir müssen nicht mehr jeden Abend baden, jetzt, wo die Viecher weg sind. Du gehst gleich ins Bett.«

»Habt ihr früher jeden Abend gebadet?«

»Scho. Sonst hätt die Gina am nächsten Tag in der Krippe wie ein Kuhstall g'rochen. Ich weiß ja nicht, wie das bei euch in der Stadt ist, aber bei uns sind die Bauern nicht gerade beliebt. Vor allem im Gymnasium und auf der Realschule denken sich die Bauernkinder oft G'schichten aus, damit sie nicht g'hänselt werden.«

Du Bauer!, das war auch zu Deichslers Schulzeit eine Beschimpfung gewesen. »Georgina geht in die Krippe?«

»Ja, normalerweise schon. Ich halt nichts von der Herdprämie, falls du das meinst. Wo ist eigentlich dein Kleiner?«

»Bei der Oma.«

»So, Zeit wird's«, sagte Kristel und griff nach Georginas Hand. »Und du nimm dir einfach, was du brauchst«, sagte sie in der Küche. »Ich bring den kleinen Baraber ins Bett.«

»Rhabarber, Rhabarber«, wiederholte Georgina.

»Kann ich was ausdrucken?«, fragte Deichsler und deutete auf den Computer, der im Wohnzimmer in der Ecke stand.

»Freili. Passwort is: Gina.«

»Danke. Und gute Nacht, Gina«, sagte Deichsler, ging zum Computer und schaltete ihn an. »ALF Handbuch«, tippte er in die Suchmaschine. Das vierte Ergebnis war ein Treffer: »ALF Primer Part 1 – German – Animal Liberation Front – das Animal Liberation Handbuch. Dieses Handbuch ist den stark engagierten Frauen und Männern der ALF gewidmet. Heute beschimpft als Terroristen, jedoch eines Tages in …«

In den oberen Ecken der Website waren zwei schwarz vermummte Menschen zu sehen. Ihre Augen leuchteten durch die Schlitze der Sturmhauben. Einer von ihnen hielt einen Beagle mit Schlappohren auf dem Arm, der andere einen Hasen. Dahinter waren Bilder von Affen zu sehen, die bei Tierversuchen gequält wurden. Deichslers Hände zitterten, als er auf »Drucken« klickte.

Ich muss unbedingt was essen.

Er nahm sich Brot aus dem Tontopf, während der Drucker die Wörter aufs Papier hackte wie eine Tätowiernadel die Farbe ins Fleisch.

Terroristen. Hat Paul auf mich geschossen, als ich Grell befragen wollte? Steckt er mit ihm unter einer Decke?

Im Kühlschrank fand er Bärlauchpesto und ein Weißbier. Der Drucker ratterte weiter. Er trank einen Schluck. Das Bier schmeckte bitter.

Der Grillanzünder!

Deichsler sprang nach oben ins Bad, holte den Grillanzünder aus der Tasche des Bademantels. Als wäre der Anzünder ein Puzzlestück, drehte er ihn im Hinuntergehen in seinen Händen hin und her. Überlegte, wofür er eigentlich bestimmt gewesen war. Er ließ sich auf die Bank fallen und nahm einen weiteren Schluck von seinem Weißbier. Einen langen. Seine Hände zitterten jetzt noch stärker.

Hat Paul den hier verloren, als er den Hof anzünden wollte? Ist er dabei von Luidinger gestört worden und hat ihn deswegen ermordet?

Auf dem Drucker wartete das Handbuch auf ihn. Bleischwer, obwohl es nur elf Seiten umfasste. Wie ein Stein lag es auf seiner schmerzenden Bandscheibe, seinem Kreuz. Er legte sich mit den Papieren auf dem Bauch auf die Bank, döste ein und bemerkte nicht, wie Kristel hereinkam.

»Plagt dich dein Rücken wohl recht?«, fragte sie zu seiner Überraschung. »Wo warst denn heut die ganze Zeit? Du musst dich fei nicht wie ein Bauer anziehen, um mir zu gefallen.«

Deichsler war nicht nach Lachen zumute. Er sah am altmodischen Pullunder und dem braunen Hemd seines Vaters hinunter. Für ihn hörten sich Kristels Worte stark nach Vorwurf an. Sie hätte ihn auch anrufen können. »Erst bei meine Leut, weißt ja. Und dann bei der Psychologin von deinem Mann.«

»Soso. Komm, ich mach uns einen Glühwein.«

Deichsler richtete sich auf. »Wieder einmal?«

Kristel ging nicht darauf ein.

Wie sie später dann so vor dem Glühwein saßen und das Feuer im Kachelofen knisterte, sagte Kristel: »Deswegen war er so oft weg. Aber doch nicht in der Nacht, oder?« Ihre schlanken Finger umschlossen die henkellose blaue Tasse mit den getöpferten Weintrauben. Man sah den Fingern an, dass sie harte Arbeit gewohnt waren. »Vielleicht stimmt's ja doch, was die Leut sag'n.«

»Was sagen s' denn?«

»Dass er bei seinen Frauen war.«

»Hmmm«, machte Deichsler, weil er nicht wusste, was er darauf antworten sollte.

»Hast was Wichtiges erfahren?«, fragte Kristel.

»Bestätigt hat sie mir, dass er da war.« Deichsler überlegte. »Was ist eigentlich mit den zwei anderen Bauern, denen sie die Viecher genommen haben?«

Kristel nahm einen Schluck aus ihrer Tasse. »Dem Ismair und dem Frühbeis?«

»Von denen dein Mann –«

Bevor Deichsler weitersprechen konnte, sagte Kristel: »Das ist das Ende für die zwei. Denen ihre Höfe werden übermorg'n um elfe in der Früh versteigert. In Landshut. So eine Kuh kostet ein Heidengeld, und beide waren eh scho verschuldet, weil sie sich neue Ställe g'baut haben.«

»Passiert so was oft?«

Kristel schaute deprimiert in ihre Tasse. »Weißt, wir müssen mit der ganzen Welt konkurrieren.«

»Verstehe ich nicht.«

»Die Molkereien können genauso gut in Neuseeland einkaufen, da gibt's endlose Weiden für die Viecher. Die haben einen Transponder um den Hals, damit sie nicht verloren gehen, und werden g'molken, wenn's an der Zeit is. Die Bauern haben weniger Arbeit, und die Milch is mehr wert, weil s' als Weidemilch verkauft werden kann.«

»Und das treibt viele hiesige Bauern in den Ruin?«

»Das legt ihnen einen Strick um den Hals. Nicht wenige nehmen sich deswegen das Leben. Die Selbstmorde unter Bauern hab'n die letzten Jahre massiv zug'nommen.« Sie machte eine Handbewegung, als würde sie die schlechten Gedanken einfach wegwischen wollen. »Soll ich dich jetzt massieren oder nicht? Deinen Rücken, meine ich.«

Deichsler spürte, wie er einen roten Kopf bekam. »Ganz schön stark, der Glühwein.«

»Lass uns ins Wohnzimmer gehen, da ist es wärmer. Zieh dich aus, ich hol das Massageöl.«

Ausziehen, Massageöl.

Deichsler sah ihr verwundert hinterher. Der schwarze Zopf wackelte, als sie zur Tür ging.

Ein Stehaufmanderl. Oder besser gesagt: ein Stehaufweiberl. Wobei sich das ganz schön deppert anhört. Ich glaube, der Kristel wird kein Wort gerecht. Macht es sie verdächtig, dass sie kurz nach dem Tod ihres Mannes einen anderen massiert?

Deichsler hatte keine Lust, darüber nachzudenken. Stattdessen begutachtete er die rote Couch im Wohnzimmer, testete die Polster mit der Hand. Glücklicherweise waren sie weich. Sein letzter Sex lag Monate zurück, da Monika, seine Frau, nicht das Kalb, immer mit anderen Dingen beschäftigt war.

Hoffentlich geht das nicht in die Hose.

Die Hose rutschte gerade nach unten, da sprang die Tür auf, und Kristel hetzte mit dem Massageöl in der Hand herein.

»Schnell!« Sie packte ihn am Arm.

Ganz schön stürmisch!

Er versuchte, sich die Hose mit den Füßen abzustreifen, da bemerkte er erst, dass er die Schuhe noch anhatte. Er kicherte. Der Glühwein hatte ganz schön reingehauen.

Kristel hielt ihn immer noch am Arm. »Jetzt komm.« Sie sah an ihm hinunter. »Was machst denn?«

»Ja, aber –«

»Der Hof vom Nachbarn brennt! Schnell!«

Deichsler zog seine Hose hastig nach oben, schloss den Gürtel, streifte sich Hemd und Pullunder über. Ohne Jacke hetzte er Kristel hinterher. »Du bleibst da!«, fuhr er sie an.

»Red'st mit deiner Frau auch so?«

Deichsler ließ die Frage unbeantwortet und rannte los. Ihm fiel ein, dass sein Handy noch in der Jacke steckte. Mist!

Es war wärmer geworden und nieselte. Bis gestern hatte es gefroren, waren Wiesen und Äcker weiß gewesen. Jetzt weichte alles auf, auch der Acker, über den Deichsler stolperte. Schritt für Schritt klebte mehr Erde an seinen Sohlen, wurden seine Schuhe schwerer. Er konnte den Rauch riechen, die Flammen aus dem Stall züngeln sehen, war noch eine Fußballfeldlänge vom brennenden Hof entfernt. Die Flammen schossen aus den Stallfenstern, Deichsler hatte das Gefühl, nicht vorwärtszukommen, dass der Hof abgebrannt sein würde, bis er ihn erreicht hatte. Vor und hinter sich, aus Lengdorf und Dorfen, hörte er Feuerwehrsirenen jaulen. Dass es hier in der Pampa keinen Hydranten gab, würde die Feuerwehrleute vor eine Herausforderung stellen. Es brannte schließlich keine Hütte, sondern ein Vierseithof samt Getreidesilo.

Eine verletzte Kuh stolperte panisch über den Acker. Hinter ihr fuhr ein lodernder Bulldog einen Halbkreis und blieb abrupt stehen. Aus der Ferne konnte Deichsler nicht erkennen, ob jemand auf dem Fahrersitz saß. Dafür sah er eine dicke Frau mit Kopftuch, die mit dem Rücken zu ihm stand und die Arme flehend in die Luft warf.

Unter dem Himmel zog orangefarbener Rauch, als würde er sich verstecken. Ein dicker Brei, der alles verdeckte, durch den nichts mehr zu erkennen war. Das Wohnhaus war bisher von den Flammen verschont geblieben, dahinter herrschte schwarze Nacht. Die glühenden Balken des Stalldachstuhls funkelten wie ein Weihnachtsbaum. Beißender Rauch erschwerte Deichsler das Atmen, raubte ihm mit jedem Schritt stärker die Luft. Und dann sah er die schwankende Person im Nebel. Er wusste nicht, wer es war, aber er hatte ein Gefühl. Und als er die Rastalocken sah, wusste er es: Paul.

Mein Sohn!

11

Ein glühender Balken krachte hinter Paul auf das Betonfundament des Stalls, wütende Funken stoben auf. Da hörte Deichsler Schreie, verzweifelte Schreie. Paul stand bewegungslos im Qualm, viel zu nah an den Flammen.

Fast zwanzig Jahre habe ich dich nicht gesehen. Ich habe dich überhaupt noch nie gesehen, seitdem du auf der Welt bist. Und jetzt …

Deichsler schoss los, rutschte aus, rappelte sich auf. Aus dem Augenwinkel sah er blitzendes Blaulicht. Er packte Pauls Arm. Keine Reaktion. Seine Rastalocken hingen ihm wirr ins Gesicht, er stank nach verbrannten Haaren. »Paul, wir müssen hier weg!«

Ein weiterer Balken donnerte hinter ihm zu Boden, ein Bretterhaufen fing Feuer.

Paul reagierte nicht. Murmelte irgendetwas, was sein Vater nicht verstand.

Deichsler näherte sich seinem Mund, konnte den warmen Atem spüren und ihn endlich hören.

»Die Kälber … Die Kälber verbrennen …«

Da hörte auch Deichsler die schreienden Kühe und Kälber: Sie waren in den Flammen gefangen, kurz davor zu sterben.

Was für ein Leben. Erst wird einem die Mutter genommen, und dann verbrennt man bei lebendigem Leib.

»Ich muss da rein«, flüsterte Paul und stierte in die Flammen.

»Nix da, wir müssen weg!«, schrie sein Vater, übertönte das knackende Holz und die Sirenen.

Paul riss sich los und wollte in die wütenden Flammen rennen, aber sein Vater umfasste ihn mit beiden Armen, hielt ihn, so fest er konnte. Wieder krachte ein Balken in ihrer Nähe herunter, Funken stoben, verglommen in der schwarzen Nacht.

»Spinnst du?«, schrie Deichsler. Er holte aus und langte ihm eine.

Paul reagierte nicht, versuchte, sich loszureißen, wollte in den brennenden Stall, in dem jetzt gespenstische Ruhe herrschte.

»Es ist zu spät, Paul!« Er schebberte ihm noch eine. »Die Viecher sind tot.«

Auf Pauls Gesicht mischte sich das rotierende Blaulicht mit dem Rot der flackernden Flammen. In seine Augen kehrte Leben zurück, und er sprintete los. An den verkohlten Überbleibseln des Stalls vorbei in die Dunkelheit.

Plötzlich stand ein Trupp Feuerwehrmänner mit Sauerstoffmasken vor Deichsler, die wie Außerirdische auf ihn wirkten. Wasser spritzte in hohem Bogen auf den brennenden Stall hinter ihm. Tropfen fielen auf seine Hand. Dann lief auch er los, hörte die Sirene des Streifenwagens, die rufenden Sanitäter nicht mehr.

Paul!

Er stolperte über Ackerfurchen, sein Kopf wummerte, der Rauch war überall, nur noch Nebel.

Im Krankenhaus erwachte er und fühlte sich wie ein ausgelutschter Turnschuh. Die Bilder des Brandes, von Paul und den Kühen, drückten in seinem Schädel, wollten heraus.

Paul?

Er richtete sich auf, fiel in sein Kissen zurück. Schaute aus dem Fenster in den dämmrigen Schacht des Untergeschosses. Wie viel Uhr es wohl war? Was für ein Tag? Er zog sich die Atemmaske vom Kopf und die Plastikklammer vom Finger. Der darauffolgende, immer schneller werdende Piepton stach in seinem Kopf, rief die Schwester in Grün.

»Herr Deichsler, wie geht es Ihnen?«

»Wo bin ich?«

»Im Erdinger Krankenhaus.«

»Kann ich jetzt gehen?«

Sie sah ihn an, als hätte er ihr erzählt, dass er gerade vom Kreuz gestiegen sei, verließ das Krankenzimmer und kam kurz darauf mit einem Arzt zurück. Der leuchtete ihm mit einer Taschenlampe in die Augen.

»Herr Deichsler, Sie haben eine schwere Rauchvergiftung erlitten, waren sogar bewusstlos. Sie haben mehr als vierundzwanzig Stunden geschlafen.«

Die Zwangsversteigerung der Höfe in Landshut!

Die Schwester flüsterte dem Arzt etwas ins Ohr.

»Fühlen Sie sich einer Vernehmung gewachsen?«

»Vernehmung?«

»Die Polizei hat noch ein paar Fragen an Sie, den Brand betreffend.«

Ach du Scheiße! Paul … Oder denken die, dass ich …? Der Ausdruck vom ALF-Handbuch in Kristels Küche, der Grillanzünder in meiner Hosentasche!

»Ich möchte gehen.«

»Rein theoretisch können Sie das Krankenhaus auf eigene Verantwortung verlassen. Schwester Ingrid wird das mit dem wachhabenden Beamten klären. Aber ich rate Ihnen dringend davon ab.«

Arzt und Schwester ließen ihn alleine.

Ich muss hier weg. Kristel hat gesagt, die Zwangsversteigerung der Höfe ist am Vormittag.

Die Uhr an der Wand gegenüber zeigte halb zehn, nach Landshut brauchte er von Erding aus eine knappe Stunde. Wenn er sich gleich auf die Socken machte, könnte er es schaffen. Er setzte sich auf den Bettrand. Neben einer Schale mit Tupfern, einer Klemme und einer bräunlichen Flüssigkeit in einer Plastikschale lag ein roter Stöpsel. Deichsler nahm ihn und schraubte die Infusion an seiner Hand herunter. Aus dem Schlauch spritzte Wasser auf sein Flügelhemd, aus der Nadel in seinem Arm quoll mit Wasser verdünntes Blut.

Bluadige Hennagrepf!

Er knickte den Schlauch ab, stand auf, drehte die Infusion zu. Dann zog er sich die Nadel aus seiner Hand, legte eine Kompresse darauf und umwickelte sie mit Leukoplast. Er öffnete die Schublade des Nachtkästchens.

Mein Handy! Da haben die Senfhosen wohl geschlampt.

Er nahm das Handy heraus, stand auf, ihm wurde kurz schwarz vor Augen. Er sah an die Zimmerdecke, sammelte sich und machte ein paar Schritte. Durch die Glasscheibe in der Tür konnte er keinen wachhabenden Beamten oder eine Schwester entdecken, also schlich er sich barfuß hinaus. Ein Windzug fuhr ihm von hinten in das Flügelhemd, den Hintern und den Rücken entlang. Schritte näherten sich. Er entkam ihnen gerade noch in einen Abstellraum, in dem sich grüne Laken und Bettbezüge bis an die Decke stapelten. Und sich eine schmächtige Ärztin und ein wuchtiger Pfleger eng umschlungen küssten.

»Äh, Entschuldigung«, stotterte Deichsler.

Die beiden liefen knallrot an und verschwanden kommentarlos. An einem Haken hingen eine grüne Hose und ein Hemd in der gleichen Farbe, darunter standen Jesuslatschen. OP-Klamotten. Deichsler schlüpfte hinein, zog sich die Schuhe an, nahm einen Stapel Wäsche, der hoch genug war, um sein Gesicht zu verbergen. Dann trat er aus der Tür.

Hoffentlich ist das schlechte Gewissen der beiden Turteltäubchen größer als ihr Pflichtbewusstsein.

Erneut näherten sich Schritte, ein Langhaariger schlurfte vorüber, auf dessen Unterarm ein tätowiertes Herz prangte.

Deichsler drückte einen Knopf an der Schleuse, sie öffnete sich. Dahinter unterhielt sich der Arzt mit einem Beamten.

Jetzt darf nichts schiefgehen.

»Ich informiere den zuständigen Kommissar. Er wird wahrscheinlich gleich da sein«, sagte der Polizist.

Der Arzt brummte etwas Unverständliches und ging so nah an Deichsler vorbei, dass der das Desinfektionsmittel roch, mit dem er sich wahrscheinlich gerade die Hände eingerieben hatte. »Warten Sie mal!«

Jetzt hat er mich. Einfach weiter.

»Hallo!«

Deichsler erreichte die zweite Schleuse, rannte los, drückte den Stapel Wäsche einer Oma im Rollstuhl in den Schoß. Wenige Schritte später wurde die Luft knapp, fiel ihm das Atmen schwer. Sein Kopf wummerte, aufgeblasen mit dem Bild seines Sohnes, der in der Dunkelheit verschwand.

»Hallo, warten Sie!«

Er hörte den Arzt hinter sich näher kommen. Zwischen dem roten und orangefarbenen Eingangsbogen des Krankenhauses rempelte Deichsler eine Frau mit Krücken an.

Sie torkelte und brüllte: »Sie g'scherter Hammel!«

Er war zwar der Intensivstation entkommen, aber die Polizeiwache befand sich nur ein paar Häuser entfernt. Sirenen heulten, auf der Straße unterhalb des Krankenhausparkplatzes raste ein Streifenwagen auf ihn zu. Vermutlich der angekündigte Kommissar. Deichsler sah sich um.

Ich brauche ein Auto!

Eine wuchtige Limousine kroch heran. Ein Schönling mit nach hinten geschleckten Haaren und Anzug stieg aus und öffnete seiner Oma oder seiner Frau die Hintertür. Für die Kristel wäre er wahrscheinlich ein Stangerlaff, ein Angeber, ein Protz, gewesen, so schleimig, wie der war. Der Motor der Limo spuckte derweil Abgasblasen in die kalte Januarluft. Der Mann reichte der Frau den Arm, sie hakte sich unter und tippelte mit ihm zum Kofferraum, aus dem er einen Gehwagen herauswuchtete.

Jetzt!

Deichsler wetzte, so schnell es ihm sein angeschlagener Zustand erlaubte, zu der Limousine. Hüpfte auf den Fahrersitz, hustete.

»Was machen Sie da?«, brüllte der Stangerlaff.

Deichsler legte den ersten Gang ein, fand die Handbremse nicht. Suchte sie zwischen Fahrer- und Beifahrersitz, von der Handbremse keine Spur.

Zefix!

Er gab trotzdem Gas, der Wagen ruckelte, fuhr stotternd an. Weil er nur dahinkroch, obwohl er das Gaspedal durchdrückte, konnte er den Schlipsträger nicht abhängen. Die Oma stand derweil allein gelassen mitten auf der Straße, stützte sich auf ihren Gehwagen und schüttelte den Kopf. Deichsler ließ seinen Blick durch das Auto wandern, fand die Handbremse noch immer nicht, sah aber im Rückspiegel das rotierende Blaulicht. Zufällig fiel sein Blick auf einen Hebel links vom Lenkrad. Weil er nichts zu verlieren hatte, zog er daran. Der Wagen machte einen Satz nach vorne, er hatte die Handbremse gelöst. Damit hatte er zwar ein Problem weniger, aber die Bullen hingen ihm noch immer an den Fersen, weshalb er die Strecke über die Flughafentangente knicken konnte. Wäre er dort entlanggefahren, hätte er sich gleich stellen können, so viel Schmier, wie dort unterwegs war.

Wenn er mit dem gestohlenen Wagen nicht gefasst werden wollte, musste er ihn loswerden und in einen Zug umsteigen. Dem stand wiederum entgegen, dass er in fünfundvierzig Minuten bei der Verhandlung im Landshuter Amtsgericht sein musste. Er wusste, dass von Freising aus eine gute Verbindung nach Landshut bestand, aber wann und wie lange die Züge fuhren, davon hatte er keine Ahnung. Da er sich in der Gegend nicht mehr sonderlich gut auskannte, beschloss er, doch in Richtung Flughafen zu fahren. So ließ er Erding hinter sich und würde auf dem Land vielleicht auf eine Zug- oder Busverbindung stoßen. Immer wieder sah er in den Rückspiegel. Nebel zog vor seinen Augen auf, die Rauchvergiftung … Da hörte er die Rotoren eines Hubschraubers knattern.

Die fahren ja heftige Geschütze auf. Und alles nur wegen mir?

Hinter Klettham und dem Industriegebiet schlängelte er sich nicht auf die Flughafentangente, sondern fuhr geradeaus weiter nach Niederding. Als er den Isarkanal überquerte, war der Hubschrauber immer noch zu hören. Am Ortseingang stand »TVA, Dettmer GmbH« auf einem Schild, das rechts in ein Waldstück wies. Einem Impuls folgend bog Deichsler ab, parkte, holte sein Handy heraus, suchte online nach einer Busverbindung und wurde fündig. In Oberding fuhr in wenigen Minuten ein Rufbus, der um zehn Uhr fünfundvierzig in Landshut ankommen sollte. Deichsler tippte auf die angegebene Nummer. »Grüß Gott, Frühbeis am Apparat. Ich tät gern mit dem Bus jetzt dann nach Landshut fahren.«

»Grüß Gott, aber das geht leider nicht.«

»Wie, aber warum denn nicht?«

»Da hätten Sie scho gestern Abend anrufen müssen.«

Ohne sich zu verabschieden, legte Deichsler auf. Er hatte jetzt keinen Nerv und vor allem keine Zeit für oberflächliches Höflichkeitsgetue.

Ein Lastwagen rollte heran. Auf der Tür stand: »Tierverwertungsanstalt Dettmer. Standort Moosburg«.

Moosburg, grübelte Deichsler. Von dort aus war es nicht weit bis nach Landshut. Also schaltete er die Warnblinkanlage an. Auf die Gefahr hin, dass ihn Streifenwagen und Hubschrauber entdeckten. Dann zog er sich das schicke Blouson des Stangerlaffs an, das auf dem Beifahrersitz lag. Da erst fiel ihm auf, dass er noch die Ärzte-Uniform trug, und ihm kam eine Idee. Mit wedelnder Hand stellte er sich auf die Straße, sodass der Lastwagen mit pfeifendem Schnaufen zum Stehen kam.

Der Lastwagenfahrer, der nur ein T-Shirt mit einem dicken Brummi auf der Vorderseite trug, kurbelte das Fenster herunter. »Was feit?«

»Mein Wagen ist verreckt«, sagte Deichsler und wurde sich prompt bewusst, dass ein Arzt anders redete. So entsprach er mehr dem Slang des Brummifahrers. »Ich muss dringend nach Landshut ins Krankenhaus zu einer wichtigen Operation.«

Der Trucker reagierte nicht, rieb sich mit dem Finger die Nase.

Unauffällig klopfte Deichsler seine Taschen ab. Seinen Geldbeutel trug er im Gegensatz zu seinem Handy nicht mehr bei sich, aber in der Jacke des Schlipsträgers entdeckte er ein prall gefülltes Portemonnaie. Deichsler schnappte sich einen Zwanni und wedelte damit herum.

Nimm es den Reichen und gib es den Armen. Oder denen, die ärmer sind und dir weiterhelfen können.

Das Sirenengeheul wurde lauter. Wenn er sich nicht beeilte, hatten sie ihn gleich.

Jetzt mach schon!

Der Brummifahrer winkte, Deichsler kraxelte in die Fahrerkabine. Keine Sekunde zu früh, der Streifenwagen raste ihnen mit hektisch blinkendem Blaulicht entgegen, stoppte an der Limo. Deichsler strich sich mit beiden Händen übers Gesicht, wie um seine Müdigkeit wegzuwischen. Dabei fiel es ihm wie Schuppen von den Augen.

Tierverwertungsanstalt. Viehhändler. Der Elvis und das Oberviech. Daher weht der Wind. Bayern einig Amigoland.

»Immer dieser verdammte Nachtdienst«, sagte Deichsler, »vielen Dank, dass Sie mir aus der Bredouille helfen.«

Du kommst mir gerade recht.

Der bucklige Mann beäugte ihn aus schmalen Augenschlitzen, griff nach dem Schein, den Deichsler noch in der Hand hielt, und drehte das Radio an. Sein Oberkörper wippte leicht im Takt zu den Reggaebässen. Eigentlich mochte Deichsler Reggae, aber da er die Gelegenheit nutzen musste, um mehr über den Chef des Brummifahrers herauszufinden, kam ihm die laute Musik nicht gerade gelegen. Die Fahrt nach Moosburg würde wahrscheinlich nicht länger als eine halbe Stunde dauern.

Kurz nach Eitting zog der Fahrer eine Selbstgedrehte hinter seinem Ohr hervor. Deichsler überlegte, ob er ihn bitten sollte, jetzt nicht zu rauchen. Aber wie sollte er es begründen? Mit seiner Rauchvergiftung, wegen der er bis heute im Krankenhaus gewesen war? Schnell verwarf er den Gedanken wieder. Weil ihn seine Bandscheibe quälte, rutschte er auf dem Sitz hin und her. In den letzten Tagen war er einfach zu oft gestürzt.

Der Fahrer sah ihn prüfend von der Seite an, holte sein Feuerzeug heraus und zündete die Kippe an. Süßlicher Rauch breitete sich in der Fahrerkabine aus, und Deichsler wusste, warum er ihn zuvor so skeptisch gemustert hatte. Nach einigen Zügen hielt der Brummifahrer ihm den Joint hin. Deichsler zögerte. Er musste an sein Erlebnis am Münchner Flughafen denken, nur ein paar Kilometer Luftlinie von hier. Als er noch jung gewesen war und ihm sein Schulspezl Römer ein offenes Päckchen Gras zugesteckt hatte. Aus Angst vor der Polizei hatte er es geschluckt und war auf einen irren Trip gegangen.

Seinem Rücken konnte ein Zug vom Joint vielleicht dienlich sein, seiner verrauchten Lunge eher weniger. Andererseits würde er sich so das Vertrauen seines Chauffeurs erkiffen. Ihm konnte es schließlich egal sein, wenn Gerüchte vom kiffenden Chirurgen die Runde machten. Deichsler griff nach dem Joint, inhalierte und musste husten.

Der Brummifahrer grinste.

»Fein's Graserl«, sagte Deichsler und zog erneut.

»Niederdinger Südhang«, sagte der Fahrer und stellte die Musik lauter.

Der Schmerz in der Hüfte ließ nach und war bald darauf ganz verschwunden. Da hatte Deichsler den Joint schon wieder zurückgegeben.

»Und wen musst heut noch aufschneiden?«, fragte der Brummifahrer.

»Niemand Besonderen«, log Deichsler und überlegte, wie er einen Zusammenhang zu den Tieren herstellen konnte. »Eine Galle und ein Schenkelhals stehen noch an.«

»Schenkelhals, mmhhh«, sinnierte der Fahrer, der sich wohl einen gebratenen Schenkelhals eines Schweines vorstellte und Hunger bekam. Er drehte die Musik leiser. »Mir fahren ja nur die Viecher, die man nimmer essen soll.«

Deichsler nickte. »Was ganz gut zu laufen scheint, oder?« Das Graserl schien ihn in Plauderlaune zu versetzen.

Es lebe der Laberflash!

»Freili. Uns geht die Arbeit nie aus. Wir arbeiten gut mit dem Viehdantler, dem Passig Bertl, zammen.«

»Und ihr kriegts nur die kranken Viecher?«

»Saukrank.« Der Fahrer lachte über seinen schlechten Witz. »Erst letztens ist mein Chef mit dem Viehdantler g'flogen.«

»G'flogen?«

»Mein Chef hat einen Hubschrauber. Und da hat er den Passig eing'laden.«

»Schön, wenn man so beliebt ist wie der Viehdantler.«

Die zwei hatten also was am Laufen. Jetzt war es amtlich. Auch wenn so ein Hubschrauberflug noch nicht unter Bestechung fiel.

»Mein Chef, der kriegt ständig Preise für seine Arbeit.«

»Warum denn das?«

»Weil er sich auch für die Umwelt einsetzt. Ein echter Öko, so wie ich auch.«

Wieder gickerte er, dass Deichsler sich langsam fragte, ob es eine gute Idee gewesen war, an dem Joint zu ziehen. Vielleicht machte Kiffen ja doch blöd.

Auf einem Schild stand »Moosburg 1 km«. Die Ziffern im Armaturenbrett zeigten zehn Uhr dreizehn. Wenn er Glück hatte, würde er noch rechtzeitig zur Verhandlung kommen. Sein Smartphone spuckte ihm einen Zug aus, der in fünf Minuten fuhr. In einer Viertelstunde würde ihn die Regionalbahn nach Landshut kutschieren.

»Kannst mich am Bahnhof rausschmeißen?«, fragte er.

Gut gelaunt verabschiedete sich der Fahrer und rollte davon. Deichsler stieg in den bereits wartenden Zug und griff sich sein Handy. Er wollte wissen, ob es schon Neuigkeiten zu dem Brand gab.

Die Onlineausgabe einer Zeitung meldete die Schlagzeile: »Tatverdächtiger Brandstifter auf der Flucht«, darunter sein Bild. Das Bild, das sie gemacht hatten, als über Deichslers aufgeklärten Mord an Kurbi berichtet worden war.

Die sind aber sehr schnell. Da ist wohl jemand vor meinem Krankenzimmer gehockt. Das wird beim Vater seinen Kollegen wieder für Gerede sorgen. Und in der Turngruppe von der Mama erst. Scheiße, das Handy.

Panisch fummelte Deichsler den Akku heraus, aber wahrscheinlich war es eh zu spät, und sie hatten ihn bereits geortet.

12

Deichsler sah sich im Abteil um. Auf der Ablage über ihm lag ein blaues Käppi, als hätte es auf ihn gewartet. Im Großraumabteil spielte ein Opa mit seiner Enkelin Karten, das Käppi schien niemandem zu gehören. Also holte Deichsler es herunter. Eine grinsende Schlange schlängelte sich darauf, darüber stand: »TROUBLE IN THE JUNGLE!«. Jetzt musste er seinen Arztkittel samt Blouson gegen unauffälligere Kleidung eintauschen. Er wusste nur nicht, wie.

Im überdachten Landshuter Bahnhof stahl er sich an den Toiletten vorbei und überlegte, ob er ein Taxi nehmen sollte. Damit lief er Gefahr, dass ihn der Taxifahrer später beschreiben konnte, aber die Zeit drängte: zehn Uhr fünfundvierzig. Ihm blieb nur noch eine Viertelstunde.

Da stach ihm ein orangefarbenes Schild mit einem gelben Fahrradfahrer ins Auge: »Radl-Station am Bahnhof. Radverleih«. Durch einen Gang, in dem ein blauer Fahrradschlauchautomat an der Wand hing, gelangte Deichsler zu einem Glasbau, der einem Wintergarten ähnelte. Unzählige Fahrräder warteten darin. Deichsler trat ein.

»Servus«, sagte er zu dem grauhaarigen Mann mit einem liebenswerten Dauerschmunzeln im Gesicht. An seinem Pullover hing eine Brille. »Ein Radl hätt ich gerne geliehen.« Deichsler schnäuzte sich ausgiebig, nahm das Taschentuch nicht mehr von seinem Gesicht. Nieste theatralisch.

»So wie Sie beinand sind, sollten Sie nicht radlfahren. Schon gar nicht bei dem Wetter.«

»Hilft nix«, sagte Deichsler.

»Einen Ausweis bräuchte ich dann, bitt schön.«

Deichsler zögerte, zog den Geldbeutel des Schlipsträgers heraus, gab dem Radlverleiher den Ausweis.

»Hugo Fried. Seltener Name«, sagte der.

Deichsler putzte sich erneut die Nase und nuschelte ins Taschentuch: »Man kann sich seinen Namen eben nicht aussuchen.«

Hoffentlich schaut der mich nicht genauer an.

»Stecken S' mich bloß nicht an«, sagte der Mann und wich einen Schritt zurück.

»Eine Frage hätte ich noch: Wie komme ich denn bitte zum Amtsgericht?«

»*Trouble in the jungle*, oder wie?«, kommentierte der Radlverleiher Deichslers Käppi und lachte breit.

Wenn es stimmte, was der Mann gesagt hatte, müsste er in zehn Minuten beim Amtsgericht sein. Ein bemooster Wegweiser zeigte in die Altstadt und zum Isarradweg, aber Deichsler sollte die Brücke parallel dazu nehmen.

Unter ihr schlängelte sich ein zweigeteilter Bach durch eine braune Wiese, der der Winter das Grün ausgesaugt hatte. Die Sonne kämpfte sich durch die Wolken und beschien die Kirche, vor der Deichsler am Gewerkschaftshaus links in die Seligenthaler Straße abbiegen sollte. Das wäre zwar nicht der kürzeste Weg, hatte der Radlverleiher gesagt, aber der einfachste. Und den Namen konnte sich sogar Deichsler gut merken. Bunte Bürgerhäuser und Altbauten mit kleinen Geschäften im Erdgeschoss säumten den Weg. Deichsler wollte kein Risiko eingehen und lieber in einem unpersönlichen Supermarkt ein Gewand kaufen. Hinter einer Tankstelle fuhr er durch eine Schranke auf einen Parkplatz und schloss das Rad vor einem Markt ab.

Er lief hinein, griff sich einen Satz Anziehsachen samt Baskenmütze. Wenn er Kameras in der Nähe erspähte, versteckte er sein Gesicht zwischen Kleiderbügeln, nieste und schnäuzte sich. An der Kasse tat er, als würde seine Nase überhaupt nicht mehr aufhören zu laufen. Nachdem er bezahlt hatte, ließ er sich die Etiketten von den Sachen abschneiden, ging in eine Kabine, streifte sich sein neues Outfit über und setzte sich die Mütze auf. Fertig. Er war zufrieden. In seinem Arztkittel wäre er im Gerichtssaal zu sehr aufgefallen, und sein damisches Käppi wäre auch keine sonderlich gute Tarnung gewesen.

Vor lauter Schnäuzen und Niesen erreichte er schließlich mit einer brennenden und leuchtend roten Nase den Backsteinbau des Gerichts. Was allerdings das geringere Problem darstellte.

Denn als er auf das Gebäude zuging, sah er in dem Glasgang eine Schleuse, an der Beamte die Besucher durchsuchten.

Mist, daran habe ich gar nicht gedacht. Jetzt heißt's: ruhig bleiben.

»Servus«, sagte Deichsler wenige Minuten später betont lässig, und ein Jungspund mit dicker schwarzer Brille und Uniform grüßte genauso lässig zurück. Seine Nase wurde immer röter, als er weiter mit einem Taschentuch an ihr herumwischte, während er Geldbeutel, Schlüssel und Mütze in die Plastikschale legte, diese auf das Band stellte und durch die Schranke ging.

Wenn ihr wüsstet, dass da gerade Diebesgut an euch vorbeifährt.

Er nieste so kräftig, dass die Kollegen des Jungspunds einen Schritt nach hinten wichen. Es piepste.

»Bitte Schuhe ausziehen«, sagte der Jungspund.

Deichsler zögerte. Er hatte sich seit Tagen nicht geduscht.

»Musst dich nicht genieren. Wir sind einiges gewohnt.«

Also schlüpfte Deichsler aus den Schuhen, ging erneut durch die Schleuse, und es piepste nicht mehr.

»Die Sohlen waren's«, freute sich der Jungspund.

Wahrscheinlich müffeln deine Schuhe genauso.

Im Flur vor dem Gerichtssaal baute er sein Handy wieder zusammen und fotografierte die Angaben zu den Höfen, die dort in einem Schaukasten aushingen: Verkehrswert, Größe und so weiter. Dann fieselte er den Akku wieder aus dem Telefon.

Im Gerichtssaal waberte ein undefinierbarer Mief über aufgeregtem Gemurmel. Kurz glaubte Deichsler, eine Note Kuhstall würde sich herauskristallisieren, aber im nächsten Moment wurde sie von einem herben Aftershave verdrängt.

Viech gegen Moschusochs. Also eigentlich: Viech gegen Viech.

Weil die Bänke gut besetzt waren, hockte er sich in die letzte Reihe, von wo aus er alles überblicken konnte. Dass gleich so viele an Haus und Grund eines Isental-Bauern interessiert waren, erstaunte ihn, aber der Kampf ums Land wurde anscheinend auch im Gerichtsaal ausgetragen. Ein Mann im karierten Hemd drehte sich um: Grell.

Jetzt bin ich aber gespannt, ob du mitbietest. Hatte Kristel doch recht, und du hast ihren Mann ermordet, um später seinen Hof ersteigern zu können?

Der ergraute Richter erhob sich. »Hiermit eröffne ich die Versteigerung des landwirtschaftlichen Anwesens mit der UNIKA-ID: N2344. Verkehrswert: vierhunderttausend Euro.«

Ein Schnäppchen.

Deichsler suchte den Sitzungssaal nach weiteren Bekannten ab, konnte aber keine entdecken. Auffallend viele Personen sahen nach Landwirten aus. Warum, konnte er nicht genau sagen. Vielleicht wegen der roten Gesichter. Die gab es allerdings genauso häufig in der Normalbevölkerung. Obwohl es in doppelter Hinsicht riskant war, schob er den Akku zurück in sein Smartphone, um die Anwesenden unauffällig zu knipsen. Vielleicht erkannte Kristel später jemanden. Anschließend zog er den Akku sofort wieder heraus.

Hoffentlich haben die mich jetzt nicht geortet.

Langsam erhöhten sich die Gebote für den Hof von Jakob Frühbeis auf fünfhunderttausend Euro. Grell beobachtete das Geschehen und die Bietenden genau, griff selbst aber nicht in die Auktion ein. Es schien, als würde er auf etwas warten. Da hob er den Arm – um sich am Kopf zu kratzen. Dass er anwesend war, aber nicht mitbot, verwirrte Deichsler. Ab fünfhundertfünfzigtausend Euro waren nur noch zwei Bieter im Rennen: ein Bauer wie aus dem Bilderbuch, grauer Vollbart, kariertes Hemd, Strickjacke und grau gescheckter Filzhut. Und ein unauffälliger Mann in Strickpulli und mit Locken, der bei fünfhunderteinundfünfzigtausend Euro ausstieg. Der Bauer hatte das Rennen gemacht und Grell kein einziges Mal Anstalten, den Hof zu ersteigern.

Deichsler schob den Akku erneut ins Handy und knipste den Bauern, als dieser mit einem zufriedenen Grinsen an ihm vorüberging. Er zog den Akku wieder heraus. Unauffällig folgte er ihm auf den Parkplatz, wo er in einen Benz stieg.

Du bist wirklich ein wandelndes Klischee. Wenn du in einem Buch vorkämst, würde jeder sagen: Dich gibt's in echt gar nicht.

Akku rein: Foto von Wagen und Nummernschild. Akku raus.

Soso, aus Freising bist du also.

Deichsler wandte sich um und ließ das Durchsuchungsprozedere ein zweites Mal über sich ergehen. Als er die Schuhe ausziehen wollte, machte der Jungspund eine wegwerfende Handbewegung. »Lass geh! Wir kennen uns ja schon.«

Jaja, biologische Waffen haben's in sich.

Jetzt kam der zweite Hof aus dem Isental unter den Hammer, das Anwesen vom Ismair Adolf.

Der Saal füllte sich. Einige Gesichter kannte Deichsler schon von der vorherigen Auktion, etwa den Lockenkopf in seinem Strickpulli, der dem Bauer zuvor unterlegen gewesen war. Auch Grell war wieder anwesend. Da Ismairs Hof größer war als der von Frühbeis, war der Verkehrswert höher angesetzt worden: auf fünfhunderttausend Euro.

Die zwei verlieren gerade ihr Erbe. Angeblich, weil sie sich zu schlecht um ihre Kühe gekümmert haben. Wie es denen wohl geht, den armen Bauern und den Kühen?

Er würde Kristel danach fragen. Falls sie sich so schnell überhaupt wiedersehen würden. Wenn ihn die Polizei suchte, dann bestimmt auch auf ihrem Hof. Er dachte an David, der immer noch bei seiner Oma war. Sehnte sich nach seiner Nähe, sehnte sich danach, seine kleine weiche Hand zu halten und mit ihm im Kreis zu laufen. »Karussell«, quietschte David dann immer. Aber das Risiko konnte er im Moment nicht eingehen.

Das Bieten begann von Neuem, bis die Hände, die nach oben schnellten, weniger wurden. Grell beobachtete das Geschehen, hielt sich aber wieder raus. Gerne hätte Deichsler ihn gefragt, warum er auf ihn geschossen hatte, aber das wäre zu auffällig gewesen. Dieses Mal blieb der Lockenkopf im Pulli übrig und ein weiterer Mann, der nicht so aussah, als würde er etwas mit einem Hof anfangen können. Strähnen seiner braunen Haare waren blondiert, vorne kurz, hinten lang.

Vokuhila. So was von out.

Die Fransen standen ihm wirr vom Kopf ab. Eine Ähnlichkeit mit Rod Stewart war nicht von der Hand zu weisen. Das Einzige, was ihn von dem Sänger unterschied, war der Vollbart. Bei achthundertzwölftausend Euro hielt er als Letzter seine Hand nach oben, und der Hof vom Ismair Adolf gehörte ihm.

Akku rein: Foto von Rod Stewart. Akku raus. Deichsler schaute, dass er weiterkam. Auf dem Parkplatz des Amtsgerichts fotografierte er dessen Wagen und das Nummernschild, und es offenbarte sich die erste Gemeinsamkeit mit dem vorherigen Käufer: Auch Rod Stewarts Auto hatte ein Freisinger Kennzeichen. Allerdings unterschied sich sein uralter Opel Kadett massiv von dem Benz des Bilderbuchbauern: zugepappt mit Aufklebern von Metal-Bands wie AC/DC und Metallica. Auf der Heckscheibe prangte ein fetter Aufkleber mit Tierschädel: »Wacken 2015 – ich war dabei«.

Freising. Warum nur sind beide aus Freising? Das kann doch kein Zufall sein.

Deichsler dachte an die omnipräsenten Transparente in Attaching, mit denen gegen die dritte Startbahn des Flughafens protestiert wurde. Plötzlich trat Grell aus dem Gerichtsgebäude und zündete sich eine Zigarette an.

Jetzt aber schnell weg, bevor die Bullen kommen.

In dem Moment bog ein Streifenwagen um die Ecke und schlich über den Parkplatz. Hatten sie ihn geortet?

Ich muss mit Stefan Johnigk von PROVIEH sprechen.

Deichsler schwang sich auf seinen Drahtesel und bretterte zum nächsten Internetcafé, wo er im Netz nach Johnigks Mobilnummer suchte und ihn dort von einer Zelle aus anrief.

»Ich dachte schon, Sie hätte ein Stier auf die Hörner genommen«, frotzelte Johnigk. »Ich stehe grad auf dem Hof von Frau Luidinger.«

»Woher wussten Sie, dass es um Frau Luidingers Hof geht?«

»Wenn man seit Jahren in dem Geschäft ist, hat man seine Kontaktleute vor Ort.«

»Aha. Wo ich Sie schon mal dranhabe, eine Frage: Sind achthundertzwölftausend Euro viel für ein landwirtschaftliches Anwesen bei einer Zwangsversteigerung?«

»Das kommt auf die Größe des Grundes und den Zustand des Anwesens an.«

Deichsler steckte den Akku ins Handy, tippte auf das Bild, das er von den Objektangaben gemacht hatte, und las sie Johnigk vor.

»Das ist tatsächlich sehr, sehr wenig«, sagte der nachdenklich. »Übrigens kann ich hier leider keine Probe mehr vom Futter nehmen.«

»Und warum nicht?«

»Frau Luidinger hat es verkauft, um zumindest einen Teil ihrer Schulden zu bezahlen.«

»Scheiße.«

»Dem ist nichts hinzuzufügen.«

»Ich bin mittlerweile immer stärker davon überzeugt, dass hier irgendwas faul ist. Lassen Sie uns in Kontakt bleiben«, sagte Deichsler.

»Die Biofach in Nürnberg beginnt erst in ein paar Tagen, und ich habe hier in der Gegend noch zu tun.«

Deichsler legte auf.

Monika! Aber jetzt ist erst einmal Paul wichtig.

Deichsler versuchte, Steffi zu erreichen. Die hob weder auf dem Festnetz noch auf dem Handy ab.

Saß Paul bereits in Untersuchungshaft?

Deichsler radelte zum Bahnhof zurück und druckte sich am Automaten die nächsten Verbindungen nach Dorfen aus. Die Regionalbahn würde zum Münchner Hauptbahnhof tuckeln, wo er in den Bummelzug nach Dorfen umsteigen müsste. Das konnte klappen, aber auch ordentlich in die Hose gehen. Der Hauptbahnhof glich einem Hochsicherheitstrakt: überall Kameras und alle paar Meter Beamte der Bundespolizei. Die sicherere Verbindung war vermutlich die mit dem Bus von Landshut nach Velden. Das Dorf lag in der Nähe von Ranoldsberg, wo Deichslers Schulspezl Römer – der mit dem Gras – zu Hause gewesen war. In Velden musste er den Bus nach Dorfen nehmen.

Schnäuzenderweise gab er sein Rad in der Radlstation ab und verabschiedete sich vom Verleiher. Da ihn die Erlebnisse durstig gemacht hatten, kaufte er sich im Bahnhof eine Dose Bier und schlenderte über den Vorplatz zu den Bussen, rechts von ihm das blassrosa Bahnhofsgebäude. Das Bier schob er in seine Hosentasche und schmuggelte es so am Busfahrer vorbei, den er bat, ihn in Velden zu wecken, sollte er wegdösen. Er ließ sich in einen Sitz sinken, öffnete die Bierdose und nahm einen Schluck. Der Bus fuhr an, und Deichsler überlegte, warum keine Bauern aus dem Isental mitgeboten hatten. Die hätten doch eigentlich die Hauptinteressenten an dem Grund sein müssen, der an ihre Wiesen und Äcker anschloss. Die Antwort nahm ihm der Schlaf.

Ein Ruckeln weckte ihn, er schaute aus dem Bus und direkt auf ein Ortsschild: »Velden«. Am bunten Möbelhaus stieg er aus, die halb leere Dose mit dem warmen Bier in der Hand.

Während er auf den Bus nach Dorfen wartete, betrachtete er das Schaufenster. Der Fall war wie ein Zimmer, das sich langsam mit Möbeln füllte. Allerdings passten einige Möbel so gar nicht ins Wohnkonzept. Was wollte Grell bei Gericht, wenn er gar nicht mitgeboten hatte? Warum hatten sich stattdessen Bauern aus Freising in die Auktionen reingehängt? Klar war, dass der Viehhändler etwas mit dem Besitzer der TVA am Laufen hatte, das sicherlich nicht sexueller Natur war. Letzterer profitierte von den kranken Tieren, die das Oberviech durch die Inobhutnahme bekam, denn bei ihm wurden sie gegen Bezahlung entsorgt. Allerdings kam es immer wieder vor, dass Tiere in Obhut genommen wurden, das war insofern also nichts Besonderes. Besonders hingegen war, dass Kristel behauptete, dass es ihren Tieren an nichts gefehlt habe. Wie wohl die anderen Isental-Bauern dazu standen?

Mir fehlen einfach noch zu viele Teile.

Am verheerendsten war, dass Paul so tief in der Scheiße steckte. Was hatte er auf Luidingers Hof zu suchen gehabt? Und der ALF-Aufnäher gehörte mit Sicherheit ihm, da er auch das Handbuch der Organisation besessen hatte.

Ich muss mir das Handbuch noch einmal ausdrucken und lesen.

Hatte Paul wirklich aus Protest gegen die Tierhaltung Kristels Nachbarhof angezündet?

Deichsler nahm einen Schluck aus der Dose, es schüttelte ihn. Das Bier war zwischenzeitlich lack geworden. Wütend schleuderte er die Dose auf den Boden, der Gerstensaft spritzte und schäumte.

Der Bus nach Dorfen kam, Deichsler stieg ein. Wie gerne wäre er jetzt bei David gewesen, hätte sich auf der Couch an ihn gekuschelt, ihm aus einem Buch vorgelesen. Sein Sohn hätte seinen Fünftagebart gestreichelt und lausbübisch bemerkt: »Papa pieks!«

Zwei Reihen vor ihm pflanzte sich ein Hosenscheißer in viel zu weiten Klamotten hin, der einem amerikanischen Ghetto entsprungen sein musste, und surfte auf seinem Smartphone.

»'tschuldige«, sagte Deichsler.

Der Hosenscheißer sah ihn an, als hätte er »Fick deine Mutter« zu ihm gesagt.

»Kann ich bitte mal kurz dein Smartphone haben? Ich muss unbedingt was nachschauen.«

»Na«, sagte der Hosenscheißer in tiefstem Bayerisch.

Alpengangster, oder was?

»Gib her!«, zischte Deichsler. Wenn er das Handbuch noch einmal lesen wollte, brauchte er ein internetfähiges Handy, und seines wollte er nicht schon wieder anschalten. Er stand auf, stellte sich vor den Hosenscheißer in den Gang und packte sich dessen Smartphone.

Der Fahrer beobachtete alles im Rückspiegel. »Nanananana!«, kommentierte er laut.

Der Club der Nanas, oder was?

Deichsler zog seine Hand zurück, griff in seine Jackentasche, holte aus dem Geldbeutel einen Zehner, der ihm nicht gehörte, und rieb ihn zwischen den Fingern.

Es dauerte keine fünf Sekunden, bis der Schein weg war und er das Handy in der Hand hielt.

»Das Animal Liberation Handbuch. Dieses Handbuch ist den stark engagierten Frauen und Männern der ALF gewidmet.«

Stark engagiert ist ja eigentlich gut.

»Heute beschimpft als Terrorist, jedoch eines Tages in Erinnerung als ein selbstloser Kämpfer, der das Risiko auf sich genommen hat, für das Recht zu kämpfen.«

Terrorist dagegen schon weniger, und selbstlos ist auch nicht immer gut.

Eine düstere Vorahnung schien sich damit zu bestätigen. Hatte Paul wirklich auf ihn geschossen, weil er mit Grell unter einer Decke steckte und nicht wollte, dass sich sein Vater dem Hof näherte und mit Grell sprach? Der Gedanke war so bedrückend, dass er schnell weiterlas.

»Die Tiere würden sich bedanken – wenn sie könnten.«

Deichsler schoss das Bild der angebunden Kühe in Kristels Stall in den Kopf.

»Was ist die ALF? Die Animal Liberation Front (ALF) ist eine internationale Organisation, deren Bestimmung es ist, jegliche Art von Tierausbeutung und Tierleid ein Ende zu setzen.«

Ist bloß die Frage, wie.

»Die ALF hat keinen bestimmten Führungsstil und keine tatsächliche Mitgliedschaft. Sie baut sich zusammen aus individuellen Arbeiten in kleinen Gruppen, die s.g. ›Zellen‹, in gewaltfreien direkten Aktionen.«

Gewaltfrei ist auch gut, schließt aber Brandstiftung aus.

»Aus Sicherheitsgründen existiert keine Kommunikation zwischen den ›Zellen‹; sodaß beispielsweise Hausdurchsuchungen oder Verhaftungen keinerlei Auswirkungen auf andere ›Zellen‹ ausgeübt werden kann.«

Wodurch es schwierig werden wird, Pauls Mitstreiter ausfindig zu machen.

»Wozu dient die ALF? Die ALF befreit Tiere von Orten oder aus Situationen des Missbrauchs (Pelzfarmen, Labors, Mastanlagen) und bringt diese in sichere und behütete Orte, wo sie in ihrem natürlichen Lebensraum, frei von Leid und Ausbeutung, leben können.«

Dann hat Paul die Hühner von dem Privathof bei Ackern gestohlen, um sie in Sicherheit zu bringen.

»Die ALF fügt denen wirtschaftlichen Schaden zu, die vom Tod, dem Schicksal und der Ausbeutung eines jeden Tieres profitieren.«

Darunter würde auch ein Bauernhof fallen.

»Ethischer Vandalismus und Sabotage hilft den Tieren. Es lässt Tierquäler finanziell bluten für Reparaturen und beispielsweise Instandhaltungskosten, welches sie normalerweise von ihrem blutigen Geschäften erhalten würden. Menschen hören auf, Tiere zu quälen, wenn es sie Geld kostet.«

Was für ein grottiges Deutsch.

Ein galliger Geschmack breitete sich in Deichslers Mund aus und wanderte über die Speiseröhre in seinen Bauch. Jetzt hätte er sogar das lacke Bier getrunken. Ihm war kotzübel.

Am Dorfener Marienplatz huschte er aus dem Bus in die Dämmerung. Der Fahrer verabschiedete sich mit einem knurrigen »Servus!«. Deichsler zog sich die Baskenmütze ins Gesicht und wetzte durchs Isener Tor Richtung Ortsausgang, den Blick auf den Boden gerichtet, den Daumen ausgestreckt. Per Anhalter zu fahren war riskant, war er doch immer noch auf der Flucht. Schneeflocken wirbelten um ihn herum, er zog die Jacke enger und stellte sich schon darauf ein, die paar Kilometer von Dorfen bis ins Lebewagental zu Fuß zurückzulegen, an den Brückenpfeilern vorbei.

Oder soll ich gleich loslaufen? Dann erwischen sie mich garantiert nicht, und warm wird mir auch. Aber es dauert länger, bis ich im Lebewagental bin und mich in einem der Bauwagen von Erkan und Mirko aufwärmen kann.

Am liebsten hätte er sich die Jacke bis zur Nase hochgezogen, doch dann wäre die Wahrscheinlichkeit noch geringer gewesen, von einem Autofahrer mitgenommen zu werden. Also zog er sich stattdessen die Baskenmütze tiefer ins Gesicht. Die kleinen harten Schneeflocken fegten immer wilder um ihn herum, kitzelten in den Augen und in der Nase. Eine biss sich in seinem rechten Auge fest. Er wischte sie fort, sah das Auto nicht kommen. Kurz bevor ihn dessen Lichter erreicht hatten, streckte er den Daumen raus – und es fuhr vorüber.

Ob die Zeitungen schon mein Fahndungsbild für die morgige Ausgabe drucken?

Beim nächsten Auto war er schneller. Es hielt, er rannte hin und bückte sich zum Fenster.

»Freddie!«

»Annamirl!«

Eine blondierte Haarsträhne spitzte unter einer lila Strickmütze hervor und lachte ihn an. Deichsler lächelte zurück. Nach den Morden hatte er oft an Annamirl denken müssen. An die tiefgründigen Gespräche, die er mit ihr geführt hatte und die er sich mit Monika so sehr wünschte. Die Vertraulichkeit, als er ihrem behinderten Sohn Maximilian im Bett die Geschichte vom Waschbären vorgelesen hatte.

»Geh einer! Ist doch saukalt da draußen, oder?«

Deichsler stieg ein und umarmte sie zur Begrüßung.

Sie rang nach Luft und musste gleichzeitig lachen. »Was treibt dich zu uns?«

»Du, nur du!«, sagte er.

»Verarschen kann ich mich selber.« Sie drückte ihn von sich weg. »Jetzt sag schon!«

Und auf einmal sprudelte es nur so aus ihm heraus. Wie ihn Steffi angerufen und Kristel ihn gebeten hatte, für sie zu ermitteln. Mit jedem Wort fühlte er sich leichter, verschwand der Druck aus seinem Bauch, der sich die letzten Tage angestaut hatte, ein bisschen mehr.

»Ach so, die Luidinger. Bei der hast wohl dann auch übernachtet?« Annamirl zog die Augenbrauen hoch.

Ob ihr immer noch was an mir liegt?

Er musterte sie. Ein, zwei Falten waren seit ihrer letzten Begegnung um ihren Mund herum dazugekommen, was sie aber nicht weniger attraktiv machte.

»Was schaust denn so?« Sie rammte ihm den Ellbogen in die Seite.

Deichsler berichtete weiter, wobei er das verhinderte Schäferstündchen mit dem Kalb Monika verschwieg. Dafür erzählte er, dass Kristel der Meinung war, dass ihnen die Tiere zu Unrecht genommen worden waren und ihr Mann gar nicht durch einen Unfall gestorben war. Von Stefan Johnigk und der Tierschutzorganisation PROVIEH erzählte er ebenfalls. Dass Johnigk eine Probe hatte nehmen wollen, Kristel das Futter aber aus Geldnot bereits verkauft hatte. Endlich kam er zum Brand von Kristels Nachbarhof. »Überall Feuer, Flammen, Funken, Rauch. Dann steht da so ein Krischperl, seine verfilzten Haare verschmort, und glühende Balken stürzen herunter.«

Der Druck in seinem Bauch wuchs wieder, wanderte in seine Brust, war kurz davor, zu explodieren. Die Scheibenwischer wischten aufgeregt die Schneeflocken von der Scheibe. Deichsler hatte das Gefühl, platzen zu müssen. »Ich habe nicht gewusst, wer da vor mir steht, hatte nur so ein Gefühl. Ich habe ihn ja noch nie gesehen.«

Annamirl hörte zu, nickte verständnisvoll. In ihren Augen spiegelte sich Bewunderung wider.

»Und das Einzige, an was er denkt, sind die Viecher. ›Die Kälber … Die Kälber verbrennen‹, hat er gesagt.« Das Elend wanderte in Deichslers Hals, drückte auf Nase und Augen. »Genau das Gegenteil von mir. Das kann doch nicht mein Sohn sein, denke ich. Die ganze Zeit habe ich verdrängt, dass es ihn gibt. Hab nur an mich gedacht, nicht an Steffi, seine Mutter, nicht an ihn. Und dann steht er plötzlich vor mir, verbrennt fast und denkt nur an die Viecher. Vielleicht ist er gar nicht mein Sohn.«

Die letzten Jahrzehnte zerbarsten, Deichsler öffnete sich, kam nicht mehr dagegen an. Die Tränen liefen ihm übers Gesicht, die Worte stürzten aus seinem Mund, die Anspannung, die Schuld fielen von ihm ab. Er weinte, der Knoten im Hals löste sich auf, der Druck in der Brust ließ nach.

Annamirl streifte ihre Mütze ab und nahm ihn in den Arm. Er vergrub sein Gesicht in ihren schulterlangen Haaren, die nach Kokos rochen, sog den beruhigenden Duft ein und schnaufte schwer wieder aus. Annamirl atmete immer gepresster, als wollte sie etwas unterdrücken. Er küsste sie auf den Hals, strich über ihren Anorak. Seine Hand fuhr unter die Jacke, noch mehr Wärme, Speckröllchen, der runde Busen. Annamirls Hand wanderte seinen Oberschenkel hinauf, sein Herz raste. Es hupte, und sie rissen sich voneinander los. Da erst wurde den beiden bewusst, was sie gerade getan hatten.

Annamirl räusperte sich verschämt und lenkte den Wagen zur Seite, um das Auto vorbeizulassen. »Also, wo möchst hin?«, fragte sie und sah sich im Spiegel an.

»Annamirl, ich habe dir was verschwiegen.«

Sie sah ihn erwartungsvoll an. »Das d' gamsig bist, oder was?«

Es hätte ihm peinlich sein können, war es aber nicht, sondern lockte ihm sogar ein Lächeln hervor. »Die Polizei sucht mich wegen des Brandes. Und jetzt weiß ich nicht, wo ich hinsoll.«

»Aber gerade noch wolltest du wohin.«

»Kann ich nicht …?«

»Zu mir?« Sie deutete auf ihre Brust.

Deichsler nickte.

»Da tät sich der Berni aber freuen, wenn ich den Typen anschleppe, der seinen Vater fast ins Gefängnis g'bracht hat.«

»Aber doch nur fast.«

»Trotzdem denkt er, dass ich eine Britschn bin.«

»Bist nicht«, sagte Deichsler.

»Warum warst du überhaupt auf dem Hof, wo's g'brannt hat? Du bist wirklich wie die Fliegen. Immer beim Scheißdreck.«

»Na ja, so würde ich das jetzt nicht sagen.« Er musterte Annamirl.

Es dauerte ein bisschen, bis sie realisierte, was er gemeint hatte, dann lachte sie und schlug ihm mit der Faust auf die Schulter. »Also, wo wollt'st hin?«

»Zu Erkan und Mirko ins Lebewagental.«

»Viel Leben ist da aber nicht mehr.«

13

Annamirl hielt am Rastberg. »Wennst was brauchst, dann meld dich einfach.«

Er hob seinen Zeigefinger, als säße er in der Schule. »Wennst mich so fragst: Ein Handy wär gut und ein Auto auch.«

Sie beugte sich nach hinten und kruschte in ihrer Handtasche auf dem Rücksitz. Als sie ihn dabei berührte, überlegte er, ob er sie zum Abschied umarmen sollte.

»Das ist eh schon uralt.« Sie hielt ihm ein Seniorenhandy hin, mit dem man lediglich telefonieren konnte. »Die PIN steht hinten drauf. Und ein Auto bringe ich dir morgen, weil's dass du bist.«

Deichsler gab ihr einen Kuss auf die Wange und verließ das warme Auto. Es kam ihm vor, als würden die Schneeflocken jetzt noch wilder um ihn herum wirbeln.

Der Bauernhof stand genauso ordentlich da wie vor über einem Jahr, es schien sich nichts verändert zu haben. In einem Fenster brannte Licht, der Hund bellte nicht. Holz war aufgeschichtet, als gelte es, die nächsten zehn Winter zu überstehen, auf dem Fußballfeld lag inmitten von Metalltoren ein Schlitten. Ein Bauernhof galt gemeinhin als Hort des Friedens, stellte ein Pendant zur Massentierhaltung dar, die zurzeit heftig kritisiert wurde. Zu Recht. Die Tiere erhielten in solchen Betrieben fünfmal mehr Antibiotika als die Menschen, wenn sie krank waren. Und benötigten die Menschen, die mit ihnen in Kontakt standen, Antibiotika, wirkte es oftmals nicht, weil die Bakterien bereits resistent waren. Deichsler schüttelte den Kopf bei dem Gedanken.

Allerdings war auch die bäuerliche Landwirtschaft kein Ort der Glückseligkeit, was sich im täglichen Überlebenskampf der Bauern zeigte. Das Land wurde knapper, die Arbeit mehr. Jetzt war auch noch die Milchquote abgeschafft worden, und der Preis für die Milch stürzte in den Keller. Bauern mussten fünfzig, sechzig Stunden in der Woche arbeiten, um überleben zu können, hatte ihm Kristel erzählt. Was das weit verbreitete Kälbersterben begünstigte. Die Bauern konnten nicht mehr jedes Kalb einzeln versorgen, das nicht trank, sagte Kristel. Und wenn sie den Tierarzt riefen, zahlten sie fünf bis zehn Euro für die Medikamente und den Arztbesuch, erzielten an schlechten Tagen aber nur dreißig bis vierzig Euro pro Tier. Dann starb es eben. Das tat den Bauern zwar leid, aber so war es eben. Deichsler stampfte fester über den gefrorenen Boden den Berg hinunter.

Das ist halt einmal so … Was für eine perverse Welt. Um den Gewinn zu erhöhen, koste es, was es wolle. Und sei es der unsinnige Tod von Kuhkindern.

Die Kälbchen. Die hatten auf fast jedem Hof, egal ob mit fünf oder zehntausend Kühen, die Arschkarte gezogen. Kurz nach der Geburt wurden sie von ihrer Mama getrennt und in Plastikboxen gesperrt. Als Kalb konnte man doch kein Vertrauen mehr in die Welt haben, wenn man seine Mutter nicht mehr sah. Kein Wunder, dass sich die Monika von Deichsler zuerst nicht hatte streicheln lassen. Auch den Bullen, ihren Vater, kannten die Kleinen nicht. Aber den kannte ja nicht einmal die Mutter. Was die kannte, war der »Rucksackstier«, wie sich die Kristel ausgedrückt hatte. Der Besamer, der mit dem Rucksack kam. Es sei denn, es gab wie auf Luidingers Hof einen Zuchtstier, aber der war selten geworden. Auch aufgrund der Gefahr, die von ihm ausging.

Zuchtstier: der Traumjob eines jeden notgeilen Mannes.

Über den Zuchtstier hatte ihm Kristel eine Anekdote erzählt, die sie in einer Zeitung gelesen hatte. Die Rucksackstiere in Niederbayern hatten auf ihren Dienstwägen »Niederbayerische Besamungsgenossenschaft« stehen. So ein Rucksackstier hatte eine Schwester, die vor Jahrzehnten ins Ausland geheiratet hatte. Als sie mal wieder daheim war, las sie auf dem Dienstwagen ihres Bruders: »Besamungsgenossenschaft«. »Macht denn deine Frau das mit?«, hatte sie von ihrem Bruder wissen wollen.

Erinnerungen tauchten vor Deichslers geistigem Auge auf. Paul war immerhin in einer ansprechenden Umgebung und nicht in einem dunklen, stinkenden Stall entstanden. An der Taufkirchener Feuerstelle, am Waldrand im Feuerschein, zwischen Buchen und Äckern, von wo aus man die Lichter der Stadt erkennen konnte. Wie die Kühe hatte auch Steffi damals unter dem Einfluss von Medikamenten gestanden, aber nicht von künstlichen Hormonen wie die Kühe, sondern unter dem Einfluss von Gras.

Steffi die Kuh. Und ich der Zuchtstier. Was für eine tierische Angelegenheit.

Deichsler blieb das Lachen im Halse stecken. Der Vergleich passte. Paul kannte ihn nicht besser als ein Kalb seinen Vater, lediglich vom Hörensagen. Die Wahrscheinlichkeit, dass das Kalb den Rucksack- oder den Zuchtstier öfter gesehen hatte als Paul ihn, war sogar höher.

Die Schneeflocken vermengten sich mit der schwarzen Nacht zu einer undurchsichtigen Wand. Deichsler war es unmöglich, bis in die Senke am baumbestandenen Fluss, bis ins Lebewagental zu schauen. Am Waldrand entlang stapfte er durch die immer höher werdende Schneedecke.

»Viel Leben ist da aber nicht mehr«, hatte Annamirl gesagt. Dennoch flackerte ein Feuer in der Dunkelheit. Deichsler sauste den Berg hinunter. Trotz der misslichen Lage, in der er sich befand, freute er sich, Erkan wiederzusehen. Sie hatten einiges zusammen durchgemacht, als er das letzte Mal hier gewesen war. Die Freundschaft zum toten Kurbi verband sie genauso miteinander wie der kritische Blick auf die Engstirnigkeit mancher Menschen, die hier lebten.

Ein Mann hockte auf einem Baumstamm mit dem Rücken zu Deichsler und starrte ins Feuer. Schneeflocken glitten um ihn herum zu Boden.

Erkan.

Ob er immer noch unter dem Verlust von Kurbi litt?

Unter der weißen Mütze fielen die dichten schwarzen Haare über seine Schultern. Räuber Hotzenplotz, so hatte ihn Deichsler bei ihrer ersten Begegnung wegen seiner Knollennase genannt. Damals hatte er gedacht, Erkan wäre mit Steffi fremdgegangen, und war eines Besseren belehrt worden. Erkan, der rein äußerlich dem Autor und Regisseur Fatih Akin glich, war schwul.

Jetzt drehte er sich um, schaute, als habe er ein Gespenst

gesehen, stand auf und breitete die Arme aus. »Freddie Deichsler, die alte Spürnasen!«

Sie umarmten sich herzlich, und Deichsler setzte sich neben Erkan auf den Baumstamm. Doch Annamirl hatte recht behalten, es war nicht mehr viel Leben im Lebewagental. Das Einzige, was von letztem Jahr überlebt hatte, war ein weißes Tipi. Verglichen mit den drei bunten Bauwagen wirkte es einsam und verloren. Annamirl hatte nicht gewusst, warum die Bauwagen weggemusst hatten. Deichsler vermutete, dass Erkan die Baugenehmigung fehlte. Das hatte ihm schon die gute alte Zenzi, Kurbis Mama, erzählt, als er das letzte Mal hier gewesen war.

Erkans Augenringe waren dunkler und größer geworden. Warum suchte er sich nicht eine Wohnung in Dorfen oder zog in Steffis WG nach Schwindegg?

Erkan stand auf und warf ein Holzscheit ins Feuer, das knisternd in den Flammen verschwand. »Suchen sie dich wieder?«

»Dir entgeht aber auch nix, du alte Karfreitagsratschn.«

»Weißt doch, wir Schwuchteln sind wie die Frauen.«

Zum zweiten Mal innerhalb kürzester Zeit erzählte Deichsler, was in den letzten Tagen geschehen war.

»Schöne Scheiße«, sagte Erkan, als er seinen Bericht beendet hatte.

»Das kannst du laut sagen. Ich weiß immer noch nicht, wie das alles zusammenpasst.«

»Magst ein Bier?«

»Gern. Du bist mir ein schöner Moslem«, frotzelte Deichsler. »Mannsbilder schnackseln und Bier saufen.«

»Wirst lachen, ich habe in der letzten Zeit zum Glauben zurückgefunden.« Erkan verschwand hinter dem Zelt.

Deichsler holte sein und Annamirls Handy heraus, schob die Rückseite von seinem herunter, zog die SIM-Karte heraus, öffnete Annamirls Telefon und setzte die Karte ein. Drückte auf »An« und gab die PIN ein. »Ist das nicht ein Widerspruch? Dürfen Moslems denn Bier trinken?«

»Der Moslem an sich«, rief Erkan hinter dem Zelt hervor, und Deichsler hörte, dass er in den Schnee pinkelte, »muss einen langen Bart haben und Menschen köpfen. Schmarrn, im Koran gibt's unterschiedliche Auslegungen, was den Alkohol oder, genauer gesagt, den Wein angeht.«

Deichsler brummte zur Antwort und wählte Stefan Johnigks Nummer.

Wie wenig wir über die Religion derer wissen, mit denen wir zusammenleben. Was mich, der in der Nürnberger Südstadt lebt, viel stärker betrifft als die Menschen in Dorfen.

Die Mailbox ging ran. Hinter dem Zelt klirrten Flaschen. Auch wenn es unwahrscheinlich war, dass er im Kieler Büro von PROVIEH um diese Uhrzeit noch jemanden erreichte, versuchte er es dort. Nach dem dritten Tuten meldete sich eine Frauenstimme, während direkt an seinem Ohr ein Piepen ertönte. Eine SMS war eingegangen.

»Stefan ist seit ein paar Stunden nicht mehr erreichbar«, sagte die Frau. Die letzte Info, die sie von ihm erhalten habe, sei, dass er Deichsler im Fall Luidinger, wie sie sich ausdrückte, eine Nachricht zukommen habe lassen, nachdem er ihn nicht erreichen konnte. Deichsler verabschiedete sich und legte auf.

Schritte knirschten im Schnee, und Erkan kam mit zwei Bierflaschen hinter dem Wigwam hervor. Es hatte aufgehört zu schneien, der Himmel klarte auf. Deichsler wollte gerade die SMS öffnen, da schlug ihm Erkan das Handy aus der Hand, sodass es in hohem Bogen durch die Luft flog und im Feuer landete.

»Sag mal, spinnst du?«, brüllte Deichsler, sprang auf, schnappte sich einen Stecken und holte damit sein verschmortes Handy heraus. Rauchend lag es neben den Steinen, die die Feuerstelle begrenzten.

»Wer spinnt denn hier? Möchtest du unbedingt geortet werden?«

»Ich wollte gerade eine wichtige Nachricht lesen.«

»Und ich habe keinen Bock, dass die Bullen wieder hier einlaufen. Die sind eh schon fast meine Dauergäste.«

Deichsler stellte sich vor Erkan, konnte jede Falte in seinem Gesicht erkennen, seinen Atem spüren. »Das ist mir scheißegal, auf was du Bock hast. Ich bin an einem wichtigen Fall dran, es geht um meinen Sohn.«

Vielleicht hält er ihn im Tipi versteckt.

Erkan schubste ihn weg, sodass er über den Baumstamm auf den schneebedeckten Boden fiel. »Und weißt du, um was es für mich geht? Um mein Zuhause. Obwohl Mirko und mir das Land gehört, müssen wir weg. Und immer, wenn du irgendwo auftauchst, gibt's Ärger. Kurbi ...«

Also hatte Erkan die Sache mit Kurbi doch noch nicht verdaut. Was nicht verwunderlich war nach dieser kurzen Zeit und einem so heftigen Erlebnis. Deichsler rappelte sich auf, klopfte sich den Schnee von den Klamotten und ging auf Erkan zu.

Ich habe ihn nicht einmal gefragt, wie es ihm geht.

»Tut mir leid. Ich wollte dich nicht stressen. Komm, lass uns ein Bier trinken.«

Da atmet doch jemand im Tipi.

»Okay.« Erkan schlug mit der Faust in die Luft, setzte sich auf den Baumstamm und öffnete die Flaschen mit einem Feuerzeug.

Sie prosteten sich zu und tranken. Deichsler rülpste ungeniert in die Dunkelheit, beide mussten lachen.

Deichsler bückte sich, hob das qualmende Handy mit spitzen Fingern auf, nahm die SIM-Karte heraus und steckte sie in sein Handy.

»Paul war übrigens hier«, sagte Erkan.

»Was?«

»Er hat hier geschlafen, nachdem der Luidinger tot war. Hat gesagt, sie wären ihm auf den Fersen.«

»Wer?«

»Damit ist er nicht herausgerückt. Er ist nicht so gesprächig wie sein Vater. Ich glaube, er hatte Angst, große Angst. In der Nacht hat er geträumt und um Hilfe geschrien.«

»Warum hast du mir das nicht früher gesagt?«

»Weil ich den Eindruck hatte, dass du erst etwas loswerden musstest. Außerdem wollte ich dir nicht gleich unter die Nase reiben, dass er stinksauer auf dich ist.«

»Häh?«

»Muss ich das tatsächlich ausführen?«

Deichsler schaute in die Flammen, die um das Holz züngelten, es langsam auffraßen. Wandte seinen Blick nach rechts, das Handy rauchte immer noch.

»Ich hatte das Gefühl, dass es ihm vor allem um die Tiere geht.«

»Um die Tiere?«

»Ja. Paul ist Veganer und scheint viel über Tierrechte zu lesen: Hilal Sezgin und andere.«

»Hilal wer?«

»Eine Tierrechtlerin. Ich kannte sie auch nicht. Sie hat einen Gnadenhof in der Lüneburger Heide.«

»Gnadenhof?«

»Ja, dort können Tiere leben, ohne von den Menschen ausgebeutet oder getötet zu werden. Ich finde sie auch ganz interessant.«

»Du findest eine Frau interessant?«

Erkan grinste. »Wie heißt's so schön? Nur der Hungernde spricht vom Brot. Willst was essen?«

Deichsler hob abwehrend die Hände. »Nein danke, Erkan. Ich stehe immer noch auf Frauen.«

»Ihr Heteros und eure Angst vor den Schwulen. Ich hab es ernst gemeint. Ich hätte noch was vom Chili von gestern übrig. Vegan. Davon hat auch dein Sohn gegessen.«

»Warum nicht.« Die Vorstellung, dass er das Gleiche wie sein Sohn essen würde, stimmte Deichsler noch nachdenklicher.

Erkan erhob sich, holte einen Topf, Brot, Teller und Löffel und stellte den Topf ins Feuer. »Ich glaube, er ist in einer Tierrechtsorganisation aktiv und einem Tiertransport auf der Spur. Nach Tunesien.«

»Nordafrika?«

»In seinem Frust über seinen Vater hat er sich so besoffen, dass er immerhin das ausgeplaudert hat.«

»Immerhin«, sagte Deichsler, um der Sache irgendetwas Gutes abzugewinnen.

»Um ehrlich zu sein …« Erkan stockte. »Ich befürchte das Schlimmste.«

»Da bist du nicht der Einzige.«

»In der letzten Zeit ist er ständig gegen die Wand gerannt. Wurde bei Demos festgenommen und erwischt, als er Tiere aus der Rasengut-Mast bei Ackern befreit hat.«

Also hat Vater doch recht.

Das Chili blubberte. Erkan nahm den Topf aus dem Feuer, verteilte den Inhalt auf zwei Teller, reichte Deichsler einen Löffel und eine Scheibe Brot.

Da hörte Deichsler ein Geräusch aus dem Tipi.

Was, wenn Erkan mit Paul unter einer Decke steckt?

»Er sieht nur die Tiere«, sagte Erkan. »Ich mache mir Sorgen, dass er Scheiße baut, so richtige Scheiße. Oder schon gebaut hat.«

Der brennende Hof, dachte Deichsler. Das Chili dampfte. »Er hat was mit der Animal Liberation Front zu tun«, begann er zögernd. Und schob hinterher: »Die sind gewalttätig.«

»So ein Blödsinn.« Eine junge Frau in schwarzer Regenjacke stand im Eingang des Tipis, ihre großen Augen blitzten wütend zu Deichsler herüber.

Die roten Dreadlocks trug sie zu einem Zopf gebunden. Aus ihrer Bauchtasche fischte sie Tabak und Papers und begann, sich eine Zigarette zu drehen. Auf der Bauchtasche prangte ein ALF-Aufnäher, der gleiche, den Kristel ihm gegeben hatte.

Pauls Freundin, Merle Büchner. Du warst im Laden, kurz nachdem ich Matthias nach Paul gefragt habe.

»Die ALF fackelt Schlachthöfe, Laster oder Tierfabriken ab.«

»Und, ist das keine Gewalt?«, fragte Deichsler.

»Wenn keine menschlichen oder nichtmenschlichen Tiere dabei sterben, ist es keine Gewalt. Oder hast du schon mal eine Mauer weinen oder lachen sehen?«

»Für mich ist das eindeutig Gewalt.«

»Und was ist mit dem gewalttätigen System, das uns umgibt? Das ist okay, oder was?«

»Gewalttätiges System?«, fragte Deichsler und sah zu Erkan, der schmunzelte.

»Wir sind von Gewalt umgeben. Und wie bei jeder strukturellen Gewalt, die von einer Ideologie ausgeht, wird sie vertuscht, versteckt«, sagte Merle.

»Das verstehe ich jetzt nicht«, sagte Deichsler.

»Weil du es nicht verstehen willst.«

»Aha.«

»Das Schnitzel, das du dir in die Pfanne haust …«

Mach ich nicht.

»… ist ein Kalb, das Glück hatte, dass es nicht im Bauch seiner schwangeren Mutter gewaltsam erstickt ist wie jedes Jahr hundertachtzigtausend andere seiner Art. Weil seine Mutter durch einen gewaltsamen Bolzenschuss getötet wurde. Scheißegal, ob da noch ein lebendiges Wesen in ihrem Bauch atmet. Jedes Jahr hundertachtzigtausend! Durch die Gewalt von Menschen. Dafür ist es gleich nach der Geburt gewaltsam von der Mutter getrennt worden.« Merles Lippenpiercing bebte, während sie sprach. »Der Schlachthof, in dem es ermordet wurde, ist schalldicht isoliert, weil sich die Schreie von Kühen wie die von Menschen anhören, wenn sie gewaltsam getötet werden.« Ihre Zigarette verglomm, ohne dass sie einen Zug davon genommen hatte. »Und, ist das keine Gewalt, du scheiß Hippie?«

»Willst du eigentlich was essen, Merle? Oder ein Bier?«, fragte Erkan.

Doch Merle war nicht zu bremsen: »Wenn wir die Gewalt aus dem System herausnehmen wollten – also aufhören, Tiere zu töten –, dann würde das System aufhören zu existieren. Ohne Schlachtung gibt es kein Fleisch.«

Hört sich an wie auswendig gelernt. Auch wenn es stimmt.

Erkan hatte einige Sekunden in die Dunkelheit gestarrt. »Die Bullen!«, zischte er jetzt.

»Eins noch«, sagte Deichsler. »Hat Paul verraten, wer ihm auf den Fersen ist?«

»Nein«, sagte Erkan. »Und jetzt verschwinde!«

Deichsler spurtete durch das schneebedeckte vertrocknete Sonnenblumenfeld, auf dem die Blumenskelette die weiß gepuderten Köpfe hängen ließen, in den Wald. Blaulicht schimmerte von Vocking herüber, und auch am Berg konnte er leuchtende Wagen erkennen.

Ich werde mich zwischen den Bäumen verstecken, bis die Polizisten beim Tipi sind. Und dann abhauen. Aber was, wenn am Rastberg und in Vocking Verstärkung steht?

Obwohl er in Eile war, schlurfte er in den Wald, um nicht auf einen Ast zu treten, der ihn durch sein Knacken verraten würde. Schon hörte er die stampfenden Schritte der Polizisten. Er drehte sich um, zählte zwei und presste sich an einen kalten Baumstamm. Erkan und Merle würden sie ablenken, auch wenn Letztere ihn für einen scheiß Hippie hielt, weil er gegen Gewalt war. So hatte ihn noch nie jemand genannt. Jetzt musste er versuchen davonzukommen. Bloß wohin? Bei Kristel würden sie genau wie bei Steffi auf ihn warten. Und seine Eltern konnte er als Zufluchtsort ebenfalls vergessen.

Er hastete den Hang so nahe am Waldrand wie möglich hinauf. Als er das zweite Fußballtor auf der Wiese erreicht hatte, entdeckte er den Streifenwagen auf der Straße. Hinter ihm fiel der Hang steil ab ins Isental. Deichsler schlich weiter, sein Atem malte verräterische Wölkchen in die Dunkelheit, die sofort wieder verpufften. Er war ihnen so nahe, dass er die Stimme eines Beamten hören konnte, der am Streifenwagen lehnte. Mit einem Handy am Ohr.

»Spatzl, warum soll ich dich nicht mög'n?«

Als hätte Deichsler nicht schon genügend Probleme am Hals, erinnerte ihn die säuselnde Senfhose auch noch daran, dass er dringend Monika anrufen musste.

»Na. Ich hoff, dass wir zammenbleiben, bis wir alt und verschrumpelt sind.«

So ein kitschiger Schmarrn.

Deichsler hatte keine Zeit, sich darüber aufzuregen. Er suchte den Boden ab. Neben sich entdeckte er ein Stehaufmanderl, einen Spielzeug-Clown, der sich immer wieder aufrichtete, wie oft man ihn auch umwarf. Den mussten die Kinder vom Hof dort liegen gelassen haben.

Mit dir wollte ich bis gerade eben noch tauschen.

Deichsler schleuderte das Stehaufmanderl in Richtung des Polizisten.

»I pass scho auf«, sagte der gerade, als es klirrte und Glas splitterte. Der Schandi ging in Deckung und griff nach seiner Dienstwaffe.

Scheiße, ich habe die Scheibe eingeworfen. Nix wie weg.

»Ich muss aufhören. Gefahr im Verzug«, sagte der Polizist und zog die Waffe.

Deichsler preschte zum Bauernhof, der Hofhund bellte, das Funkgerät knackte.

»Gefahr im Verzug. Der Verdächtige hat mir die Scheibe vom Streifenwagen eingeworfen.«

»Kommen!«, schallte es zurück.

Deichsler erreichte den Holzstapel vor der Hofwand und drehte sich um.

Zwei Beamte schleppten sich den Berg herauf und kamen keuchend näher.

Mist!

Deichsler schnupperte.

Das war die Lösung! Mist.

Am Hausrücken dampfte der Misthaufen.

Dann kann ich meine Anziehsachen für immer entsorgen.

»In die Richtung ist er!«, rief der verliebte Gockel.

»Die Kollegen kommen von der anderen Seite!«, schnaufte der Ältere.

Ich habe keine Wahl, es sind einfach zu viele.

Beherzt sprang Deichsler auf den stinkenden Misthaufen, versank in ihm und kämpfte sich durch ihn hindurch bis zur Mauer an seine höchste Stelle. Er grub sich tiefer ein und warf sich das mit Kuhscheiße verklebte Stroh auf seinen Kopf, dann tauchte er ab. Keine Sekunde zu früh.

»Hast du ihn gesehen?«, fragte der Gockel nur wenige Meter von ihm entfernt.

»Vielleicht versteckt er sich«, krächzte sein Kollege, der Rest ging in einer heulenden Sirene unter.

»Misthaufen«, war das Letzte, was Deichsler hörte.

Soll ich abhauen? Aber dann würde ich riskieren, eine Kugel in den Rücken zu bekommen. Und meine zwei Söhne brauchen mich noch.

»Wie das stinkt«, beklagte sich der verliebte Gockel.

Da muss ich dir allerdings recht geben.

Deichsler hielt sich die Nase zu, um sein Versteck zu ertragen.

»Dafür riecht man jetzt deinen Nuttendiesel nicht mehr, den du seit Wochen draufhaust.«

»Nuttendiesel? Das Zeug ist arschteuer.«

»Wer's nötig hat.«

»Du hättest ganz was anderes nötig«, sagte der Gockel. »Kannst froh sein, wenn dich ein Arsch aus einem Pornoheft freiwillig anschaut.«

»Zefix!«, fluchte der Polizist mit der krächzenden Stimme und wurde von einer Sirene übertönt. Die Verstärkung war eingetroffen. »Machst es du?«, fragte er seinen Kollegen.

»Mach's doch selber«, sagte der.

Deichsler konnte gut nachvollziehen, dass keiner der beiden scharf darauf war, im stinkenden Mist zu graben. Trotzdem rechnete er damit, dass die Mistschicht über ihm gleich weniger werden und sie ihn herausziehen würden.

»Wennst meinst«, sagte der Gockel. »Ach, weißt was? Der Sanka ist da. Sollen die doch übernehmen.«

Sanis, die im Misthaufen schaufeln?

»Ich stütz dich beim Rübergehen.«

Deichsler seufzte. Sie hatten sich nicht darum gestritten, wer im Misthaufen nach ihm suchen sollte, sondern darum, wer dem krächzenden Bullen einen rostigen Nagel, oder in was auch immer er getreten war, aus dem Fuß ziehen sollte. Er hielt die Luft an. So roch er den Gestank nicht, und die Polizisten konnten ihn nicht atmen hören.

Entfernte Stimmen drangen zu ihm in den Mist. Die Sirenen waren verstummt. Nach und nach grub er sich aus dem Haufen aus, linste vorsichtig zwischen Heu und Kuhscheiße hindurch in die Nacht. Niemand zu sehen. Er kämpfte sich weiter aus dem Haufen, hielt inne. Stille. Ein Flugzeug zog leise rauschend über den Himmel. Also wühlte er sich ganz aus dem Haufen, stieg auf die Mauer hinter sich, die den Misthaufen begrenzte, und hüpfte hinunter. Dann rannte er Richtung Zenzis Hof, von dem nach dem Anschlag nur noch ein Brandfleck übrig geblieben war.

14

Eine Stunde später schleppte er sich auf den Bahnsteig des Dorfener Bahnhofs. Er hatte das halbe Isental zu Fuß durchquert, war über Äcker, Felder und Wiesen gewandert. Hatte sich sogar über die Baustelle der Isentalautobahn gefreut, da sie ihm einen planierten Weg bot, auf dem er nur selten stolperte.

Der letzte Zug nach Mühldorf fuhr ein, die Bahnhofsuhr zeigte null Uhr zweiundvierzig. Unterwegs hatte er Annamirl zurückgerufen. Sie konnte im Moment nicht von zu Hause weg, weil Berni sonst Verdacht geschöpft hätte. Aber eine Bleibe hatte sie für ihn, zumindest übergangsweise. Sie besaßen in Mühldorf eine Wohnung für Arbeiter, die dort schliefen, wenn sie auf Montage waren, die aber momentan leer stand. Sie verfügte über Bett, Küche, Internetanschluss und PC und – es erstaunte ihn selbst, dass er das einmal für das Wichtigste halten würde – eine Dusche. Während des Marsches durch die Nacht waren er und seine Kleidung zwar ein wenig ausgelüftet, und am Bahnhof hatte er die verbliebenen Mistreste aus Haaren und Kleidern gepflückt, trotzdem fühlte er sich noch immer wie ein wandelnder Misthaufen. Sogar einen Wagen gab es in Mühldorf. Den Autoschlüssel, hatte Annamirl ihm angekündigt, würde sie ihm morgen samt einer Kiste mit Verpflegung übergeben, damit er nicht verhungerte.

Erstaunlich, dass sie mir immer wieder vertraut. Und hilft.

Aufgrund der vorgerückten Stunde war der Zug fast leer. Die zwei Jugendlichen im unteren Abteil des Doppeldeckers bemerkte Deichsler erst, als er an ihnen vorbeiging.

Sie lümmelten tief in den Sitzen, hatten die Füße auf die Polster gelegt und schnüffelten lautstark. »Bauer«, sagte der eine. »Mistkerl«, der andere, und beide lachten schadenfroh.

Deichsler ignorierte die Bemerkungen und schlug sich an die Stirn. Er hatte vergessen, eine Fahrkarte zu lösen. Also setzte er sich an den Ausgang, in die Nähe der Toilette, um darin verschwinden zu können, sollte sich der Schaffner nähern. Die

Heizung knackte, draußen in der Dunkelheit zog ein kahles Bachufer vorbei, Baumstämme lagen aufgebahrt wie Leichen auf einem sauberen Stapel.

»Nächster Halt: Schwindegg. Ausstieg in Fahrtrichtung rechts«, schallte es aus dem Lautsprecher, und der Zug kam leise pfeifend zum Stehen. Als er wieder anfuhr, schnarchte Deichsler bereits.

Ein Stier baute sich vor ihm auf, scharrte mit seinen X-Beinen, schnaubte, preschte mit gesenktem Kopf auf Deichsler zu. Er nahm Anlauf und senkte ebenfalls den Kopf. Donnernd prallten ihre Schädel aufeinander, der x-haxige Stier ging zu Boden und wälzte sich im Dreck. Eine Kuh stolzierte herein, schwänzelte mit ihrem prallen Hintern vor Deichslers Gesicht, wedelte mit dem Schwanz. Er sog ihren würzigen Geruch ein und näherte sich von hinten. Mit der Zunge fuhr er sich über das Maul, sprang mit seinem Stierleib auf die Kuh, umklammerte sie mit seinen Vorderbeinen und genoss das lustvolle Rütteln, bis er davon erwachte.

Der Schaffner rüttelte noch immer an seiner Schulter. »Aufwachen. Hallo! Aufwachen. Mühldorf, Endstation.«

Eine blaue Hose versperrte Deichsler den Blick.

»Bauer sucht Frau, oder was?«

»Und ich dachte, ich wäre gerade fündig geworden«, grummelte Deichsler verschlafen. Da fiel ihm ein, dass er keine Fahrkarte besaß.

»Zum Viehzuchtverband geht's in die Richtung«, sagte der Schaffner, deutete auf die Tür und gackerte über seinen damischen Witz. »Die suchen immer Zuchtstiere.«

Um kurz nach eins schwankte Deichsler aus dem Zug. Ihn fröstelte, sein Magen knurrte, und der Misthaufen vertrocknete in seinem Mund. Eine halb volle Bierflasche begrüßte ihn auf dem Bahnsteig, aber er verwarf den kurz aufblitzenden Gedanken, davon zu trinken, sofort. Ein gläserner Gang führte quer über die Gleise mit Güterwägen.

Deichsler schleppte sich die Treppen in die Unterführung

abwärts. Sie spien ihn vor dem Bahnhofsgebäude aus, einem Block mit großflächigen grünen Fenstern, in dem ein Discount-Bäcker unter Tags Semmeln verschleuderte. Deichslers Magen knurrte wieder, seine Blase drückte vom Bier, das er mit Erkan getrunken hatte. Über angeketteten Tischen und Stühlen breitete eine bemooste, knorrige Kastanie ihre Äste aus.

»Du hast sicher Durst«, sagte er zu dem Baum und zippte sein Hosentürl auf. Plätschernd stellte sich Erleichterung ein. Ein Wagen hielt auf dem Bahnhofsvorplatz, zwei Autotüren schlugen zu, Schritte näherten sich. Deichsler war gerade dabei, einzupacken, da stand auch schon ein Bummerl von einem Polizisten vor ihm, das seine Mütze nicht aufhatte, und fragte: »Grüß Gott, können wir Ihnen helfen?«

Deichsler wunderte sich, wie der Mann mit seinem Körperumfang die Aufnahmeprüfung bei der Polizei bestanden hatte. Wahrscheinlich war der Vater oder Schwiegervater …

»Also ich werd ihm jedenfalls nicht helfen«, sagte sein Kollege, unter dessen Mütze widerspenstige Haare herauslurrten. Die beiden wieherten vor Lachen.

»Wissen S' –«, wollte Deichsler sich erklären.

»Ausm Stall, hah?«, fragte das Bummerl und schaute auf Deichslers Hose.

»Ausm Hosenstall«, frotzelte sein Kollege.

»Scho«, sagte Deichsler und biss sich zum zweiten Mal innerhalb kürzester Zeit auf die Zunge. Vielleicht sollte er Mühldorf für den Kabarettpreis vorschlagen.

»Dann werden wir mal zwei Augen zudrücken«, sagte das Bummerl.

»Hab ich scho«, sagte sein Kollege, freute und verabschiedete sich.

Deichsler schwitzte am ganzen Körper, sein Mund war ausgetrocknet. Annamirl hatte gesagt, er müsse die Bahnhofstraße entlanglaufen, am Wasserturm vorbei, in die Altstadt hinunter. So viel hatte er sich in seinem angeschlagenen Zustand noch merken können. Die Wohnung würde hinter einem Turm liegen.

An der öden, leicht bergabführenden Straße warb eine Versicherung mit einem »Stück Sicherheit«. Am nächsten Gebäude erinnerte ihn ein Taekwondo-Dojo daran, dass er sich seit Langem vorgenommen hatte, mal wieder ins Aikido-Training zu gehen. Er sollte endlich etwas für sich tun, wenn er zurück in Nürnberg war. Monika tat das ständig. Ein ausgestreckter Daumen prahlte am Dojo-Eingang: »Wir schaffen Sicherheit«. Es schien ganz so, als sei das Bedürfnis nach Sicherheit groß. Bestimmt gab es auch für Landwirte eine Versicherung gegen Blitzschlag und Überflutung. War Kristels Nachbar versichert gewesen? Aber vermutlich nicht gegen das wirtschaftliche Risiko, dass die Milchförderquote wegfiel und dadurch der Weltmarktpreis für die Milch in den Keller stürzte. Genauso wie es für indische Bauern, deren Existenz die Samen des Chemiekonzerns Monsanto bedrohten, die nur einmal aufgingen, keine Versicherungen gab. Weswegen sich nicht wenige Landwirte das Leben nahmen, aufhängten, anzündeten. Tragischerweise war das die einzige Gemeinsamkeit der indischen mit den bayerischen Bauern, unter denen die Selbstmordrate in den letzten Jahren ebenfalls gestiegen war.

In der Dunkelheit erblickte Deichsler den Wasserturm am Ende der Straße, der wie der weiße Turm beim Schach aussah, und bog links ein. Kurz vor dem Turm wies ein Schild zur Polizei. Er schüttelte den Kopf.

Ich ein Brandstifter.

Ein Auto passierte den Kreisverkehr, und er zuckte zusammen. Nach einigen Schritten verließ er erleichtert die Hauptstraße und nahm einen Pfad, der einen baumbewachsenen Hang hinunterführte. An dunklen Weihern entlang, die an einem Spielplatz lagen, erreichte er die Gassen der Altstadt. Ein Metzgerladen verströmte den Geruch von totem Fleisch. Das Tattoo-Studio »O-INK« warb mit einer coolen Sau, die einen Nasenring trug, die Ohren gepierct hatte und mit einem Anker tätowiert war, um Kunden. Ein rot-weißer Schwammerl in einem Schaufenster erinnerte Deichsler daran, wie er Kurbi an den Schwammerl genagelt aufgefunden hatte. Durch zwei Bögen gelangte er auf eine von Bürgerhäusern gesäumte Straße. Ein Auto ratterte auf dem Kopfsteinpflaster vorbei.

Der Turm, der Turm.

Am Ende der Straße entdeckte er ihn endlich. Einen beleuchteten eckigen Wehrturm mit Zinnen, auf dem eine weiß-rote Fahne wehte. Deichsler schleppte sich auf dem gegenüberliegenden Gehweg am Turm vorbei. Ein Pärchen torkelte ihm entgegen und kicherte lautstark. Im hellblauen Bürgerhaus ein paar Meter weiter wartete die warme Wohnung auf ihn. Der Schlüssel lag in einem Blumentopf vor der geschwungenen Treppe, die zum Hauseingang der Nummer 1c führte.

Annamirl hatte gesagt, dass nur die schwerhörige Frau Wiesböck im Haus sein dürfte. Sie wohnte im Erdgeschoss und war so etwas wie der Blockwart. Vor ihr sollte er sich hüten. Deichsler sperrte auf und schlich in den zweiten Stock.

Angekommen. Er streifte sich die stinkenden Klamotten vom Leib, hüpfte in die Dusche und genoss die Wärme – das Wasser eher weniger. Die Menschen konnten zum Mond fliegen und Kühe künstlich besamen. Warum war noch niemand auf die Idee gekommen, eine Trockendusche zu erfinden?

Wäre ein Sandstrahler die Lösung?

Ob Paul auch unter einer Wasserphobie litt? Bei David zeigten sich zum Glück noch keine Anzeichen des Schadens seines Papas. Er planschte im Wasser und spritzte herum, dass es eine wahre Freude war. Sogar beim Haarewaschen beschwerte er sich nicht. Vielleicht hatte er die gute Eigenschaft von seiner Mutter geerbt.

Wenn ich nur schon wieder bei David sein könnte.

Er trocknete sich ab und schnappte sich den Bademantel, der an der Tür hing, da er die stinkenden Klamotten nicht wieder anziehen wollte. Dann setzte er sich an den PC, einen riesigen alten Klotz, und beschloss, seiner Mama eine Mail zu schreiben, dass es ihm gut ging. Damit die Polizei nicht auf ihn aufmerksam wurde, richtete er sich eine neue Adresse ein. Falls die Senfhosen überhaupt so weit dachten.

»Er sieht nur die Tiere. Ich mache mir Sorgen, dass er Scheiße baut, so richtige Scheiße«, hallten Erkans Worte in Deichslers Kopf wider. »Wenn keine menschlichen oder nichtmenschlichen Tiere sterben, ist es keine Gewalt«, hatte Pauls Freundin Merle gesagt. Was den Mord an Luidinger ausschloss, Brandstiftung aber erlauben würde. Wie auch einen Brandanschlag auf den Truck eines

Tiertransporters nach Tunesien. »Die ALF fackelt Schlachthöfe, Laster oder Tierfabriken ab«, hatte Merle gesagt.

Deichsler tippte »Tiertransporte« in die Suchmaschine ein und stieß auf der Seite des Staatsministeriums auf eine Kontaktadresse: Maximilian Eschtrich, leitender Ministerialrat, Referat L5 – Rinder, Pferde, Tierschutz, des Bayerischen Staatsministeriums für Ernährung, Landwirtschaft und Forsten. Um an die benötigten Informationen zu gelangen, müsste Deichsler sich eine Geschichte überlegen. Er konnte dem Beamten schlecht schreiben, dass er seinen Sohn suchte, der Tierrechtler war und es vermutlich auf einen Tiertransporter abgesehen hatte. Vermutlich konnte der Herr Ministerialrat Tierrechtler genauso gut leiden wie Kühe den Schlachter. Also schrieb er von seinem neu eingerichteten Mail-Account aus:

Sehr geehrter Herr Eschtrich,
mein Name ist Leonhard F. Seidl, und ich arbeite derzeit an meinem dritten Roman, in dem es u. a. um Tiertransporte gehen soll. Welche Route nehmen Tiertransporte von Bayern nach Tunesien? D. h.: Wo starten sie, und in welchen Häfen kommen sie an? Auch über einen Kontakt zu einem Unternehmen, das Transporte dieser Art durchführt, wäre ich Ihnen sehr dankbar.
Vielen Dank für Ihre Hilfe.
Mit freundlichen Grüßen,
Leonhard F. Seidl

Dann legte er sich aufs Bett und schlief im Bademantel ein.

Am nächsten Morgen weckte ihn ein Knall. Er schob das Bambusrollo zur Seite, konnte aber nichts Auffälliges auf der Straße und im Uhrengeschäft gegenüber erkennen. Sein Schädel dröhnte, ein schwerer Ziegelstein lag auf seiner Hüfte. Im Spiegelschrank im Bad fand er eine Kopfschmerztablette, im Schrank in der Küche eine Packung Knäckebrot. Die blubbernde Kaffeemaschine tat alles, um mit ihrem Duft eine positive Morgenstimmung zu verbreiten, die der hochratternde PC allerdings umgehend zerstörte, indem er Deichslers nicht vorhandene

Geduld auf die Probe stellte. Als die Tablette mit der zweiten Tasse Kaffee und der dritten Scheibe trockenem Knäckebrot zu wirken begann, fühlte er sich immerhin wieder wie ein Mensch.

Im E-Mail-Postfach warteten zwei neue Mails. Eine vom Herrn Ministerialrat und eine von seiner Mama, die er gleich öffnete.

Lieber Freddie,
dem David geht es gut, Monika holt ihn. Ich kann einfach nicht glauben, dass du den Bauernhof angezündet haben sollst.
Und noch etwas, was ich dir eigentlich nicht schreiben darf. Die ermitteln gegen Paul wegen Brandstiftung auf einem Schlachthof in Niederbayern. Der Vati sagt, sie haben sein Handy da geortet, wie es gebrannt hat.
Liebe Grüße,
Deine Mama

Deichsler schlug auf den Computertisch, dass der Bildschirm wackelte.

Wie kann man nur so blöd sein?

Er rieb sich seine schmerzende Hand und begann zu recherchieren. Gleich der erste Treffer war ein Volltreffer. Die »Süddeutsche« titelte: »Feuer verursacht Millionenschaden – Großbrand vernichtet Großschlachterei«.

Deichsler überflog den Text und atmete auf, als er las, dass weder Menschen noch Tiere verletzt worden waren. »Wenn keine menschlichen oder nichtmenschlichen Tiere sterben, ist es keine Gewalt. Oder hast du schon mal eine Mauer weinen oder lachen sehen?«, hatte Merle die Aktionen der ALF verteidigt. Die Aussage eines Mannes von der SOKO Tierschutz verwirrte ihn dann aber doch: »Der Großbrand trifft die Geflügelwirtschaft in Bayern ins Mark.«

Ein Tierschützer, der sich um die Geflügelwirtschaft sorgt?

»›Die zweihundertfünfzigtausend schlachtreifen Hähnchen am Tag müssen ja irgendwo hin‹, sagt Tierschützer Friedrich Mülln. Das sind achtzig Prozent des Geflügels, das in Bayern getötet wird. ›Achtundneunzig Prozent der Masthühner in Bayern werden in Anlagen ab zehntausend Mastplätzen aufwärts gehalten. Und es werden immer mehr.‹«

Strukturelle Gewalt …

Laut Mülln bestand das Problem darin, dass die Tiere jetzt woanders geschlachtet werden müssten. Die nächsten Schlachthöfe befänden sich aber in Norddeutschland, was in tierschutzrechtlicher Hinsicht viel zu lange Fahrten mit sich brächte. Und in den Tierfabriken könnten die Tiere auch nicht länger bleiben, denn dort gingen sie ein.

»›Denn sie sind ja alle Züchtungen, die auf eine Lebenszeit von sechsunddreißig bis maximal zweiundvierzig Tage ausgerichtet sind‹, sagt der Tierschützer. Mülln nennt den Brand ›ein Debakel‹ für die industrialisierte Tierhaltung. ›Wenn eine Komponente ausfällt, gerät gleich das ganze System ins Wanken.‹«

Womit er Merles These bestätigte: »Wenn wir die Gewalt aus dem System herausnehmen wollten – also aufhören, Tiere zu töten –, dann würde das System aufhören zu existieren. Ohne Schlachtung gibt es kein Fleisch.«

Trotzdem war es nicht so einfach, die Kette zu durchbrechen, das Leiden der Tiere zu beenden. Aktionen wie die Brandstiftung des Schlachthofes waren zu kurzsichtig. Und zu gefährlich.

Paul, Paul, Paul. Falls du das warst, hast du nicht nur den Menschen geschadet.

Eine Glocke schlug dunkel elfmal. Um sich abzulenken, öffnete Deichsler die Mail des Veterinärs. Er war überrascht, vom Ministerium so zügig eine Antwort erhalten zu haben. Der Mann schien mit seinen üblichen Aufgaben nicht ausgelastet zu sein.

Der Beamte an sich ist in der Regel ja nicht so schnell, was ich über meinen Vater allerdings nicht sagen kann. Somit gibt es den Beamten an sich genauso wenig wie den Moslem an sich. Siehe Erkan.

Sehr geehrter Herr Seidl,
Zuchtviehexporte (Rinder) laufen üblicherweise wie folgt ab: Ein Käufer, z.B. aus Tunesien, richtet eine Anfrage an einen Zuchtverband oder ein Exportunternehmen. Nach mehr oder weniger langen Verhandlungen über Preis sowie über Liefer- und

Zahlungsmodalitäten wird ein Kaufvertrag geschlossen. Meist verlangt der Käufer eine Lieferung frei Bestimmungsland (Einfuhrhafen). Der hiesige Exporteur muss sich also auch um den Transport kümmern und beauftragt damit eine Spedition. Diese plant eine exakte Route, die in Form eines Transportplans der Veterinärbehörde vorgelegt werden muss. Vor dem Beginn des Transports müssen die Tiere in Quarantäne gehalten werden (Dauer gem. Anforderung des Bestimmungslandes). Wenn diese ohne Beanstandung absolviert ist, wird der Transport vom Veterinär abgefertigt, und die Reise beginnt. Die Zuchtverbände verfügen in der Regel über die erforderlichen Quarantänestallungen, z.B. in Ansbach, Dettelbach, Bayreuth, Schwandorf, Landshut, Pocking, Traunstein, Miesbach, Weilheim, Ingolstadt, Wertingen, Kempten und Buchloe. Im Jahr 2013 wurden 9.576 bayerische Zuchtrinder (6.962 Fleckvieh, 2.503 Braunvieh) in 25 verschiedene Staaten exportiert: davon 2.677 nach Algerien, 532 nach Marokko, 510 nach Tunesien und 199 nach Ägypten.
Ich hoffe, ich konnte Ihnen damit weiterhelfen.
Mit freundlichen Grüßen

Maximilian Eschtrich
Ministerialrat
Referat L5 – Rinder, Pferde, Tierschutz
Bayerisches Staatsministerium für Ernährung, Landwirtschaft und Forsten
Ludwigstr. 2
80539 München
Tel.: 089 2182-2466
Fax.: 089 2182-2714
Internet: www.stmelf.bayern.de
E-Mail: maximilian.eschtrich@stmelf.bayern.de

Deichsler staunte nicht nur über die rasche Antwort, sondern auch über die Offenheit des Schreibens. Zuerst. Dann wurde ihm bewusst, dass der Herr Ministerialrat keinerlei Details preisgegeben, sondern nur oberflächlich schwadroniert hatte. Er hatte weder konkrete Transportunternehmen noch Veterinärämter genannt, bei denen Deichsler seine Recherchen vertiefen konnte. Er las sich die Mail noch einmal durch und entdeckte einen Fehler.

6.962 Fleckvieh plus 2.503 Braunvieh sind 9.465 exportierte bayerische Rindviecher und nicht 9.576, du Rindviech. Hast du vielleicht was unterschlagen?

Er hatte keine Zeit zu verlieren, musste Paul finden, bevor der noch mehr Blödsinn anstellte oder ihm etwas zustieß. Musste die Transportroute nach Tunesien herausfinden. Und falls ihm das nicht gelang, musste er auf gut Glück nach Nordafrika reisen. Was, wenn Paul vorhatte, einen Tiertransporter abzufackeln? Und dadurch Menschen, Tiere und seine Zukunft gefährdete? In einem tunesischen Knast landete? Vielleicht war er bereits vor Ort? Deichsler hatte keinerlei Ahnung, wo er hinmusste. Und sein Französisch war so gut wie sein Arabisch: nicht vorhanden.

Er kramte den gestohlenen Geldbeutel aus der stinkenden Hose. Hundert Euro. Am dringendsten brauchte er für die Reise frische Anziehsachen und Wörterbücher für Französisch und Arabisch. Augenblicklich fehlte ihm beides. Er ging zu dem wackeligen Holzschrank, der neben dem winzigen Bett stand, und öffnete die Tür: Ein Blaumann und eine Jacke mit OPP-GmbH-Stickerei grinsten ihn hämisch an.

Dass ich mal Werbung für Bernis skrupellosen Vater machen würde …

Mit dem tierischen Duft, Eau de Kuhstall, seiner alten Klamotten würde er bei den Viehzüchtern sicherlich gut ankommen, aber bei den Veterinären im Amt? Oder würde er gerade dadurch authentisch wirken? Da das Veterinäramt die Transportroute absegnen musste, würde der zuständige Veterinär ihm über sie Auskunft geben können.

Angespornt von dem Wunsch nach einer simplen Lösung tippte Deichsler »Zuchtverband Mühldorf« in die Suchmaske. Und siehe da: Der Zuchtverband Braunvieh, der sogar exportierte, lag in der Nähe des Bahnhofs. Was ihm gerade noch als Vorteil erschienen war, konnte schnell zum Nachteil werden. Bis jetzt schien sich die Suche nach ihm noch auf den Raum Dorfen zu beschränken, doch fiele er vor Ort auf, würden die Beamten auch in Mühldorf nach ihm fahnden.

Also suchte er die Nummer des Mühldorfer Veterinäramts

heraus und landete unmittelbar auf der Internetseite des Bereichs 31 – Amt für Veterinärmedizin, Tierschutz und gesundheitlicher Verbraucherschutz. Unter einem Bild mit zwei Kühen, die natürlich auf einer Weide standen und somit das Glück in tierischer Person symbolisierten, waren verschiedene Fachbereiche des Amtes und relevante Themen aufgelistet. Von Informationen zur Schweinepest bis hin zu Tiertransporten.

Ein gewisser Herr Dr. Josef Müller schien Deichslers Ansprechpartner zu sein. Das Amt war nur ein paar Minuten Fußweg von der Wohnung entfernt. Würde er das in einem Roman lesen, würde er es unglaubwürdig finden. Aber Deichsler war ja keine Romanfigur, sondern ein Mensch aus Fleisch und Blut, auch wenn er in letzter Zeit häufig zum Tier mutiert war.

Natürlich war das Risiko, beim Besuch des Veterinäramtes aufzufallen, ebenfalls sehr hoch. Gerade wenn es um ein so heikles Thema wie Tiertransporte ging. Deichsler erhob sich, ging zum Fenster und schob das Rollo ein Stück beiseite. Vor dem gegenüberliegenden Uhrengeschäft mit der goldenen Fassade stützte sich eine greise Frau auf ihren Hacklstecker. Sie fuchtelte mit dem kurzen Arm und riss den Mund weit auf. Ein bärtiger Mann, dem die Mütze über die Ohren gerutscht war und der einem Schlumpf nicht unähnlich sah, schien stumm zu nicken. Während die Frau mit dem Hacklstecker immer wieder zu Deichsler hinaufdeutete. Frau Wiesböck, der Blockwart.

Wahrscheinlich ist sie gar nicht schwerhörig und hat mitbekommen, wie ich heute Nacht die Tür aufgesperrt habe. Oder sie hat mich gerochen.

Bei dem Gedanken musste Deichsler trotz der angespannten Situation kichern und fragte sich, ob er auf dem besten Wege war, damisch zu werden. Gab Mist vielleicht giftige Dämpfe ab? Da der Blockwart jetzt vor dem Haus Stellung bezogen hatte, entschied er sich für ein Telefonat mit dem Veterinäramt. Zuvor steckte er sein Handy an das Ladekabel, das er im Wohnzimmer gefunden hatte, und schickte Annamirl noch eine SMS, in der er fragte, wo sie blieb. Aber sie hatte eh schon viel für ihn getan. Ob sie noch mehr tun würde?

Er wählte die Nummer des Veterinäramtes und bereitete sich darauf vor, sich als Autor auszugeben.

»Veterinäramt Mühldorf. Dr. Josef Müller, grüß Gott.«

Deichsler räusperte sich. »Leonhard Seidl, grüß Gott. Ich bin Autor und schreibe gerade an einem Buch, in dem es um Tiertransporte geht.«

Stille am anderen Ende der Leitung.

»Der Herr Ministerialrat Maximilian Eschtrich vom Landwirtschaftsministerium hat mir Ihre Kontaktdaten gegeben.«

»Entschuldigen Sie, aber das kann ich mir fast nicht vorstellen, dass Ihnen der Herr Ministerialrat gerade meine Adresse gegeben hat.«

Mist, der Schuss war wohl nach hinten losgegangen. Deichsler hatte geglaubt, alle würden ihm zu Füßen liegen, wenn er das Ministerium erwähnte. Es stand eins zu null für den Veterinär. »Natürlich hat er mir nicht Ihre Kontaktdaten gegeben.«

»Wie sind S' dann auf mich gekommen?«

»Weil ein Teil meines Buches halt in der Nähe spielen soll.«

»Was wollen S' denn wissen?«

»Sie müssen doch die Routen der Tiertransporte genehmigen?«

»Also, es ist einmal so.«

Du darfst ja recht haben, du Gscheidhafern!

Deichslers Magen knurrte, weshalb er gerade noch ungeduldiger als sonst war.

»Der Organisator plant die Route.«

Stille.

Jetzt lass dir halt nicht alles aus der Nase ziehen.

»Und wer ist der Organisator?«

»Der Vermarkter oder der Verband. Und der reicht die Route beim Veterinäramt ein.«

Geht doch.

»Und das prüft dann die Plausibilität der Streckenführung und die Ruhepausen. Alles wird nach strengsten Vorschriften gehandhabt.«

Müller betonte das »strengsten«, was Deichsler schmunzeln ließ.

»Und welche Route nehmen die Transporte?«

»Die ist ganz unterschiedlich, je nachdem, wohin es gehen

soll. Mal über Stuttgart, Karlsruhe, Lyon. Genauere Angaben darf ich nicht machen. Sie verstehen.«

»Datenschutz, natürlich«, ergänzte Deichsler. Wofür der arme Datenschutz nicht alles herhalten musste. Manchmal schworen sogar seine ärgsten Gegner auf ihn. »Und wo kommen die Transporte in Tunesien an?«

»Da fragen S' am besten bei einem Transportunternehmen nach.«

»Können Sie mir eines empfehlen?«

»Das würde ich nie machen. Das ist unlauterer Wettbewerb.«

Ich will gar nicht wissen, was du alles nicht machen würdest, du Hirntoni.

Deichsler erinnerte sich an einen Satz, den er letztens auf Facebook gelesen hatte: »Es ist nicht in Ordnung, dass Europa pro subventionierter Kuh mehr ausgibt, als ein Afrikaner zum Leben hat.« Der Satz stammte vom ehemaligen Bundespräsidenten Horst Köhler. »Gibt's dafür eigentlich Subventionen?«

»Nur für Zuchtstiere.«

»Ach so.« Deichsler legte auf und trat gegen den Tisch. Er war keinen Schritt weitergekommen. Paul war vermutlich bereits auf dem Weg nach Nordafrika, wenn es blöd lief, sogar schon in einem finsteren, feuchten Kerker. Und sein Vater stand ihm wie so oft in seinem Leben nicht zur Seite. Wie sie beim Thema Tiertransporte doch alle das Arschflattern bekamen. Wahrscheinlich wussten sie in ihrem tiefsten Innern, in was für eine riesengroße Sauerei sie verwickelt waren. Welches Tier fühlte sich schon wohl in einem Lastwagen, Hunderte von Kilometern auf der Autobahn, stundenlang in der Sauhitze Nordafrikas. Da halfen auch keine Lüftungsschlitze.

Deichsler fiel auf, wie oft er in Gedanken das Wort »Sau« benutzt hatte: Sauerei, Sauhitze. Meistens wurde das Tier in einem negativen Zusammenhang verwendet. Aber nicht nur, »saugeil« war die Ausnahme der Regel.

Wo Annamirl bleibt?

Er schaute auf das Display des Handys. Keine Nachricht. Er gab »Tiertransporte Mühldorf« in die Suchmaske des PCs ein, aber in der Trefferliste fanden sich vor allem Ämter – und die Firma Gleitl Agrartechnik in Mühldorf. »Tiertransport artgerecht: Gleitls Produktpalette wird erweitert. Gleitl stellt mit Viehtransportanhänger Weltneuheit vor«, warb die Website großspurig.

Wahrscheinlich war »Datenschutz« neben »artgerecht« das am häufigsten missbrauchte Wort dieser Tage. Wie sollte man ein Tier bitte artgerecht transportieren? Mit seiner ganzen Familie? Wobei Deichsler ja mittlerweile wusste, dass die Tiere ihren Vater nicht kannten und von ihrer Mutter fast immer sofort nach der Geburt getrennt wurden. Dann also auf einer fahrbaren Wiese, auf der sie grasen konnten? Ohne mit Soja versetztem Kraftfutter, das sie schneller fett werden und auf unseren Tellern landen ließ? Ohne die süße Melange, die die Melkmaschine während des Melkens ausspuckte, damit die Tiere zu ihr drängten?

Er stellte sich vor, wie eine Kuh an Monikas Brust hing, und verdrängte den Gedanken schnell wieder.

Also weitersuchen. Der nächste Spediteur war in Freising gelistet. Dahin würde er von Mühldorf aus mit dem Auto über eine Stunde brauchen, mit den öffentlichen Verkehrsmitteln noch länger. Er konnte jetzt also entweder bei einem Transportunternehmen oder doch beim Zuchtverband anrufen. Eigentlich war es naheliegend, dass die Tiere für den Transport nach Tunesien beim Zuchtverband untergestellt waren. Oder war das nur ein Wunschtraum von ihm?

Er schob das Bambusrollo erneut zur Seite. Der Blockwart wachte nicht mehr vor der Tür. Deichslers Magen knurrte so laut, dass er Angst hatte, die Alte im Erdgeschoss würde es hören.

Also zog er das verkotete Blouson über Blaumann und OPP-Jacke und lurrte aus dem Fenster. Ein Benzinfresser hielt vor dem Haus. Die Fahrertür flog auf: Berni.

Ich hätte wirklich nicht gedacht, dass du mich dermaßen in die Scheiße reitest, Annamirl.

Sie saß auf der Beifahrerseite. Mit langsamen Schritten und gequältem Gesichtsausdruck stieg sie aus.

Deichsler steckte Handy und Geldbeutel ein und kippte das Fenster, damit der verdächtige Geruch verfliegen konnte. Er öffnete die Wohnungstür einen Spaltbreit.

»Den Saukerl, wenn ich dawisch!«, schimpfte Berni vom Hauseingang her.

Auf dem Gang bot Deichsler ein ausrangierter Kleiderschrank seine Hilfe an. Er schlüpfte hinein, ignorierte den Duft von Mottenkugeln und drückte sich in die hinterste Ecke. Keine Sekunde zu früh. Die Stufen der Treppe knarzten.

»Tartar mach ich aus ihm«, wetterte Berni.

15

»Wir wollten doch schon lange mal wieder essen gehen, Berni«, hörte Deichsler Annamirl auf der Treppe schöntun.

»Meinst, ich merk nicht, dass du was am Laufen hast und nicht willst, dass ich deinen Tschamsterer find?«

Schritte polterten, ein Schlüssel wurde in die Tür der Wohnung gesteckt, die Tür wurde geöffnet, flog krachend wieder zu. Annamirl stand noch immer im Hausflur. Allein.

Jetzt oder nie. Sonst erwischt er mich noch und macht Hackfleisch aus mir.

Deichsler schob sich an der Schranktür entlang, an der erstaunten Annamirl vorbei, den Finger auf dem Mund. Der von Annamirl blieb offen stehen. In der Wohnung, in der Deichsler sich bis vor Kurzem aufgehalten hatte, schien der Teufel zu wüten, es schepperte und krachte. Deichsler schlich die Treppe hinunter. Als er die Eingangstür öffnete, hörte er eine zitternde Stimme hinter sich: »Ja, was ist denn da los?« Er zwängte sich nach draußen und wetzte davon. Sollten doch Frau Wiesböck und Berni das untereinander klären.

Auf dem Weg zum Zuchtverband kaufte Deichsler in einer Bäckerei Brezen. Immer noch atemlos von seiner Flucht öffnete er den Kühlschrank, wollte nach einer Milch greifen, sah das Kalb Monika vor sich und zuckte zurück. In der Wüste, am Verdursten, vor einer Oase, die von Menschen mit Kuhgesichtern verteidigt wurde. Also griff er nach einem Orangensaft. Als er wieder auf dem Bürgersteig stand, schloss die Verkäuferin den Laden hinter ihm ab.

Durch den winterlichen Nachmittag stapfte er den Hang hinauf Richtung Zuchtverband, immer in geschützten Seitenstraßen. Vor einer Bronzestatue stoppte er. Auf der Schulter eines Bauern mit Hut hob ein hemdsärmeliger Bub einen Spielzeugbulldog in die Höhe. Eine Bauersfrau im Dirndl legte den Arm um ihren muskulösen Mann, während die andere Hand auf einem nicht weniger muskulösen Stier mit Hörnern lag.

Eine Familie wie aus dem Bauernhofbilderbuch. Bloß wer ist jetzt da der Stier?

Auf dem Sockel verriet eine Inschrift Deichsler, dass es sich bei dem Gebäude hinter dem Kunstwerk um den landwirtschaftlichen Sozialversicherungsträger Oberbayern handelte.

Wenn man die Augen offen hält, sieht man überall Zeichen der landwirtschaftlichen Wurzeln Bayerns. Aber der Bezug zur Landwirtschaft ist uns heute völlig verloren gegangen, wir wissen nicht mehr, woher unser Essen kommt.

An der Versicherung mit den blauen Fenstern bog er rechts ab und stieß auf die Hauptstraße, an der auch die ehemalige Walzmühle lag, die jetzt das imposante Werk einer Bio-Getreide-Firma war. Der Zuchtverband Braunvieh hatte sein Zuhause ein Gebäude weiter, dazwischen döste das alte Feuerwehrhaus vor sich hin. Hinter Baugittern und mannshohen vertrockneten Gräsern. Auf der anderen Straßenseite huschte Deichsler unter einem überdimensionalen Burger aus hundert Prozent Simmentaler Rind aus Deutschland vorbei, dessen Soße glücklicherweise nicht von der Plakatwand tropfte. Auf dem Hof des lang gezogenen Gebäudes wartete ein Laster, wie er ihn aus Attaching kannte. Der strenge Geruch von Kühen lag in der Luft. Ein Mann trieb muhende, schnaubende und kopfschüttelnde Tiere mit Hilfe eines Steckens die Laderampe hinauf. Eine störrische Kuh weigerte sich, rannte im Kreis, woraufhin der Mann mit dem Stecken umso fester auf sie einschlug. Deichsler verging der Appetit. Er steckte den Rest seiner zweiten Breze in die Bäckertüte und dann in die Jackentasche. Als das letzte Tier im Lkw war, wurde die hintere Klappe geschlossen. Der Fahrer kraxelte in die Kabine, schaltete das Licht ein und fuhr los. Der Brutalo mit dem Stecken schlurfte in das lang gezogene Gebäude, kam nach fünf Minuten zurück, sperrte die Tür ab, stieg in einen Wagen und fuhr durch das Tor. Feierabend.

Die an den Zäunen angebrachten Lampen beleuchteten das Gelände, das einem Zweiseithof mit zwei Bungalows ähnelte. Deichsler vermutete, dass sich in dem Stall des Hofes die Tiere befanden. Zusammengepfercht, wie immer.

Sind ja nur Viecher.

In den Bungalows waren wahrscheinlich die Büros untergebracht. Dort würde er finden, wonach er suchte. Er stieg über den Zaun, hüpfte auf die andere Seite und duckte sich. Weit und breit war niemand zu sehen. Er lief zu dem ersten Gebäude, stoppte vor dessen Tür.

Erst denken! Wie reinkommen?

Er umrundete den Bungalow und hatte Glück: Ein Toilettenfenster stand offen. Er zog sich nach oben und kletterte durch die schmale Öffnung. Sein Oberkörper war bereits im Gebäude, da steckte er fest. Er konnte sich weder vor- noch zurückbewegen.

Scheiß Wampen! Ein Bier weniger am Abend und mehr Schlaf, dann wäre das alles kein Problem.

Eine Freundin hatte mal fabuliert, dass im Schlaf Fett verbrannt wurde. Da Deichsler aber in der Nacht regelmäßig aufstand, um nach David zu sehen, war es mit seinem Schlaf nicht weit her. Meist konnte er hinterher nicht mehr einschlafen. Wenn doch, schrie David eine halbe Stunde später erneut. Monika schien das alles nicht zu stören, sie hörte ihren Sohn nicht. Und wenn er ihr morgens von seiner Nacht erzählte, hieß es nur: »Tatsächlich?«

Deichsler war derjenige gewesen, der sich die meiste Zeit um David gekümmert hatte, als der noch ein Baby gewesen war. Dadurch war eine Bindung entstanden, die ansonsten meist Mütter mit ihren Kindern zusammenschweißte. Bei Paul war genau das Gegenteil der Fall.

Er gab sich einen Ruck, zog den Bauch ein und stürzte vornüber ins Klo. Oder, besser gesagt, in den Raum, in dem sich das Klo befand. Gerade noch konnte er sich mit den Händen an der Schüssel abstützen. Er richtete sich auf und rieb sich die geprellten Ellbogen, hielt inne und horchte, ob jemand sein Eindringen bemerkt hatte. Aber es war mucksmäuschenstill, auch kein Licht war zu sehen. Deichsler holte das Handy heraus und schaltete die Taschenlampe an. Er folgte dem Gang vor dem Klo nach links. Auf dem Schild an einer Tür las er: »Marktvorbereitung Selzer Theresia«.

Daran, dass der Familienname als Erster dasteht, merkt man, dass man in Oberbayern ist.

Deichsler schlich sich ins Büro und inspizierte den aufgeräumten Schreibtisch. In metallgrauen Schränken fand er, was er suchte.

»Transport 20 Braunvieh: Mühldorf – Tunis«. Plötzlich hörte er ein Geräusch. Er schaltete die Taschenlampe des Handys aus und kroch unter den Tisch. Das Flurlicht ging an, Schritte näherten sich. Deichsler hatte die Tür offen stehen lassen, ein Fehler. Die Schritte hatten das Büro erreicht, Deichsler sah Turnschuhe auf sich zukommen, die zugehörige Person setzte sich auf den Drehstuhl vor dem Schreibtisch. Er machte sich so klein wie möglich, kauerte sich in die Ecke, atmete flach. Aber der Kerl streckte seine Füße so weit aus, dass sie Deichslers Arme berührten.

»Machst heut Überstunden, Resi?«, fragte er verführerisch.

Seine Füße rochen überhaupt nicht verführerisch. Deichsler überlegte, wie er reagieren sollte, als der Kerl seine Schuhe an seinen Armen rieb.

»Hast schon auf mich g'wartet, hah? Wennst magst, kannst gern unterm Tisch bleiben. Ich komm dir scho entgegen.« Er lachte dreckig, dann hörte es sich an, als würde sich ein Reißverschluss öffnen.

Oh nein! Bill Clinton, oder was?

In dem Moment piepste Deichslers Handy. Eine SMS. Er hatte vergessen, es lautlos zu stellen. Weil er keine Lust hatte, Monica Lewinsky zu spielen, kroch er unter dem Schreibtisch hervor.

»Herrgottsakrament. Du bist ja gar nicht die Resi!« Der Schädel des mageren Manderls wurde noch roter, als er es eh schon war. Es schob den Schreibtischstuhl nach hinten, dass er krachend gegen den Metallschrank schepperte.

Deichsler erhob sich, die Hand an seiner Bandscheibe. Das Manderl hatte so gar nichts mit Bill Clinton gemein. Außer dass es ein Mann war. Das würde ihn vor Schlimmerem bewahren. So wie es Bill Clinton vor Schlimmerem bewahrt hatte, Monica Lewinsky dagegen weniger. Sie war ihres Amtes enthoben worden, er hatte fast so weitergemacht wie bisher. Er hatte ja nur Oralsex mit seiner Praktikantin gehabt. Der Gedanke brachte Deichsler auf eine Idee. Er streckte Clinton, der mit offenem Hosentürl auf dem Schreibtischstuhl hing, die Hand entgegen. Zum Glück hing sonst nichts herum, sonst hätte Deichsler die Geste noch mehr Überwindung gekostet. »Servus. Ich bin der Markus, der neue Praktikant.«

»Ja, ja, aber«, stotterte Clinton, »warum kriechst dann im Dunkeln unter dem Schreibtisch von der Resi umeinander?«

»Weil's grad noch dunkel war. Es hat einen Kurzen gegeben.«

Clinton sah verschämt an sich herunter und war so verdattert, dass ihm die Antwort reichte.

»Und wer bist du?«, fragte Deichsler.

»Der Manfred, Fahrer bin ich.«

»Und?«

»Ich hab da herinnen noch was vergessen.«

»Ah, geh weiter. So was vergisst man doch nicht«, sagte Deichsler und setzte sein dreckigstes Grinsen auf.

»Stimmt«, sagte Clinton und zog sein Hosentürl wieder zu.

Jetzt hab ich dich.

»Hast ja heut einen ganz schönen Weg vor dir«, sagte Deichsler. »Leider darf ich noch nicht allein fahren.«

»Scho«, sagte Clinton in Gedanken versunken. Wahrscheinlich überlegte er, wo er sich jetzt auf die Schnelle seinen Ersatz-Blowjob kaufen konnte. Aber so günstig wie im Zuchtverband würde er ihn wohl nirgends bekommen.

»Der Chef hat gesagt, ich soll dich begleiten. Weil's Unstimmigkeiten gegeben hat.«

»Unstimmigkeiten?« Clinton richtete sich kerzengerade in seinem Stuhl auf. »Du meinst, weil normal zwei fahren müssen?«

»Scho«, sagte Deichsler und freute sich, dass ihm Clinton die Lösung auf dem Silbertablett präsentiert hatte.

»Bis nach Tunis?«

»Ja, bis nach Tunis.«

»Geh weiter, dann fahren wir. Nicht dass ich noch zu spät komm.«

Dass du zu spät kommst, glaub ich allerdings nicht.

»Hast sonst gar nix dabei?«, fragte Clinton Deichsler.

Der überlegte und sagte: »Jetzt lass uns erst einmal losfahren.«

Clinton versank im Fahrersitz, so dürr war er. Er klappte die Sonnenblende nach oben, und Deichsler blitzte ein blanker Hintern auf einem Foto entgegen.

Jaja, das Reserl und der Clinton.

Am Rückspiegel baumelte eine schwarz-weiße Plüschkuh. Weil Deichsler noch immer keine Ausrede eingefallen war, warum er kein Gepäck dabeihatte, sagte er: »Ist scho hart, jetzt so lange von der Resi weg zu sein, oder?«

Clinton zuckte nur mit den Schultern und kratzte seinen Dreitagebart. Dann gab er Gas, und los ging's.

Obwohl Deichsler völlig erschöpft war, konnte er nicht einschlafen. Nun hatte er es also geschafft, näherte sich seinem Sohn. Zumindest befand er sich auf dem Weg nach Tunesien. Aber was, wenn Paul ihnen nahe kam, er den Lastwagen, in dem sein Vater saß, abfackelte oder ihn bereits manipuliert hatte? Vielleicht hatte er die Radmuttern gelockert? Und Ausweis hatte Deichsler auch keinen bei sich. Wie sollte er so durch die Grenzkontrolle kommen?

Sie kurvten um einen Kreisverkehr. Vor ihnen fuhr ein Benzinfresser mit Erdinger Kennzeichen.

Zefix, der Berni!

Deichsler machte sich so klein wie möglich. Am liebsten hätte er seine Schuhe ausgezogen und die Füße auf das Armaturenbrett gelegt, um wie die Jungs im Zug gestern im Sitz zu verschwinden. Aber vermutlich umwehte seine Füße eine ähnliche Geruchsflora wie die seines Fahrers. Außerdem wollte er alles vermeiden, was ihn verärgert hätte. Nicht dass er noch auf die Idee kam, dumme Fragen zu stellen.

Deichsler spürte, dass ihn Clinton beobachtete. Also streckte er sich und gähnte demonstrativ. Draußen war es dunkel, Berni würde ihn schon nicht entdecken.

»Brauchst fei nicht glauben, dass du in meiner Koje schlafen darfst«, sagte Clinton.

»Natürlich nicht.« Deichsler zog seine Jacke aus, knüllte sie zusammen und schob sie zwischen das kalte Fenster und seinen schweren Schädel.

Clinton schnaubte wie eines der Tiere im Transporter und schaltete das Radio an: »Und morgen früh küss ich dich wach«, säuselte Helene Fischer.

Bitte nicht!

Deichsler schaute zu Clinton hinüber und wünschte sich noch

mehr, einschlafen zu können. Die immer wärmer werdende Koje half ihm dabei.

Er erwachte von den roten und gelben Lichtern einer Tankstelle. In der Dunkelheit erhoben sich Silhouetten von Bergen und Häusern. Die Uhr im Armaturenbrett zeigte zwölf. Vermutlich waren sie mittlerweile in Österreich. Aber wo war Clinton? Deichsler rieb sich die Augen. Auf dem Rastplatz schwirrten Touristen umher, dehnten sich, tranken Kaffee oder bissen in selbst geschmierte Brote. Dann entdeckte er Clinton, rauchenderweise neben einer Bank, nicht weit vom Transporter entfernt. Er schien nachdenklich, sah immer wieder zu ihm herüber. Dann kramte er in seiner Hosentasche.

Taschenbillard?

Und holte ein Handy heraus.

Scheiße, der ruft jetzt hundertprozentig seinen Chef an und fragt, wer der neue Praktikant ist.

Deichsler suchte die Kabine ab. Nur der übliche Krusch: CB-Funk, eine Brottüte und die dazugehörigen Brösel auf dem Sitz, im Flaschenhalter eine gläserne Eisteeflasche. Deichsler hatte eine Idee und verzog vorausahnend das Gesicht. Draußen steckte Clinton sein Handy ein, ohne gewählt zu haben. Vermutlich traute er sich doch nicht, seinen Chef um diese Uhrzeit anzurufen. Jetzt fischte er es erneut heraus und wählte. Verdammt. Deichsler kniff die Augen zusammen, knüllte seine Jacke fester zusammen und legte sich das Knäuel auf den Kopf. Dann nahm er die Flasche aus der Halterung.

Es wird wehtun …

Er holte aus und donnerte sich die Flasche auf den Schädel. Beim ersten Mal krachte es dumpf, aber sonst geschah nichts. Also holte er wieder aus und schlug noch einmal zu. Endlich. Die Flasche zerbrach, Scherben verteilten sich auf seinen Schultern, über seiner OPP-Jacke, der Hose und auf der Fußmatte. Sterne blinkten in der Nacht. Deichsler riss die Tür auf, taumelte nach draußen. »Hilfe!«

Clinton steckte das Handy weg und rannte auf ihn zu. »Scheiße! Was ist passiert?«

»Überfallen bin ich worden. Ein Vermummter hat mir die Flasche über den Kopf gezogen. Er hat die Kabinentür aufgemacht, wollte was stehlen. Ich habe mich gewehrt. Dann hat's einen Dumpfen gegeben –«

»Saubande!«

»Du weißt, wer's war?«

»Ich kann's mir denken.«

Prompt musste Deichsler an Paul denken. Aber was hatten Tierbefreier davon, in die Fahrerkabine eines Tiertransporters einzudringen? Wenn überhaupt, dann würden sie die Tiere befreien, aber an einer Autobahnraststätte würde das doch deren sicheren Tod bedeuten. Genauso gut könnten sie sie gleich zur Schlachtbank führen. »Tierschützer?«

»Saubande«, wiederholte Clinton.

»Wie jetzt?«, fragte Deichsler. Da erst wurde ihm bewusst, was er für einen Blödsinn gemacht hatte. Wenn Clinton jetzt die Polizei rief. »Die Schandi …«, sagte er und wurde vom läutenden Handy unterbrochen.

Clinton ging ran. »Resi. Genau, ich hab vorhin angerufen.«

Wie deppert bin ich eigentlich?

Deichsler konnte es sich gerade noch verkneifen, sich auf die Stirn zu schlagen, über die Blut floss.

Immerhin habe ich jetzt eine Ausrede, um nicht fahren zu müssen.

Nachdem Clinton mit seiner Resi geturtelt hatte, fuhren sie wieder auf die Autobahn.

»Ist dir so was schon öfter passiert?«, fragte Deichsler und hielt sich eine Kompresse auf die Wunde am Kopf.

»Nein, noch nie. Aber Leuten, die sich freuen, wenn ein Bauer stirbt, ist alles zuzutrauen.«

Deichsler sagte nichts, Clinton aber zu seiner Verwunderung: »Dank schön, dass du mein Truck verteidigt hast.«

Die Gelegenheit für die Frage, die Deichsler schon lange hatte stellen wollen, war günstig. »Kann es eigentlich sein, dass hin und wieder mal ein Viech, das gar kein Zuchtbulle ist, subventioniert transportiert wird?«

»Nein, nie und nimmer«, tönte Clinton lautstark und breitete die Arme aus, dass der Lkw nach rechts rüberzog. »Aber wennst mich fragst: Mir passt das G'schäft schon lang nimmer. Ich würd sofort was anderes machen, wenn ich könnte.«

»Und warum tust du's nicht?«

Clinton deutete auf die am Rückspiegel baumelnde Plüschkuh. »Weißt, von wem die ist?«

»Nein.«

»Von meiner dreizehnjährigen Tochter. Die will Marken-Turnschuhe, ins Kino gehen und was man halt sonst noch so will, wenn man ein Teenager ist. Trotzdem schimpft s' mich immer, wie ich das den Viechern nur antun kann. Sie ist Vegetarierin.« Clinton gähnte und deutete hinter sich. »Wenn's dir lieber ist, kannst auch in meiner Koje schlafen. Das vorhin wegen dem Rüsseln war nur so dahingesagt.«

Deichslers Kopf dröhnte, als hätte er gestern einen Fetzenrausch gehabt. Er nahm das Angebot dankend an.

Eigentlich hätte ich Vollpfosten die Flasche auch auf meinem Knie zerschlagen können. Ich und meine scheiß Authentizität.

Er streifte seine Schuhe ab, schlüpfte nach hinten, aber sein hämmernder Kopf und die Gedanken an Paul hielten ihn wach.

Hab ich mit meiner Abwesenheit dafür gesorgt, dass sich Paul radikalisiert hat? Andererseits steht ja immer noch nicht fest, dass er es war, der den Stall und den Schlachthof angezündet hat. Hoffentlich stellt er keinen Blödsinn an.

Über diesen schweren Gedanken nickte Deichsler ein.

Er erwachte von einem Pfeifen, als würde Dampf abgelassen werden, ein Ruck folgte. Dann war nichts mehr zu hören, bis eine Tür zugeschlagen wurde. Er schob den Vorhang beiseite, sah nach draußen. Zwei Uniformierte kamen auf den Truck zu.

Endlich kein Seegang mehr, der mir den Magen durcheinanderwaffelt. Aber was kommt jetzt?

16

Breitbeinig ging der Polizist auf die Fahrerkabine zu. Deichsler linste durch den Spalt des Vorhangs, der die Schlafkabine vom Fahrersitz abgrenzte, versuchte, seinen schneller werdenden Atem zu kontrollieren.

Kaum bin ich meinem Ziel ein Stück näher, kommt so ein bewaffneter Schülerlotse und macht Ärger.

Clinton kramte seinen Ausweis hervor, griff nach etwas Langem, das in Zeitungspapier eingewickelt war, und sagte: *»Aslemma.«*

Deichsler staunte über die Fremdsprachenkenntnisse des Truckers, auch wenn er nicht wusste, um welche Sprache es sich handelte und was die Worte bedeuteten.

»Aslemma«, sagte der Uniformierte.

»Lebess?«, fragte Clinton.

»Lebess, alhamdulillah«, antwortete der Polizist.

Clinton reichte ihm das verpackte Etwas.

Der Polizist griff danach, roch daran und grinste. *»Lebess, lebess!«*

Ohne den Pass auch nur anzusehen, winkte er Clinton durch.

Du Schlawiner. In Kenia haben sie so was »kitu kidogo« *genannt. Hier fällt es wohl eher unter Bakschisch.*

Clintons Lkw rollte über das Hafengelände und blieb zwischen zwei Containern stehen. Der Fahrer zog die Handbremse, stellte den Motor ab und stieg aus. Deichsler fuhr sich mit beiden Händen übers Gesicht und streckte sich. Er kletterte auf den Beifahrersitz und sah das geöffnete Handschuhfach, in dem eine Dose Pfefferspray lag. Aus einem Kuvert lachten ihn Geldscheine an: Tunesische Dinar.

Wer weiß, für was ich euch noch brauchen werde. Und der Clinton verleiht euch sicher gerne.

Das Pfefferspray wanderte in Deichslers Hosentasche, und er kraxelte ebenfalls aus der Fahrerkabine. Als er den Boden berührte, schwankte er. Er fühlte sich wie ein Päckchen Kunsthonig, mit einer pochenden Beule am Kopf und einem Ziegelstein im Kreuz, der ihm vor Augen führte, dass er nicht mehr der Jüngste war. Was für eine schmerzliche Erkenntnis. Ein kühler Wind, der wärmer war als der zu Hause, allerdings nicht so warm, wie Deichsler es sich von Nordafrika erhofft hatte, fuhr ihm unter die Jacke. Es roch nach Fisch und Meer.

Im Hafen von Tunis herrschte geschäftiges Treiben. Autos und Lkws rollten aus dem Schlund der weißen Fähre, dazwischen ein einsamer Fahrradfahrer, Geländejeeps folgten. Von Clinton keine Spur.

Hätte Deichsler mehr Zeit gehabt, er wäre ans Wasser gegangen, auch wenn er es im Grunde verabscheute. Aber mit dem Meer verhielt es sich anders, es erinnerte ihn an seine glückliche Kindheit. Sein hantiger Vater schmolz in der Sommerhitze der italienischen Riviera. Beim Sandburgbauen wurde er zum Hippie, der alles durchgehen ließ und sich über die kreativen Einfälle seines Sohnes freute. Da durfte sogar seine Sonnenbrille für kurze Zeit als Aussichtsturm auf der Sandburg thronen.

Deichslers Gedanken sprangen wieder zu seinem Sohn Paul, den er über Jahre vernachlässigt hatte. Ohne Auto würde er in Tunesien nicht weit kommen. Er brauchte es, um Paul zu finden. Lieh er sich einen Wagen, wäre die Gefahr zu groß, dass ihn der Vermieter anschwärzte oder es ausnutzte, dass Deichslers Ausweis nicht Deichslers Ausweis war. Und über so viel Bares, dass er ihn ausreichend hätte schmieren können, verfügte er auch nicht – obwohl er dafür in Tunesien wahrscheinlich wesentlich weniger berappen müsste als in Deutschland. Vielleicht konnte er mit der Kreditkarte vom Stangerlaff bezahlen. Aber wenn das in die Hose ging, hatte er kein Auto und zusätzlich noch die tunesische Polizei am Hals.

Schwerer schwarzer Rauch zog aus dünnen Schloten in den bewölkten Himmel. Kräne durchschnitten mit langsamen Bewegungen die Luft.

Clinton kehrte zum Lkw zurück und tänzelte beschwingt auf Deichsler zu. Also hatte er doch nicht mit seinem Chef telefoniert.

»Gute Neuigkeiten?«, fragte Deichsler.

»Scho«, sagte Clinton und erklärte ihm, dass er jetzt die Zollformalitäten erledigen müsse, was dauern könne.

Deichsler wollte die Zeit nutzen, um sich im Hafen umzusehen und nach Paul zu suchen. »Bis später!« Er zog sich seine Jacke an und schlenderte davon. Den Ziegelstein auf der Bandscheibe, die Beule am Kopf, die Sehnsucht nach seinem Jüngsten und die Sorge um seinen Ältesten im Gepäck.

Hinter einem Lastwagen hielt er an. Im Hafen bestand eine reale Chance, Paul zu finden. Vielleicht recherchierte er wirklich nur für die Tierrechtsorganisation und hatte gar nicht vor, eine Straftat zu begehen.

Vielleicht kommen die Transporte, die Paul interessieren, sogar hier im Hafen an.

Der Gedanke minderte Deichslers Schmerzen und stimmte ihn zuversichtlich. Was auf der anderen Seite nicht ungefährlich war, da Paul hier leicht der Polizei in die Arme laufen könnte. Und mittlerweile dürfte ein internationaler Haftbefehl gegen ihn ergangen sein, sodass er vermutlich auch in Tunesien gesucht wurde. Was wahrscheinlich genauso auf Deichsler zutraf. Er sah sich um.

Ein grüner Tiertransporter verließ die Fähre, ein anderer parkte neben Clintons Lkw. Deichsler ging weiter. Männer brüllten sich unverständliche arabische oder französische Satzfetzen zu, es stank nach Diesel und Abgasen. Da entdeckte er Paul, der unter einem Viehtransporter lag. Sein Herz schlug schneller, der hämmernde Herzschlag schmerzte in seinem Kopf. Was Paul am Viehtransporter tat, konnte Deichsler nicht sehen, dafür aber einen Mann in Anzug und Krawatte, der Paul erst beobachtete und nun auf ihn zuging. Der Schlipsträger bückte sich, zog Paul an den Füßen unter dem Lkw hervor und packte ihn an der Schulter. Paul zuckte zusammen und fuhr herum. Das schlechte Gewissen war ihm ins Gesicht geschrieben.

Käsig bist.

Der Schlipsträger redete auf ihn ein, deutete auf einen Container mit Fenstern. Paul verneinte hartnäckig, winkte ab, schien ihm zu widersprechen.

Deichsler zog die Payback-Karte aus dem Geldbeutel des Schnösels und ging auf die beiden Streitenden zu.

Hoffentlich funktioniert mein Plan.

Paul blieb der Mund offen stehen, als er seinen Vater auf sich zukommen sah. Der schüttelte unmerklich den Kopf. Der Schlipsträger nahm die Hand immer noch nicht von Pauls Schulter, Deichsler wurde wütend.

»Interdit«, sagte der Schlipsträger.

Deichsler verstand nicht, da er die Realschule besucht und dort nur Englisch gelernt hatte. Er hielt dem Mann die Payback-Karte kurz vors Gesicht, so kurz, dass er sie nicht genau in Augenschein nehmen konnte, dann fasste er entschlossen nach Pauls Hand und zog ihn mit sich.

Der Schlipsträger bewegte sich nicht von der Stelle und schaute ihnen hinterher, als hätte Deichsler ihm gerade erzählt, dass er der arabische Frühling sei.

»Was willst du?«, begann Paul.

»Komm einfach mit!«

Hinter einem Container ließ Deichsler seinen Sohn los, widerstand dem Impuls, ihn an die weinrote Containerwand zu drücken, deren Farbe abblätterte. Stattdessen holte er tief Luft. »Ich will von dir wissen, was du hier machst.«

»Jetzt auf einmal? All die Jahre war es dir doch auch egal.«

»Willst du in den Knast? Wegen Brandstiftung? Oder wegen Mord?«

Paul sah an ihm vorbei.

»Ich habe dich von dem brennenden Hof gezogen, falls du dich erinnerst. Ohne mich wärst du draufgegangen.«

Paul kratzte mit seinen Stahlkappenschuhen über den Boden.

»Sie haben dich auf Luidingers Hof gesehen, in der Nacht, in der er gestorben ist. Haben deinen ALF-Aufnäher gefunden.«

Paul sah kurz auf. »Das war ein Fehler.«

In Deichsler keimte Hoffnung auf. »Von der Mama weiß ich, dass dein Handy am Tag, als in Bogen der Schlachthof gebrannt hat, in die entsprechende Funkzelle eingeloggt war.«

Paul fuhr sich über den Mund, neben dem sich Falten tief in die Haut gegraben hatten. »Ich muss jetzt los.«

Deichsler packte ihn am Oberarm. »Nichts da, du bleibst hier.«

Eine Kerbe bildete sich auf Pauls Stirn. »Du!« Er versuchte, sich aus dem Griff seines Vaters zu befreien, aber Deichsler drückte zu. Auch wenn er von der Fahrt geschwächt war, hatte er noch immer mehr Kraft als sein dürrer Sohn.

»Lass mich los, sonst …«

»Was sonst?«

Ein Trupp Arbeiter, von denen einige Helme trugen, blieb stehen und beobachtete sie.

»Wenn du nicht aufhörst, dich aufzuführen, rufen die die Polizei«, sagte Deichsler. »Ein internationaler Haftbefehl gegen dich ist sicher schon draußen.«

»Pfff!«

Deichsler wusste sich nicht mehr anders zu helfen. Mit der freien Hand riss er das Pfefferspray aus der Jackentasche. Hielt es so, dass es die Arbeiter nicht sehen konnten. »Reiß dich zusammen«, zischte er mit zusammengebissenen Zähnen, weil sein Sohn mehr Gegenwehr leistete, als er vermutet hatte.

Paul versuchte, die Hand seines Vaters abzuschütteln.

»Wenn du jetzt nicht mitkommst, dann …«

Paul schaute auf das Pfefferspray, dann schnellte seine freie linke Hand vor, entriss seinem Vater das Spray und sprühte ihm damit ins Gesicht.

Deichsler schloss seine Augen, die brannten, als hätte ihm Paul mit den Fingern hineingestochen. Er ließ seinen Sohn los, legte seine Hände auf die schmerzenden Augen. Öffnete sie, sah fremde Gesichter, kniff sie wieder zusammen, weil jetzt auch noch die Sonne durch die Wolken brach.

Ein Wortschwall aus Arabisch und Französisch ging auf ihn nieder. Eine raue Hand bog seinen Kopf nach hinten. Ihm wurde schwindelig, er wehrte sich, drängte die Hand weg.

»Tranquil«, sagte eine Frauenstimme, *»tranquil.«*

Weiche Finger legten sich auf seine Stirn und in den Nacken, drückten seinen Kopf behutsam nach hinten.

Deichsler ließ es geschehen, er hatte nichts zu verlieren. Plötzlich ergoss sich ein Schwall Wasser über sein Gesicht, und der brennende Schmerz wurde schwächer. Er öffnete die Augen, schaute in das verschwommene Gesicht einer schwarzhaarigen Frau. Paul war verschwunden.

»Where did he go?«, fragte er.

Die Arbeiter glotzten ihn verständnislos an. Die Frau wies in die Richtung, aus der Deichsler zuvor gekommen war. Er rannte los.

Seinen eigenen Vater derart zu verletzen!

Deichslers rasender Puls trieb ihn zwischen Gabelstaplern, Kränen und Lastern hindurch. Ein Lkw hupte lautstark, bremste und kam Zentimeter vor Deichsler zum Stehen.

Er sah immer noch verschwommen, als er auf einmal vor Clinton stand.

»Wie schaust du denn aus?«

»Hast du ein Auto?«

»Scho. Von der Firma. Für was brauchst du denn ein Auto?«

»Gib mir den Schlüssel!«

»Ich denk überhaupt nicht dran!«

»Soll ich der Resi ihrem Mann erzählen, was ihr für Viechereien miteinander treibts?«

Aus Clintons Gesicht wich jegliche Farbe.

»Mach schon!«, drängelte Deichsler. »Das ist sicher nicht die einzige Sauerei, die du am Laufen hast. Und dass du alleine fährst, werde ich dem Amt melden.«

Clinton griff in die Hosentasche. »Ein blauer Clio. Auf dem großen Parkplatz hinter der Schranke. Das Kennzeichen ist auch blau, weil's ein Mietwagen ist.«

Deichsler entriss ihm den Schlüssel und hastete davon.

»Aber morgen steht er wieder an der gleichen Stelle!«, rief ihm Clinton mit gerunzelter Stirn hinterher.

Der Parkplatz war vollgestellt mit Lkws und Autos. Am Horizont schob sich ein weißes Minarett in den Himmel, auf einer Anhöhe weiße Häuser. Deichsler durchforstete den Parkplatz und entdeckte Paul, der sich ein schwarzes Kuba-Käppi aufgesetzt hatte, unter dem Rastalocken hervorkrochen. Das Käppi verschwand in einen Wagen. Deichsler musste Clintons Wagen so schnell es ging finden, um Paul folgen zu können. Der Clio stand drei Reihen weiter, am Ende des Parkplatzes, vor einer blauen Holzwand. Deichsler sperrte auf und fuhr los.

Um das Hafengelände zu verlassen, musste man eine Schranke passieren, die sich gerade hinter Pauls rotem Citroën schloss. Er fuhr auf die Straße, bog, ohne zu blinken, links ab und schob sich zwischen einen Reisebus und ein gelbes Taxi, das wütend hupte.

Jetzt hatte auch Deichsler die Schranke erreicht.

Hoffentlich wollen die von mir keinen Ausweis oder Berechtigungsschein sehen.

Er stellte sich darauf ein, dass gleich ein Uniformierter aus dem Container heraustreten und ihn kontrollieren würde. Aber nichts dergleichen geschah. Die Schranke ging nach oben, Deichsler gab Gas und raste seinem Sohn hinterher.

Die Straße, eine Art einspurige Autobahn, war wie ein Damm rechts und links von türkisfarbenem Wasser umgeben. Trotzdem drängelten sich Transporter neben Lkws und Motorrädern. Paul fuhr im Zickzack zwischen den Fahrzeugen hindurch, um seinen Vater abzuhängen, hupte, wechselte auf die Gegenfahrbahn. Die Skyline von Tunis erhob sich am Horizont, und Deichsler tauchte ein in die Eingeweide der Stadt, die aus Hochhäusern, Brücken, Bettlern und Bussen zu bestehen schien. Pauls Wagen wurde regelmäßig vom Verkehr gestoppt, aber er zwängte sich immer wieder hupend zwischen den wartenden Fahrzeugschlangen hindurch, was es Deichsler erschwerte, an ihm dranzubleiben. Radfahrer und Fußgänger wichen dem Wagen aus. Eine Mutter mit ihrem Kind an der Hand konnte gerade noch zur Seite springen, als Pauls Wagen auf sie zuraste.

Ich muss Paul stoppen!

Sie gelangten auf eine breitere Straße, auf deren Gehwegen Verkäufer Zeitungen und Nüsse anboten. Deichsler gab Gas, holte auf, hatte Pauls Wagen wieder im Blick. Krachend schaltete er in den dritten Gang, befand sich jetzt auf gleicher Höhe mit seinem Sohn. Kurz schaute der zu ihm herüber, raste mit stoischem Blick weiter. Deichslers Hände begannen zu bitzeln, die Kraft fuhr aus seinem Körper. Dann riss er das Lenkrad nach rechts, der Clio rammte mit einem Ruck Pauls Wagen, drängte ihn auf den Seitenstreifen. Paul jagte einfach weiter, als wäre nichts geschehen. Wütend gab Deichsler Gas, es rauschte in seinen Ohren. Er überholte Paul und zog erneut zur Seite. Der Wagen drehte und überschlug sich, wirbelte durch die Luft. Die Welt stand Kopf, Schwärze, Nacht.

17

Eine warme Hand fasste aus dem weichen Nebel nach der seinen, hielt sie, streichelte sie sanft mit dem Daumen. Deichsler schwebte über dem Bett, ein weißer Schleier umgab ihn. Er schloss die Augen, um die Zärtlichkeit zu genießen, aufzusaugen. Ein wohlig warmes Gefühl durchströmte ihn, als würde er Davids zierliche Hand umschließen, mit ihm durch einen lauen Sommerabend wandern. Dann aber überwog die Neugierde, und er hob die Augenlider. Schemenhaft erkannte er durch den weißen Dunst eine hagere Gestalt mit Rastalocken.

Paul!

Schon zog es Deichsler wieder zurück in die Tiefe.

Er erwachte von einem Piepen, sah an sich hinunter auf ein weißes Flügelhemd, auf seine Hände, die auf einer gelben Bettdecke lagen. Die Rollos ließen kaum Licht ins Zimmer. Das Einzige, was er von draußen mitbekam, waren hupende Autos. Die Geräusche verschlimmerten seine Kopfschmerzen, obwohl er sich wie in Watte gepackt fühlte.

Die Tür öffnete sich, und ein Mann in Deichslers Alter, mit Brille, dunkler Haut und kurz geschorenen Locken, lächelte ihn an. Um seinen Hals hing ein Stethoskop, seine schmächtigen Arme staken aus dem weißen Kittel hervor.

»Who I am?«, fragte Deichsler mit kratziger Stimme. Er räusperte sich, der Arzt reichte ihm einen Schnabelbecher. Deichsler trank den süßen Minztee. *»Who I am?«*, wiederholte Deichsler.

»You are a patient«, sagte der Arzt mit französischem Akzent.

Das weiß ich selber. Ich will nur wissen, wo ich bin.

Deichsler verfluchte sich, dass er im Englischunterricht mit den Gedanken mehr bei Steffi als bei den Vokabeln gewesen war. Wie schön wäre es, wenn Steffi an seinem Bett sitzen und ihm die Hand halten würde.

War das vorhin Paul? Das würde heißen, dass ich ihm etwas bedeute.

»Where am I?«, stellte er dann doch noch die richtige Frage.

»Polyclinique Tunis.«

Ich muss hier raus, Paul finden.

»I wanna leave.«

»No!« Der Arzt schüttelte den Kopf.

Die grüne Kurve auf dem Bildschirm des EKGs schlug aus, die Abstände zwischen den Pieptönen wurden kürzer.

»But I wanna go.«

Piep! Piep! Piep!

»No, you are sick!«

Piep! Piep! Piep! Piep!

»And if I write something?« Deichsler machte eine Handbewegung, als würde er schreiben.

Der Arzt überlegte.

Piep! Piep! Piep! Piep! Piep!

Das Piepen machte Deichsler wahnsinnig. Wut stieg in ihm hoch, er hatte das Gefühl, bersten zu müssen.

»Just a moment.« Der Arzt verließ den Raum, kam aber wenige Minuten später in Begleitung einer Schwester mit Kopftuch zurück. *»You are very sick«*, sagte er.

Die hübsche Schwester schaute Deichsler streng an, als wolle sie die Aussage untermauern. Deichsler atmete schwer aus. Die Schwester legte ihm die Hand auf die Schulter und sagte: *»Relax.«*

Ich lasse mich doch nicht in einem tunesischen Krankenhaus gefangen halten!

Die Schwester drehte die Infusion zu, schraubte an seinem intravenösen Zugang herum und setzte eine Spritze an.

Deichsler versuchte, die Hand wegzuziehen, aber da verschwand der Inhalt bereits in seiner Vene. Weißer Nebel legte sich wieder über ihn.

Dieses Mal saß Paul nicht am Bett und streichelte seine Hand.

Draußen dämmerte es bereits. Über ihm flackerte eine Neonröhre.

Wo bin ich? War Paul bei mir und hat meine Hand gehalten, sie gestreichelt?

Das Piepen des EKGs erinnerte ihn daran, dass er sich im

Krankenhaus befand. Das von draußen in das Zimmer dringende Hupen wollte überhaupt nicht mehr aufhören. Sein Magen knurrte, aber er fühlte sich besser als beim letzten Mal, als er aus dem Nebel aufgetaucht war. Vom Gang war kein Geräusch zu hören.

Ich sollte die Gelegenheit nutzen, um abzuhauen.

Er drehte die Infusion ab, zog die Nadel mit einem Ruck aus der Hand und biss sich vor Schmerz auf die Lippen. Da hörte er von draußen Stimmen. Er hielt inne, aber niemand kam herein. Er nahm eine Kompresse vom Nachttisch, drückte sie auf die Wunde und umwickelte sie mit einem Verband. Irgendwie erinnerte ihn das Ganze verdächtig an seinen letzten Krankenhausaufenthalt in Erding. Am Bettgalgen hangelte er sich hoch, stand wackelig auf und schlüpfte in seinen zerschlissenen und blutverschmierten Blaumann.

Hoffentlich ist Paul nichts passiert. Ist er wirklich hier gewesen?

Er öffnete die Tür einen Spalt weit und sah die Schwester mit dem Arzt auf dem Gang stehen. Schaffte es unbemerkt an der Rezeption vorbei. Gegenüber dem schmalen Krankenhaus stand ein gelbes Taxi, aber Deichsler widerstand dem Impuls, sich einfach hineinzusetzen und zum nächsten Restaurant fahren zu lassen.

Dann hätten sie mich gleich. Der Taxifahrer würde ihnen sicher erzählen, wohin er mich gefahren hat.

Er stützte sich am hellblauen Geländer der Treppe ab, nahm Stufe um Stufe und wechselte auf die andere Straßenseite, wo ein Lebensmittelladen renoviert wurde. Ein Schlauch leitete ein Wasserrinnsal in einer Rinne aus Ziegelresten, Milchpackungen, Plastiktüten und parkenden Autos auf die Straße. Deichsler wandte sich um, prüfte, ob ihm auch niemand folgte. Auf die Klinikmauern waren Silhouetten von übergroßen Figuren gemalt worden: ein Mann, der mit seiner Kappe an den Papst erinnerte, zu beiden Seiten eine sitzende und eine stehende Frau, dazwischen Blumen. Deichslers Wut auf Paul war zwischenzeitlich verflogen, ganz im Gegensatz zu den Schmerzen, den Nachwirkungen des Autounfalls.

Wo Paul wohl ist?

Plötzlich schlugen Schritte auf den Asphalt. Er drehte sich um. Die Schwester mit dem Kopftuch lief die Eingangstreppe herunter, suchte ihn.

Mich kriegst du nicht.

Er duckte sich hinter einen grünen Müllcontainer, zog eine Grimasse vor Schmerz. Die Schritte der Krankenschwester näherten sich. Obwohl ein leichtes Lüftchen wehte, stank es nach Essensresten. Da hörte er ein Kratzen, ganz in der Nähe.

Was mach ich jetzt bloß? Ich kann doch nicht einfach eine Schwester umhauen.

Das Kratzen wiederholte sich, ein Schatten stürzte sich auf ihn herunter. Die Scheinwerferkegel eines Wagens streiften Deichsler.

Hoffentlich keine Polizei!

Ein knochiges schwarzes Kätzchen landete vor ihm, fauchte ihn an. Seine gespreizten Beinchen zitterten. Ohne das Tier zu beachten, verschwand Deichsler um die Hausecke und humpelte davon, so schnell es seine schmerzenden Knochen zuließen.

»Rue du Brézil«, stand auf einem blauen Straßenschild. Noch bevor er die viel befahrene Querstraße erreichte, kam er an einem hell beleuchteten Lokal vorbei.

Ich muss etwas essen, selbst wenn sie nichts Vegetarisches oder Veganes haben. Darauf kann ich jetzt keine Rücksicht nehmen.

Im Inneren konnte er ordentlich aufgereihte Holzstühle an Tischen auf Gäste warten sehen. »UN PUNTO MACROBIOTICO«, las er auf der Markise.

»Macrobiotico«, das hört sich ein bisschen nach Eso-Kacke an. Vielleicht stehen die Chancen auf ein fleischloses Essen ja doch ganz gut.

Deichsler öffnete die Tür und rechnete schon damit, dass ihm ein lebendiges Wasser, das seinen Namen tanzte, eine übel riechende Suppe in einer Klangschale servieren würde.

Hier ist ja überhaupt nichts los. Eigentlich kein gutes Zeichen.

Über die weiß-roten Fliesen im Schachbrettmuster ging er bis zur Kasse am Ende des Raums, hinter der in einem Regal Mehl, Nudeln und Müsli standen, alles bio. Kurz dachte er darüber nach, die Kasse zu öffnen und seine Finanzen aufzubessern. Schließlich stand ihm die Suche nach seinem Sohn bevor. Plötzlich baute sich ein dunkelhäutiger Mann in weißem Hemd und schwarzer Hose vor ihm auf. Deichsler hatte ihn nicht kommen gehört, er zuckte zusammen, als hätte er ihn nicht nur bei seinen verbotenen Gedanken erwischt.

»*Bonsoir*«, sagte er.

»*Bonsoir*«, antwortete Deichsler und drehte sich um.

Ich muss was essen!

Der Mann blubberte auf Französisch los. Deichsler verstand kein Wort und nickte, wollte sich nicht vollends blamieren.

Um sich nicht zu lange auf dem Präsentierteller aufzuhalten und sich frisch zu machen, suchte er die Toilette auf. In ihrem Vorraum warben in einem Ständer Hochglanzprospekte. Einer davon pries mit bunten Fischerbooten an einem Sandstrand die Städte Tunis und Nabeul an.

Vielleicht kann der mir weiterhelfen.

Deichsler schnappte sich den Prospekt, ging ins Lokal zurück, setzte sich in die hinterste Ecke, mit dem Rücken zum Fenster, und blätterte darin herum.

Der Kellner kam mit einer dampfenden Suppe an den Tisch, weder seinen Namen tanzend noch eine Klangschale in der Hand.

Deichsler tauchte den Löffel ein, und der dickflüssige Schlatz tropfte zurück in die Schüssel. Sein Geruch erinnerte ihn an die Haferschleimsuppe seiner Mutter, die sie ihm immer bei einer Magen-Darm-Grippe serviert hatte. Er probierte erst skeptisch, dann schlang er die Suppe hinunter. Gar nicht schlecht. Und warm. Zwischendurch sah er aus dem Fenster, ob die hübsche Schwester noch immer auf der Straße herumirrte, um ihn einzufangen.

Ich muss unbedingt der Mama Bescheid geben. Sie wird sich bestimmt Sorgen machen. Und David wird sich auch wundern, wo ich bin.

Die Schüssel wurde abgeräumt, und Deichsler dachte schon, dass es das gewesen sei. Da landete ein großer, schwer beladener Teller vor ihm. Mit Kürbis, Bohnen, Salat und Getreide.

Wieder so eine Pampe. Eigentlich bin ich satt. Aber wer weiß, wann ich das nächste Mal etwas zu essen bekomme.

Er probierte, und das Hauptgericht entpuppte sich als wahre

Delikatesse. Deichsler fühlte sich so kräftig wie in den letzten Tagen nicht, spürte eine seltsame Hochstimmung in sich aufsteigen.

Ein Stück Kuchen wäre jetzt die Krönung.

Da er nicht wusste, was Kuchen auf Arabisch oder Französisch hieß, sann er darüber nach, welche Nachspeisen mit französischen Namen er kannte. Das Einzige, was ihm einfiel, war Baiser. Mit seiner Mama hatte er früher in der Adventszeit aus Eischnee und Zucker kunstvoll weiße und rosafarbene Türme gespritzt. Damals zählte Baiser zu seinen Lieblingsplätzchen, mittlerweile waren sie ihm zu süß geworden. Als er Monika das erste Mal davon erzählte, hatte er den Namen bayerisch ausgesprochen, so wie er geschrieben wurde: Baiser. Monika hatte sich krumm und buckelig gelacht. Da half es auch nichts, dass seine Mama ihn genauso aussprach.

Der Kellner stand erwartungsfroh vor ihm, während Deichsler noch seine mageren Französischkenntnisse zusammenklaubte. Dann richtete er sich auf wie ein Schüler, der stolz sein auswendig gelerntes Gedicht vortragen will, und sagte, jedes Wort betonend: *»Je veux un baiser.«*

Dem Kellner entgleisten die Gesichtszüge, er drehte sich um und verschwand in der Küche.

Habe ich was Falsches gesagt?

Schnellen Schrittes kehrte der Mann zurück, kurzatmig, bemüht, Haltung zu wahren. Es gelang ihm nicht. Sein Mund blähte sich, als müsse er brechen, dann wieherte er los, trommelte sich mit den Händen auf seine Oberschenkel. Deichsler wurde heiß, er begann zu schwitzen.

»Une délicatesse«, schob er hinterher, um die Situation zu retten, schloss Daumen und Zeigefinger zu einem Kreis zusammen, küsste sie.

Das Gesicht des Kellners rötete sich jetzt ebenfalls, er konnte nicht aufhören zu lachen, stieß immer wieder ein *»Oui!«* aus und küsste Daumen und Zeigefinger, aus denen er ebenfalls einen Kreis geformt hatte. Erst als er Deichsler die Rechnung über zweiunddreißig Dinar präsentierte, wurde er ernst und Deichsler noch ernster.

Fünfzehn Euro! Für tunesische Verhältnisse vermutlich ein Vermögen. Aber er war zu Kräften gekommen, auch wenn es in seinem Magen rumorte, als hätte die Suppe eine Magen-Darm-Grippe ausgelöst. Also legte er einen Schein nach dem anderen auf den Teller.

Wie soll ich in diesem gottverdammten Land bloß Paul finden? Fast pleite?

Er blätterte erneut die Broschüre durch. Ein Sandkorn an der Küste zu finden hätte sich einfacher gestaltet. Da stach ihm das Bild eines Viehmarktes ins Auge: Nabeul.

Vielleicht will Paul für seine Recherchen ja dorthin. Hoffentlich nicht, um Tiere zu befreien.

Der Kellner kehrte zurück und deutete erst auf den Prospekt, fragte: »Nabeul?«, dann auf Deichsler.

»*Oui*«, antwortete Deichsler leise.

»*Moi Nabeul*«, sagte der Kellner und tat so, als würde er ein Auto steuern.

Deichsler nickte begeistert.

Stunden später hatte das Lokal geschlossen. Sie fuhren auf einen Uhrturm inmitten eines belebten Kreisverkehrs zu, vor dem Wasserfontänen freudig in die Luft schossen.

»*Big Ben Tunis*«, sagte der Kellner, der sich Deichsler als Loic vorgestellt hatte, und lächelte.

Vor riesigen Palmen flatterten tunesische Flaggen mit rotem Halbmond.

»*Place du 14 Janvier 2011*«, sagte Loic. »*Ben Ali.*« Er machte eine Handbewegung, als wolle er dem ehemaligen Präsidenten, der während der Jasminrevolution gestürzt worden war, einen Klaps auf den Hintern geben. Der nach oben schmaler werdende Turm, auf dem eine viereckige Uhr und ein seltsam spitzer, dreieckiger Hut thronten, sandte durch kleine Löcher Helligkeit in die Dunkelheit.

Der Kellner bog ab und fuhr eine Platanenallee entlang. Cafés, Kioske und Verkaufsstände säumten die Promenade. Die Gebäude verströmten französisches Flair und arabisches Selbstbewusstsein. Ein Junge in grauem Jimi-Hendrix-Kapuzenpulli gesellte sich zu einer Gruppe ratschender Männer. Ein dreirädriger Minilaster überholte Deichsler und Loic surrend auf der zweispurigen Straße.

Hier möchte ich mit meinen zwei Jungs Urlaub machen.

Zu Deichslers Verwunderung kreuzte eine bimmelnde grüne Trambahn die Straße, eine Frau in Stöckelschuhen und buntem Batikkopftuch rettete sich im letzten Moment auf den Gehweg. Pärchen flanierten Hand in Hand über den Boulevard, ein Mann mit Rastalocken drängelte sich an einer verschleierten Berberfrau vorbei.

Paul! Paul?

Deichsler sah noch einmal genauer hin. Er hatte sich getäuscht. Das Essen lag ihm schwer im Magen, Übelkeit stieg in ihm hoch.

»*Medina*«, sagte Loic und deutete auf das Ende der Straße. Dort wartete ein quadratisches Tor aus groben Felsen, mit Türmchen und einer tunesischen Flagge auf dem Dach.

Deichsler nickte und hielt sich den Bauch, versuchte, sich auf einen Punkt zu konzentrieren, auf ein gelbes Taxi, das gerade losfuhr. Die Autos parkten in zweiter Reihe, fuhren ab, neue kamen an.

»*Une affaire?*«, fragte Loic und breitete die Arme aus.

Das Essen drückte immer stärker gegen Deichslers Zwerchfell, das zu krampfen begann.

Eine Affäre?

Deichsler riss die Wagentür auf und erbrach sich in den Rinnstein.

18

Jedes Hupen, jeder Lichtstrahl fuhr wie ein Messer in seinen Schädel. Er kniff die Augen zusammen, Hände und Knie zitterten. Die Menschenmassen sogen ihm die letzte noch verbliebene Kraft aus seinem Körper. Loics Wagen war verschwunden. Vermutlich hatte er dem dröhnenden Verkehr Platz machen müssen, hatte ein Polizist ihn vertrieben.

Irgendwie war Deichsler hinter das steinerne Tor gekommen. Unweit davon verschluckten die engen Gassen der Medina die Menschen. Er hielt sein Gesicht in die klägliche Fontäne eines Springbrunnens, blickte auf und konnte wieder sehen: zu einem Zopf gebundene Rastalocken, die in der Medina verschwanden. Deichsler folgte ihnen in die Häuserschluchten der Kolonialbauten. An den Markisen der Verkaufsstände hingen Kaftans, lange Frauengewänder und Pullover. An einem Straßenstand warf Teig Blasen in brodelndem Fett, dessen Geruch sich über die Gasse legte. Deichsler würgte, schmeckte Galle.

»*Hello my friend?* Guten Tag. Wie geht es Ihnen?«

Wenn sie etwas verkaufen wollen, sind sie alle deine Freunde.

Hinter einer Biegung: Schuhe auf Kartonstapeln, Schnitzwerk, billige Souvenirs. Aber kein Paul. Gelbe, rote Gewürze in kunstvoll spitzen Bergen, Datteln, Feigen, Säcke voller Mandeln. Seine Stirn stieß gegen ein flauschiges Schaffell und Schlüsselanhänger, die neben Uhren und Lederrucksäcken in Bündeln herunterhingen.

Immer weiter stieß er in die Eingeweide der Souks vor. Ellbogen rempelten ihn an, Deichsler strauchelte, um ihn herum wurde es dunkler, das Gedränge dichter in den gewölbeartigen Gängen der Medina, von denen der Putz blätterte. Der Duft von Weihrauch mischte sich mit dem von Gebäck. Deichsler lief und lief in der Hoffnung, Paul zu finden. Er bog links ab, irrte geradeaus ohne Plan, ohne eine Ahnung, wo er sich befand. Irgendwann trugen ihn die Beine eine abfallende Gasse hinunter, auf einen eckigen Kirchturm zu. An Postkarten und

Kuscheltieren vorbei, ein Mann auf einem Schemel sah ihm hinterher. Deichsler riss die Augen auf.

Ein Kirchturm?

Er taumelte weiter, stolperte, verlor erst die Balance, dann die Besinnung.

»Hallo! Hallo!«

»Paul?«

»Hören Sie mich? Geht es Ihnen gut, mein Freund?«

»Ich möchte nichts kaufen.«

»Geht es Ihnen gut?«

Langsam öffnete Deichsler die Augen. Ein Mann mit Brille und ordentlich gestutztem grauem Bart stand vor ihm.

»Bin ich in der Kirche?«

Der ganz in Weiß gehüllte Mann lachte spitzbübisch, sodass der flache Hut, den er trug, wackelte.

Deichsler drehte den Kopf. Selbst das sanfte Licht der wenigen Laternen am Gebäude gegenüber blendete ihn. Also doch nicht in der Kirche.

»Sie befinden sich vor unserer Kirche. Vor der Ez-Zitouna-Moschee in der Medina von Tunis.«

»Ich muss …« Deichsler versuchte, sich aufzurichten. »Mein Sohn Paul.«

»Sie haben einen Sohn? Sie Glücklicher!«

»Woher können Sie so gut Deutsch?«

»Ich habe in Deutschland gearbeitet.«

Der Mann half ihm auf und erzählte Deichsler, während er ihn in ein nahe gelegenes Café begleitete, von seiner Arbeit in Deutschland. Bei der gleichen Firma, für die Monika arbeitete.

Deichsler war zu schwach für einen bissigen Kommentar, schwieg und folgte. Weil er seinem Magen keinen Kaffee zutraute, trank er schwarzen Tee und aß ein kleines rundes Weißbrot.

Er tastete nach seinem Geldbeutel, er war noch da.

Der süße Tee und das Brot brachten ihn wieder zu Kräften. Wahrscheinlich hatte er bei dem Autounfall eine leichte Gehirnerschütterung erlitten. Er erzählte dem Mann, dass er nach Nabeul zum Viehmarkt müsse.

»Was wollen Sie denn auf dem Viehmarkt? Ich bin in Nabeul aufgewachsen.«

Deichsler konnte nicht einschätzen, ob er dem Mann trauen konnte.

»Es geht um einen Viehtransport, um Rinder. Mein Sohn dokumentiert die Qualen der Tiere, um sie öffentlich zu machen.«

»Ihr Sohn ist ein guter Mensch.« Der Mann nippte an seinem Minztee. »Aber es ist nicht ganz ungefährlich, was er da treibt.«

Deichsler atmete lautstark aus, da piepste sein Handy, eine SMS war eingegangen. »Pardon«, sagte er und holte sein Handy heraus.

Die Nachricht war von Annamirl. »Freddie, wo treibst du dich rum? Muss ich mir Sorgen machen? Sogar deine Mama hat schon bei mir angerufen, wo du steckst. Meld dich, du Hallodri. Vor allem bei deiner Mama!«

»Wie komme ich nach Nabeul?«

Der Mann sah auf seine goldene Uhr. »Der Zug fährt in einer halben Stunde.«

Bevor Deichsler in das Taxi stieg, das ihn zum Bahnhof bringen sollte, bedankte er sich bei dem Mann.

»Wenn Sie in Schwierigkeiten sind, helfe ich Ihnen«, sagte der Mann. »Wenn ich in Schwierigkeiten bin, helfen Sie mir. Erzählen Sie das in Deutschland.«

Als Deichsler endlich im Zug saß, stellte er erstaunt fest, dass sich dieser nicht sonderlich von den Zügen unterschied, die zwischen Nürnberg und Fürth verkehrten. Der Sitz war bequem, die Toilette, auf der er sich das Gesicht wusch, modern und sauber. Der Zug brauste in den Morgen, am Himmel kündigten Sonnenschlieren den neuen Tag an. An Mauern geschmierte Parolen zeugten vom Arabischen Frühling und davon, dass die Menschen, die sich nach Freiheit sehnten, voneinander wussten. »Viva Zapata!«, las Deichsler und: »Viva la Revolution!«. Fabrikschlote und der Hafen mit seinen vielen Kränen zogen am Fenster vorbei, dann Felder und weiße Häuser. Viele von ihnen nicht zu Ende gebaut.

Obwohl er vor der Moschee geschlafen haben musste, fielen Deichsler schon wieder die Augen zu. Er erwachte, als der Zug stoppte, erhob sich unter Schmerzen, öffnete die Tür. An dem Bahnhofsgebäude gegenüber prangte ein blaues Schild mit arabischer Schrift in Weiß. Darunter in lateinischen Buchstaben: »GARE DI BIR BOUREGBA«.

Bouregba …

Hatte ihm der Mann am Ticketschalter nicht radebrechend versucht zu erklären, dass er dort umsteigen müsse? Bevor Deichsler den Zug verließ, suchte er den Bahnsteig nach Polizisten ab. Ein Mann in einer Skijacke schlenderte vorüber, streckte sich. Zwei Frauen mit Kopftüchern und Handtaschen unterhielten sich. Nichts Besorgniserregendes. Deichsler stieg aus, stellte sich unter das Vordach des Bahnsteigs und fragte den Mann in der Skijacke: »Nabeul?«

»Oui.« Er musterte Deichsler interessiert. Wahrscheinlich war ihm noch nie ein Tourist im Blaumann über den Weg gelaufen.

Deichsler drehte sich um, da kam ein Polizist mit Mütze und hellblauem Hemd auf ihn zugelaufen.

Ein Zug fuhr ein, und der Mann in der Skijacke deutete in seine Richtung: »Hammamet.«

Deichsler wandte sich wieder um, und der Polizist war verschwunden. Dafür tauchte in diesem Moment Paul aus dem Bahnhofsgebäude auf und stieg in den eingefahrenen Zug. Deichsler zuckte zusammen und folgte ihm, den Mann mit der Skijacke im Schlepptau.

Paul lief durch den halben Zug, Deichsler in gebührendem Abstand hinterher. Paul setzte sich, und sein Vater nahm etliche Reihen von ihm entfernt Platz. Wie auch der Mann mit der Skijacke. Deichsler hatte keine Lust auf eine Unterhaltung. Er wollte nicht unnötig auffallen, wollte Paul nicht auf sich aufmerksam machen.

Der Mann ihm gegenüber öffnete seine dicke Jacke und sagte etwas auf Französisch, das Deichsler nicht verstand. Seine Kopfschmerzen wurden wieder stärker, er spürte seinen Herzschlag und begann zu schwitzen, obwohl die Klimaanlage auf Hochtouren lief und er eigentlich hätte frieren müssen.

Als der Zug zum Stehen kam, deutete der Mann nach draußen und sagte: »Hammamet.«

Da erst sah Deichsler auf den Bahnsteig und dass Paul gerade aus dem Zug stieg. *»Merci!«* Er sprang auf. Ein Sternenhimmel drosch auf ihn ein, obwohl die Nacht doch gerade erst vorbei war.

»Salut!« Der Mann winkte ihm fröhlich hinterher.

Deichslers weiche Knie trugen ihn über die Gleise. Vorbei an dem weißen Bahnhofsgebäude mit seinen hellblauen Fensterläden und Türgittern. Eine alte Frau mit Kopftuch saß auf einer Steinbank mit Mosaiken und beobachtete die aussteigenden Passagiere.

Vor dem Bahnhof parkten drei gelbe Taxis. Paul stieg in das erste. Neben dem hintersten Wagen stand ein dürrer, grauhaariger Mann und rauchte. Deichsler ging auf ihn zu. Der Mann verneinte und zeigte nach vorne. Deichsler setzte sich hinein. Der Mann zuckte mit den Schultern, sagte etwas zu seinem Kollegen und stieg dann ebenfalls ein. Deichsler fuchtelte wild mit den Händen herum und deutete immer wieder auf das Taxi mit Paul, das gerade wendete. *»Follow him!«*

Brummend scherte der Fahrer aus und folgte dem anderen Auto. Ein Lastwagen fuhr vorbei, hupte. Auf der anderen Straßenseite rauchten Männer in einem Café und unterhielten sich. Der Rauch der Zigarette brannte in Deichslers Augen. Er nutzte die Gelegenheit, um Annamirl zurückzuschreiben, sie sollte sich nicht unnötig Sorgen machen: »Mir geht es gut. Sag das bitte Mama. Bin in Tunesien, um Paul zu finden. Gibst du auch Steffi Bescheid?«

Er zögerte. Wenn Steffi erfuhr, dass sich Paul in Tunesien aufhielt, würde sie sich noch mehr Sorgen machen. Und sollte Berni per Zufall die Nachricht lesen, würde er ihm aus Eifersucht die Polizei auf den Hals hetzen.

Er löschte den vorletzten Satz und ersetzte ihn durch: »Paul geht es auch gut.«

Das Auto hielt vor einem Haus. Paul war nicht mehr zu sehen, nur noch die Rücklichter seines Taxis, die um die Ecke bogen.

»How much?«, fragte Deichsler.

»Drei Mark«, sagte der Fahrer und grinste.

Deichsler kramte in seinem Geldbeutel. Er hatte am Bahnhof in Tunis seine restlichen dreißig Euro in Dinar gewechselt. »Wie viel?«

Der Mann gluckste vor Lachen wie ein kleines Kind. »Dreißig Dinar.«

Deichsler schnaufte. Die Zugfahrt war schon teuer genug gewesen, und Taxifahrten waren anscheinend auch kein Schnäppchen. Er gab dem Fahrer die geforderte Summe. Viel blieb ihm von den dreißig Euro nicht mehr. Für die Rückreise nach Tunis, geschweige denn nach Deutschland reichte es garantiert nicht. Der Fahrer deutete auf ein breites Metalltor. Links und rechts davon standen Palmen, deren Blätter in der Sonne glänzten. Ein Hund bellte.

»Der Junge ist da rein.«

Deichsler stieg dankend aus.

»Grüßen Sie mir Deutschland und Pegida schön«, sagte der Fahrer und bretterte davon.

Deichsler schüttelte den Kopf.

Hinter den vergitterten Fenstern im Erdgeschoss brannte Licht. Die halbkreisförmigen arabischen Fenster darüber sahen ihn erwartungsvoll an.

Im Urlaub lässt es sich hier sicher gut aushalten. Sofern nicht wieder irgendwelche fanatischen Gotteskrieger wüten, die mit Gott genauso viel am Hut haben wie Adolf Hitler.

Er ging auf das Tor zu, stoppte, duckte sich und schlich an der Steinmauer entlang. Wegen der zugezogenen Vorhänge konnte er nicht in die Wohnung sehen.

Ich werde ihn fragen, ob er an meinem Bett gesessen hat.

Er musste größeren Schaden von Paul abwenden, schließlich war er sein Vater. Plötzlich wurde sein Arm auf den Rücken gedreht. Deichsler schrie vor Schmerz. »Ich bin der Vater von …«, stammelte er, als er wieder zu Atem kam. Verdammt, was hieß Vater noch mal auf Französisch? *»Moi créator«*, stieß Deichsler hervor.

Sofort wurde sein Arm losgelassen. Hinter ihm stand ein

breitschultriger Mann mit einer Taschenlampe am Gürtel, ein Wachmann.

»Monsieur Kempken«, murmelte er. *»Pardon.«* Mit der Hand wies er in Richtung Tor. Als Deichsler nicht reagierte, ging er vor, öffnete es. *»S'il vous plaît.«*

Deichsler überlegte schnell. Wenn er umkehrte, würde er sich verdächtig machen. *»Merci«*, sagte er, ging durch das Tor und betrat durch den Rundbogen das Haus. Er drehte sich um, der Wachmann zeigte nach rechts, zur Tür. Langsam wich die Freundlichkeit wieder aus seinem Gesicht, machte sich Verunsicherung breit.

Eine geschwungene Treppe mit einem Metallgeländer führte ins Obergeschoss, links ging es zu einer anderen Wohnung, vor der Deichsler stehen blieb. Letztlich konnte er Paul nur überreden, sich zu stellen, was schwierig werden könnte. Oder er konnte ihn überwältigen und versuchen, ihn auf dem Landweg nach Deutschland zu bringen. Dabei nicht ertappt zu werden, war mehr als unwahrscheinlich. Zudem würde das Monate dauern. Und ihrer Beziehung wäre das auch nicht gerade förderlich. Am liebsten hätte er umgedreht und wäre zum Meer gegangen. Meer bedeutete Kindheit, Sorglosigkeit.

So gut hat man es nie mehr.

Ein letztes Mal drehte er sich halbherzig um. Da der Wachmann seine Taschenlampe aus dem Gürtel gezogen hatte und ihn grimmig anstarrte, blieb ihm keine andere Wahl. Er klopfte an die Tür der Wohnung, in der er Licht gesehen hatte. Es geschah nichts. Deichsler zog die Schultern nach oben und schaute den Wachmann entschuldigend an.

»Cloche.« Er drückte auf eine imaginäre Klingel.

Deichsler kratzte sich an der Nase, hörte Geräusche von innen, klingelte, stieg nervös von einem Bein auf das andere. Ein vernünftiges Gespräch an einem Tisch zwischen Vater und Sohn, das wäre wohl die beste Lösung. Vielleicht würde das auch dazu beitragen, dass sie wieder zusammenfanden. Wie hatte er bloß daran denken können, Paul zu überwältigen und gegen seinen Willen zurück nach Deutschland zu bringen? Hinter der Tür lief Wasser. Was tat man nicht alles, um sein Kind vor Gefahren, vor schädlichen Einflüssen zu schützen? Sein Umgang mit David war das beste Beispiel dafür. Wenn der sich im Winter nicht anziehen wollte und sie unter Zeitdruck standen, dann musste er ihm eine Jacke anziehen, ob er wollte oder nicht. Oder gab es einen anderen Weg? Sollte David die Erfahrung selber machen, aus den Konsequenzen lernen? Sollte er ihn ohne Jacke rausgehen, frieren lassen, damit er beim nächsten Mal von sich aus nach einer Jacke verlangte? Und sollte Paul ebenfalls die Konsequenzen für sein Verhalten tragen, die Strafe absitzen, weil er sich in Deutschland nicht gestellt, nicht gestanden hatte? Aber was hätte er denn gestehen sollen? Brandstiftung? Mord? Dafür gab es lebenslänglich. Eine Gänsehaut überzog Deichslers Arme, was nicht nur an der kühlen Meeresbrise lag, die in das Haus hereinwehte.

Endlich tat sich etwas an der Tür vor ihm. Seine Kiefermuskeln spannten sich an, wurden hart. Er hätte sich Sätze zurechtlegen sollen. Deichsler atmete tief durch, musste ruhig bleiben, hatte er es doch schon im Hafen vergeigt. Die Tür öffnete sich, und ein Schwall eiskalten Wassers ging auf ihn nieder. Deichsler schüttelte sich, prustete.

Paul stand im Türrahmen, einen leeren Eimer in der Hand. Er hatte ihn komplett über seinem Vater entleert.

Wie ich das hasse! Am liebsten würde ich dir den …

Erneut atmete er tief durch, besann sich, dass er der Ältere, Vernünftigere, dass er der Vater war. Derjenige, der ihn die ganzen letzten Jahre im Stich gelassen hatte. Vermutlich hatte er die kalte Dusche sogar verdient. In Pauls Gesicht glaubte Deichsler, Genugtuung zu lesen. Oder war er überrascht, dass sein Vater vor der Tür stand?

»Ach, du bist's.« Paul stellte den Eimer neben sich ab. »Ich dachte, es wären die Hunde. Die spielen öfter im Gang, und man kann sie nur mit Wasser verscheuchen.«

Mich nicht.

Paul musterte ihn von oben bis unten. »Du bist ja patschnass.«

Da Deichsler seinen Sohn nicht kannte, konnte er nicht einschätzen, wie er das meinte.

Verarschst du mich?

»Komm rein.«

Paul drehte sich um, ging in die geräumige Wohnung und verschwand hinter einem Tresen, der das Wohnzimmer von der Küche trennte.

Von Deichslers Haaren und der OPP-Jacke tropfte das Wasser herunter.

»Willst du einen Tee?«

»Gern, mit …«, Deichsler verkniff sich das Wort »Milch«, »… mit Zucker, bitte.«

Paul griff in einem Regal über der Spüle nach zwei Tassen. Keine Minute später brodelte der Wasserkocher, eine Dampfwolke stieg auf.

Die mit Wasser vollgesogene schwere Jacke klebte an Deichsler wie seine Vergangenheit. »Ich –«

»Du kannst dich im Bad umziehen«, unterbrach ihn Paul. »Wechselklamotten bringe ich dir gleich.«

»Okay«, sagte Deichsler, um zumindest irgendetwas zu sagen, und ging ins Bad mit Klo, Waschbecken und Badewanne. Aus dem kleinen Fenster konnte man auf eine braune Wiese hinter dem Haus sehen. Vor dem wogenden Meer wehten Palmenblätter nervös hin und her.

Ich könnte Paul fragen, ob wir irgendwann zusammen in Tunesien Urlaub machen. Nur wir zwei. Baden, ratschen, Bier trinken, nichts tun.

»Wusste gar nicht, dass du jetzt für Opp arbeitest«, rief Paul ihm von der Küchenzeile aus zu. »Ich dachte eigentlich, der wäre nicht gut auf dich zu sprechen, seitdem du den Mord an Kurbi aufgeklärt hast.«

Deichsler glaubte, Bewunderung aus den Worten seines Sohnes herauszuhören. Also hatte er sich für sein Leben interessiert. »Das stimmt auch, die Sachen sind nur geliehen. Aber das ist eine längere Geschichte.«

»Da haben wir ja was gemeinsam«, rief Paul ins Bad.

Deichsler freute sich, den nassen Blaumann endlich loszuwerden. Aber vor allem freute er sich, mit Paul zu sprechen, und darauf, ihn vielleicht zum Umlenken bewegen zu können. Noch war es nicht zu spät. Auch wenn er ein bisschen nervös war, es nicht noch einmal vergeigen wollte.

Neben dem Waschbecken hing ein Handtuch, mit dem er sich abrubbelte. Fehlten nur noch die trockenen Anziehsachen. Er band sich das Handtuch um die Hüfte. »Paul?«

Keine Antwort.

Deichsler lauschte. Im Wohnzimmer war es still. Wahrscheinlich suchte Paul die frischen Anziehsachen für ihn gerade im Schlafzimmer zusammen.

»Paul?«

Wieder keine Antwort.

Gänsehaut breitete sich auf seinem Körper aus. Er beugte sich vor und schaute aus der Badtür in den Gang. Seine Bandscheibe zwang ihn, sich am Rahmen festzuhalten. Er hörte noch immer nichts. »Paul?«

Das darf doch nicht wahr sein!

19

Deichsler fand Paul weder im Wohnzimmer noch auf der kleinen Terrasse oder im Schlafzimmer. Die Eingangs- und Terrassentür hatte er abgesperrt.

Du hinterlistiger, kleiner …

Wie überzeugend er seine Rolle gespielt hatte! Auf dem Tresen stand eine volle Wasserflasche aus Plastik. Deichsler packte sie und schleuderte sie wütend in die Ecke, wo sie knallend zerplatzte und einen dunklen Fleck hinterließ.

Wenn ich dich erwische. Aber eigentlich will ich dich gar nicht mehr erwischen. Irgendwann ist auch mal Schluss. Es ist eh nicht möglich, achtzehn Jahre in wenigen Tagen wiedergutzumachen.

Eine schwere Müdigkeit, als hätte er seit Tagen nicht geschlafen, legte sich über ihn, und er beschloss, sich auszuschlafen und seinen Blaumann zu trocknen. Anschließend würde er weiterplanen. Nur mit dem Handtuch um die Hüfte fiel er auf das Bett im Schlafzimmer und zog sich die Decke über den Kopf. Obwohl vor dem Haus Hunde gegen den Wind anbellten, schlief er sofort ein.

Wellen schwappten gegen den schwankenden Dreimaster. An Deck verschwanden Pauls Dreadlocks unter der breiten Krempe seines Piratenhuts, Deichsler schützte sich mit einem Tuch vor der sengenden Sonne. Am Mast wehte die Piratenfahne im aufkommenden Sturm. Die Touristen lungerten auf Bänken herum. Aus Lautsprechern tönte Partymusik mit wummernden Bässen, die Crew tanzte vor, die Touristen tanzten nach. Egal ob muslimische Frauen mit Kopftüchern oder feiste Engländerinnen im Bikini. Nur Paul und Deichsler bewegten sich keinen Millimeter von der Stelle. Plötzlich verstummte die Musik. Der Captain, ein grätiger Pirat mit gestreiftem Shirt und ausgefranster Hose, deutete auf Paul. Als er auf ihn zusteuerte, folgte ihm die ganze Crew.

»You!«, sagte er und zielte mit dem Säbel auf Paul. *»Dance!«*

Paul schüttelte den Kopf.

»You!«, wiederholte er, packte Pauls Gesicht und schob seine Wangen zusammen. *»Dance!«* Die Narbe, die quer durch das Gesicht des Captains verlief, schnitt immer tiefer in sein wettergegerbtes Gesicht.

Paul schüttelte wieder den Kopf.

»Okay.« Der Captain sah zu seiner Crew und nickte mit dem Kopf in Richtung Reling.

Auf sein Zeichen hin hüpfte die Mannschaft wie wild gewordene Affen über Tische und Bänke, zwischen den erschrockenen Touristen hindurch, dem Captain hinterher. Ein dunkelhäutiger Pirat zog ein Brett unter den Bänken hervor und legte es über die Reling.

Der Captain drückte Paul seinen Säbel in den Bauch. Die Horde kehrte zurück, als hätte Paul einen Muffin in der Hand. Sie packten ihn an den Armen und schleiften ihn mit sich.

»Go!«, brüllte der Captain, als sich Paul mit den Füßen dagegenstemmte.

Deichslers Füße waren wie festgenagelt. Die Piraten zerrten Paul durch die Schaulustigen bis zur Reling, verschnürten seine Hände mit einem Seil und hoben ihn auf die Planke. Er drehte sich um und sah seinem Vater flehend in die Augen.

Deichsler versuchte, sich wieder loszureißen, spannte seine Waden, aber nichts geschah. Er konnte sich nicht bewegen.

Immer weiter wurde Paul auf die Planke hinausgeschoben, über das hungrige Meer. Der Sturm peitschte die Wellen auf, die nach ihm gierten. Paul hatte fast das Ende des Brettes erreicht, das unter seinem Gewicht vibrierte, da hatte Deichsler eine Idee.

Er wackelte mit den Zehen, und siehe da, er konnte sich losreißen, fegte die feigen Touris zur Seite, die gebannt dem Schauspiel folgten. Die Piraten zogen ihre Säbel, aber auch sie stieß Deichsler furchtlos zur Seite. Mit einem Satz sprang er auf die Planke, an zwei Piraten vorbei, die diese festhielten, zu Paul und dem Piraten, der ihn umklammerte. Deichsler ballte die Faust und schlug zu. Doch der Mann wich geschickt aus, Deichsler stürzte dem aufgebrachten Meer entgegen und landete auf der harten Meeresoberfläche.

Er rieb sich die Augen. Sein Rücken schmerzte, aber er war nicht von einem Piratenschiff ins Meer gefallen, sondern aus dem Bett der Wohnung. Sein Kopf wummerte, als würde die Partymusik an Deck noch immer in voller Lautstärke dröhnen. Er war gänzlich nackt. Als er sich umsah, stach ihm etwas ins Auge. Er kroch unter das Bett, auf den Fliesen entlang, griff danach. Das Ding war ein Horn, ein Trinkhorn. Deichsler stöhnte auf. Luidinger war durch einen Hornstoß zu Tode gekommen.

»Die Polizei geht davon aus, dass es ein Unfall war, dass ihn der wütende Stier auf die Hörner genommen hat.«

Paul ein Mörder?

Kristel hatte die Version mit dem Stier noch nie geglaubt. Deichsler wickelte mit dem Handtuch das Horn ein, damit er keine Fingerabdrücke vernichtete und keine unnötigen darauf hinterließ.

Wie war das Horn nach Tunesien gekommen? War es ein Beweismittel, das Paul mitgenommen hatte, um es zu entsorgen? Aber warum hatte er es dann noch immer nicht vernichtet? Welcher Schuldige trug denn Beweise mit sich herum, die ihn überführen konnten? Und warum hatte Paul das Horn in der Wohnung gelassen, als er verschwunden war? War er von Deichslers Besuch so überrumpelt gewesen, dass er es vergessen hatte?

Wut auf Paul machte sich in Deichsler breit. Er durchwühlte den Kleiderschrank, riss die darin gestapelten Kissen und Decken heraus. Raste in die Küche, wo Töpfe, Teller und Schüsseln durch die Luft flogen. Da zog ein Blatt Papier seine Aufmerksamkeit auf sich. Auf dem Briefkopf stand: »Steffen Kempken, Veterinär, Landratsamt Erding«.

Kempken, Kempken. Ist das nicht der Typ, der Kristel die Kühe genommen hat? Der Wachmann hat seinen Namen genannt, also gehört ihm die Wohnung. Steckt Paul etwa mit Kempken unter einer Decke? Wollte er Luidinger die Kühe auf diesem Wege nehmen? Ihm wie im ALF-Handbuch beschrieben wirtschaftlichen Schaden zufügen? Oder hat Kempken Paul dafür bezahlt, Luidinger mit dem Horn zu erstechen?

Deichsler streifte sich den klammen Blaumann über, packte Brot und Oliven aus der Küche und das Horn in eine Plastiktüte.

Du Mistkerl!

Mit der wuchtigen Klinge eines Messers hebelte er die Eingangstür auf. Das Holz splitterte, er verließ das Haus und sah sich noch einmal um. Auf einem Klingelschild am Eingang stand: »S. Kempken«.

Jetzt ist es amtlich, dass Paul mit dem Veterinär unter einer Decke steckt.

Niedergeschlagen ging Deichsler davon. Auf einer vermüllten Brachfläche neben der Straße machten sich Kamele über Strohballen her.

Einem Kamelritt fühlte er sich augenblicklich nicht gewachsen, trotzdem musste er irgendwie zum Flughafen nach Tunis kommen. Dort würde er weitersehen. Eins nach dem anderen. Er hetzte zur Hauptstraße, hinter der das Meer glitzerte. Vereinzelte Autos rumpelten über die an vielen Stellen aufgeplatzte Straße, wenige Wägen parkten am Randstein. Die Ausbildung zum Privatdetektiv hatte das Kurzschließen von Autos leider nicht beinhaltet. Sein Blick fiel auf ein klappriges grünes Mofa. Natürlich hatte auch er wie nahezu alle Jugendlichen auf dem Land ein Mofa besessen, mit seinen mageren fünfunddreißig Stundenkilometern war es eines der langsamsten in ganz Dorfen gewesen. Andere waren mit Rennauspuff über die Landstraßen geröhrt und hatten damit so manches Moped verseilt.

Das Mofa lehnte an einem Baum und rostete nicht nur an den Federn unter dem breiten, gepolsterten Sitz vor sich hin. Deichsler schaute sich um, aber an den Fenstern der flachen Häuser und auf der Straße war niemand zu sehen. Vermutlich waren die meisten Menschen in diesem Teil der Stadt ausgeflogen, so wie in den italienischen Touristenhochburgen Jesolo und Bibione. Im Winter muteten sie wie Geisterstädte an, waren sie doch nicht zum ganzjährigen Wohnen, sondern nur zum sommerlichen Erholen erbaut worden.

Dann also das Mofa. Fehlt nur noch etwas, womit ich es kurzschließen kann.

Bei einer Party an der Feuerstelle in Taufkirchen hatte er vor Jahren mal seinen Mofaschlüssel verloren und es mit einem Schraubenzieher angelassen. Allerdings hatte er keinen Schraubenzieher zur Hand.

Er drehte sich hin und her. Das Horn drückte durch die Plastiktüte in seinen Oberschenkel. Übelkeit breitete sich in Deichslers Magen aus. Mal wieder.

Er suchte den Boden ab, entdeckte eine zerbeulte Plastikflasche neben einer Zigarettenschachtel, aber kein Messer. Etwas weiter wurde ein Haus renoviert, und er ging hinüber. In der verstaubten Einfahrt lag ein Nagel. Im ersten Stock glänzte das fahle Gesicht einer Frau im Fenster, das gleich wieder hinter dem Vorhang verschwand.

Deichsler fummelte den Nagel in das Schloss, trat in die quietschenden Pedale, aber nichts geschah. Er versuchte es erneut. Der Motor stotterte, und Abgaswolken blähten sich in der kühlen Mittagsluft auf. Deichsler sprang auf, schob das Mofa vom Ständer und zuckelte der Hauptstadt entgegen.

Vorbei an verwaisten Restaurants, Eiscafés und Strandbars. Hammamet verschwand hinter ihm.

Der frische Wind drückte ihn immer wieder zur Seite, fuhr durch Jacke und Hose, ließ ihn erschauern. Als er sich auf der Hauptstraße befand, die laut grünem Verkehrsschild auf die Autobahn führen sollte, schob sich die Sonne hinter den Bergen hervor. Zu schwach, um ihn zu wärmen. Die Enttäuschung über Pauls Verhalten hatte den Kampf gegen die Wut gewonnen. Deichsler fühlte sich kraftlos und müde, er wollte nur noch nach Hause, zu David und in sein Bett. Sogar mit einer heißen Badewanne hätte er sich jetzt anfreunden können, schließlich hätte die gegen seine Bandscheibenschmerzen geholfen.

Also drehte er um, ein entgegenkommendes Auto konnte gerade noch ausweichen. Der Fahrer hupte und fuhr mit erhobener Faust davon.

Deichsler hielt vor einem Möbelgeschäft, vor dem ein Metallgitter heruntergelassen war. Er bockte das Mofa gerade auf, als sich ihm ein Polizeiauto näherte. Der schwarz gestreifte Jeep mit seinem schlafenden roten Blinklicht auf dem Dach rollte wie ein Erlöser aus der Sonne heran. Deichsler fühlte sich wie in einem kitschigen Film, dem er gleich ein Ende bereiten würde.

Er wartete, bis der Jeep nur noch wenige Meter von ihm entfernt war, ihn die Beamten sicher sahen. Dann trat er gegen das Gitter, dass es nur so krachte. Es wackelte und schepperte. Männer mit Taschen, Schulkinder mit Ranzen und Frauen mit Kopftüchern blieben stehen, um den spinnerten Weißen zu mustern, der ein Problem mit einem Gitter zu haben schien.

Die Beamten hielten, stiegen aus und beobachteten ihn. Eigentlich hätte Deichsler jetzt aufhören können, gegen das Gitter zu treten, aber es tat so gut! Jeder Tritt war eine Befreiung, ließ ihn die Situation und das, was auf ihn zukommen würde, leichter ertragen.

»Stop!«, sagte der jüngere der beiden Beamten.

Doch Deichsler war jetzt so in Fahrt, dass er nicht aufhören wollte.

Wumm!

Die Schaulustigen hatten bereits einen Halbkreis um ihn gebildet.

Wumm!

Seine Umwelt nahm er nicht mehr war, er hatte nur das Oberviech, Elvis und Kempken vor Augen. Und sein Versagen als Vater, das seinen Sohn überhaupt erst in diese missliche Lage gebracht hatte.

Wumm!

Er holte erneut aus. Da bewegte sich das Gitter, und eine Frau mit rundem Gesicht starrte ihn entsetzt an. Jetzt erst kam Deichsler zur Ruhe. Schwer atmend fiel sein Oberkörper in sich zusammen, seine Beine knickten ein.

Die Polizisten packten ihn an den Armen und stießen ihn in den Streifenwagen.

Am Eingang des Reviers saß ein Polizist an einem Tisch, vor sich ein dickes Buch mit ausgebleichten Seiten. Er schaute erst Deichsler, dann seine Kollegen fragend an.

»Machbul«, sagte der Ältere, und alle drei lachten.

Der durchgeknallte Touri. Hoffentlich stecken sie mich nicht in eine tunesische Psychiatrie. Vielleicht bin ich zu weit gegangen …

In einem Büro lungerte auf einem Stuhl ein kleiner Beamter, der aussah, als wäre er gerade erst aus dem Bett gefallen. Vor ihm dampfte eine Tasse Kaffee.

So eine hätte ich jetzt auch gern.

Auch wenn er die Hälfte mit Sicherheit verschüttet hätte, so sehr bebte sein Körper, lief sein Organismus doch immer noch auf Hochtouren.

Die Polizisten setzten ihn auf den freien Stuhl, erklärten dem Kollegen mit dem teigigen Gesicht, was geschehen war. *»Merde«*, flüsterte der immer wieder und schüttelte den Kopf, bevor er die kichernden Kollegen mit einer Handbewegung nach draußen schickte. Dann leerte er seine Tasse, rieb sich die Hände und musterte Deichsler. Seine rechte Augenbraue zuckte verdächtig. Bevor er den Mund öffnen konnte, begann Deichsler zu sprechen.

»The police in Germany is searching for me. They think I burned a farm down.«

Die Augenbraue zuckte wieder, als würde sie sich anstelle des Kommissars aufregen.

Vielleicht bringt mich meine Aktion auch in keine tunesische Irrenanstalt, sondern in ein tunesisches Gefängnis.

Aus der Ferne hatte er den Fall der »Femen«-Aktivistinnen verfolgt, die oben ohne vor dem Justizpalast in Tunis demonstriert hatten. Sie wurden nach vier Monaten freigelassen, nachdem sie sich für ihre Aktion entschuldigt hatten. Hatten die Umstände im Knast sie zu der Entschuldigung getrieben? Bei der Vorstellung spannte sich sein ganzer Körper an, seine Hände ballten sich zu Fäusten.

»My father is a policeman«, sagte Deichsler, und sofort erschien das zornerfüllte Gesicht seines Vaters vor seinem geistigen Auge. Aber lieber ein wütender Erzeuger als brutale Mitgefangene. *»He is working in Erding, Bavaria.«*

Das Gesicht des Polizisten hellte sich auf. »Erding?«

»Oui.«

»Erdinger Weißbier?«

»Oui, Oui«, sagte Deichsler und nickte frenetisch, obwohl man ihn mit Erdinger Weißbier jagen konnte.

20

Jemand rüttelte an Deichslers Schulter. *»Se réveiller!«*

Deichsler verstand nicht. Er war müde, spürte die Vibrationen des Motors, wollte einfach nur weiterschlafen.

»Se réveiller!« Dieses Mal war das Rütteln schon stärker. Um den tunesischen Polizisten nicht wütend zu machen, folgte Deichsler dem Befehl und richtete sich in seinem Sitz auf.

»Mama, der Bandit ist wach.« Ein kleiner Junge mit Rotznase stand neben Deichsler, zeigte auf ihn.

»Schleich di, sonst beiß ich dir deine Nase ab«, fauchte er, und der Junge rannte heulend davon.

Eine Art Gong erklang, und über den Sitzen leuchteten gelbe Gurte auf, ein roter Pfeil dazwischen. Deichsler war den ganzen Flug über angeschnallt gewesen, der Polizist hatte seinen Gurt nicht gelöst. Er selbst konnte es nicht tun, weil er Handschellen trug.

Ich traue es Paul nicht zu, dass er als Kempkens Handlanger Luidinger ermordet hat oder weil er die Tiere befreien wollte. Da hat er schon eher den Schlachthof angezündet, aber das werden hoffentlich Papas Kollegen herausfinden.

Aus seinem Fenster sah er das verschneite Erdinger Moos unter sich. Sogar von hier oben wirkte alles ordentlicher als in Tunesien. Das Land war in eckige Felder aufgeteilt, die sich zu einem Ganzen zusammenfügten. Man hätte meinen können, diese Ordnung wäre natürlich und hätte schon immer bestanden. Seitdem er versuchte, Luidingers Mörder zu finden, wusste er, dass heutzutage um nahezu jedes Stück Land gekämpft wurde. Attaching lag wie ein Dinosaurier unter ihm, sogar die Hallen des Viehhändlers Passig am Dorfrand konnte er erkennen. Auf der anderen Seite des fast quadratischen Flughafens mit seinen nervenartigen Lande- und Startbahnen erhob sich Niederding aus dem Schnee. Dort wurden in Elvis' Tierverwertungsanlage Viecher verbrannt. Erding hingegen lag wie eine schussbereite Pistole am Boden. Man musste sie nur noch aufheben. Die riesige Therme war die Kimme, die vom Flughafen wegzielte.

Es fehlten einfach noch zu viele Puzzleteile, um den Fall endlich lösen zu können: Luidingers Tod, der mit ziemlicher Wahrscheinlichkeit ein Mord und kein Unfall gewesen war. Die Tiere im Stall des Viehhändlers, die nicht Kristels waren, obwohl sie deren Marken im Ohr trugen. Und die in der Tierverwertungsanstalt der Elvis-Kopie Hubert Dettmer gelandet waren. Bestimmt weil Kempken und Dettmer miteinander verbandelt waren. In Wirklichkeit standen Kristels Viecher jetzt wahrscheinlich auf irgendwelchen tunesischen Bauernhöfen. Subventioniert von deutschen Steuerzahlern, waren sie als Zuchtbullen deklariert dorthin transportiert worden. Dann der Hof, der just zwei Tage vor der Zwangsversteigerung der anderen zwei Höfe im Isental gebrannt hatte. Die beide von Bauern aus Freising gekauft worden waren. Kein Nachbarsbauer aus dem Isental war bei der Auktion anwesend gewesen, obwohl gerade sie die Äcker und Weiden zur Bewirtschaftung benötigt hätten. Die Frage war doch, wer das alles möglich gemacht hatte.

Die Kimme der Pistole wurde jetzt größer. Der Flieger senkte sich und setzte zur Landung an. Deichsler hatte das Gefühl, in einem Aufzug viel zu schnell nach unten zu fahren.

Paul.

Deichsler versuchte, sich mit dem Gedanken an das ihm bevorstehende Donnerwetter von Monika und seinem Vater zu beruhigen. Im Vergleich zu den anderen Problemen würde sich das wie ein lauwarmer Frühlingsregen ausnehmen.

Die Räder setzten auf der Landebahn auf, der Pilot bremste, und Deichsler und die anderen Passagiere wurden durchgeschüttelt. Als der Flieger gelandet war, klatschten alle bis auf Deichsler, der immer noch Handschellen trug.

Der Polizist zog ihn von seinem Sitz hoch, kaum dass sie an die Schlange andockten, durch die die Passagiere in das Innere des Flughafens gelangen würden. Die Crew verabschiedete sich selbst von ihm höflich, dann empfing ihn ein Schwall kalter oberbayerischer Luft.

Sie durchliefen einen riesigen Gang, von dem aus man auf die

Landebahn schauen konnte. Zwischen den Flugzeugen kurvten Bundespolizeifahrzeuge, kleine Transportwagen mit Anhängern und Busse herum.

Alles in bester Ordnung.

Bis sie die Passkontrolle, durch die sie gewunken wurden, hinter sich hatten, verging eine gefühlte Ewigkeit. Das Schlimmste hatte er noch vor sich: die erneute Bloßstellung vor all den anderen Fluggästen und deren wartenden Angehörigen, den Anschiss seines Vaters.

Sie passierten die Zollbeamten, die sie interessiert musterten, aber nickend durchließen. Und dann öffnete sich die Schiebetür.

Ein Dutzend neugieriger Gesichter glotzte den immer noch Handschellen tragenden Deichsler an wie eine zweiköpfige Kuh in einem Kaftan. Er wandte den Blick zu Boden, betrachtete die schwarzen und beigefarbenen Quadrate, um niemandem ins Gesicht schauen zu müssen. Doch die meisten warteten sehnsüchtig auf die Ankunft ihrer Angehörigen, an ihm waren sie nicht interessiert. Nach ein paar Metern holte Deichsler tief Luft und sah auf. Zuerst erblickte er die Schiebermütze von Kommissar Staack, der wie immer von einem Obdachlosen kaum zu unterscheiden war. Hätte er die Abfalleimer am Flughafen nach Flaschen durchsucht, wäre keiner auf die Idee gekommen, dass es sich bei ihm um einen Kommissar der Erdinger Kripo handelte. Die langen lockigen Haare waren zwischenzeitlich noch stärker ergraut. Er trug sein gewohntes blaues Cordhemd unter einer zerschlissenen schwarzen Lederjacke. Aber von Deichslers Vater war weit und breit nichts zu sehen. Deichslers Reaktion schwankte zwischen Erleichterung und Enttäuschung.

»Habe ich mir doch gedacht, dass wir uns bald wiedersehen«, sagte Staack und musterte ihn von oben bis unten. »Sie sind wohl unter die Arbeiter gegangen?«

»Bonjour. Ça va?«, wandte sich der tunesische Beamte an den deutschen, bevor Deichsler etwas sagen konnte.

»Bonjour. Ça va bien«, antwortete Staack.

Der Tunesier schob Deichsler Staack in die Arme und drückte ihm ein Kuvert, die Tüte mit dem Horn, Brot und Oliven sowie

Deichslers Telefon in die Hand. Dann verabschiedete er sich, ohne Deichsler auch nur eines Blickes zu würdigen.

Und dann war er doch da: Sein Vater stand vor ihm. Mit seinen Zähnen malmte er unruhig hin und her, seine Zornesfalte auf der Stirn war so tief wie nie zuvor. Sogar Staack wartete auf ein Wort von seinem Kollegen: vergeblich.

Sie führten ihn zu einem schwarzen Audi, der zwischen anderen Autos nur wenige Meter vor der Eingangstür des Flughafens parkte.

»Könnten Sie bitte …?« Deichsler hob seine Arme nach oben.

Staack zögerte, sah Deichslers Vater an, der nickte.

Staack holte den Schlüssel heraus und öffnete die Handschellen.

Deichsler streckte die steifen Arme und rieb sich über die Handgelenke. Staack setzte sich zu Deichsler auf die Rückbank, sein Vater nahm am Steuer Platz und vermied es, in den Rückspiegel zu sehen. Und wenn er es aus Versehen doch einmal tat, vermied er es, seinen Sohn anzusehen. Sie nahmen den Kreisverkehr, ließen den Flughafen hinter sich. Links der Straße fuhr hinter einem Zaun ein Bus der Bundespolizei Patrouille.

»Ein Anwalt wartet bereits im Polizeipräsidium auf Sie«, sagte Staack.

Deichsler riss erstaunt die Augen auf. Da hatte wohl jemand an ihn gedacht. Bloß wer? Kurz glaubte er, dass sein Vater in den Rückspiegel geschaut und ihn prüfend angesehen hatte. »Was wird mir eigentlich vorgeworfen?«

Staacks Nasenflügel, unter denen lange Nasenhaare aus den Löchern wucherten, bebten. Deichslers Vater schüttelte den Kopf.

»Da hätten wir zuerst einmal Erregung öffentlichen Ärgernisses im Angebot«, sagte Staack. »Allerdings meinten die tunesischen Behörden, dass die Besitzerin des Möbelgeschäftes in Hammamet keine Anzeige erstatten würde. Denn durch Ihre Aktion seien potenzielle Kunden auf ihr Geschäft aufmerksam geworden.«

Ein irrer Touri als Werbegag. Auch nicht schlecht.

Deichsler konnte sich ein Grinsen nicht verkneifen. Der Druck in seinem Bauch ließ etwas nach.

»Schwerer wiegt der Verdacht der Brandstiftung. Sie sollen für das Feuer auf dem Nachbarhof von Bauer Luidinger verantwortlich sein. Und der Vorwurf der Sachbeschädigung eines Streifenwagens.«

»In der Tüte, die der tunesische Beamte euch gegeben hat, findet sich der Beweis dafür, dass Luidinger ermordet wurde«, sagte Deichsler.

Staack schnippte den Schild seiner Schiebermütze nach oben. »Kristel Luidinger hat Ihnen wohl den Kopf verdreht, und darum glauben Sie jetzt ihre Verschwörungstheorie.«

Deichslers Vater räusperte sich.

»Und was soll in der Tüte sein?«

»Das Horn, mit dem Luidinger erstochen wurde.«

»Haben Sie das von Ihrem Sohn?«

Deichsler zuckte mit den Schultern. Natürlich hoffte er, dass Luidinger nicht von Paul erstochen worden war. Lieber würde er noch die offizielle Version des wütenden Stiers in Kauf nehmen. Aber auch wenn er nicht ausschließen konnte, dass Paul in den Mord verwickelt war, musste er die Neugierde der ermittelnden Beamten ausnützen, um die Untersuchung voranzutreiben. Sein Vater zählte vermutlich nicht zu den ermittelnden Beamten, da er aufgrund des Verwandtschaftsgrades befangen war. Es war umso erstaunlicher, dass er ihn überhaupt abgeholt hatte. Also lag ihm doch etwas an seinem Sohn, vielleicht glaubte er sogar, dass Deichsler den Hof nicht angezündet hatte.

Staack griff nach der Tüte zu seinen Füßen und holte das in ein Handtuch gewickelte Horn hervor. Wickelte es ein wenig aus, sodass er es betrachten konnte, wog es in seiner Hand.

Eine Viertelstunde später erreichten sie über die Flughafentangente Erding und fuhren über Klettham zur Polizeidirektion in die Bajuwarenstraße. Deichslers Vater schwirrte ab in sein Büro, und Deichsler wurde in Staacks Büro gebracht.

Dieses Mal also kein Spiegelzimmer.

Er überlegte, ob er Monika anrufen sollte. Irgendwer musste

schließlich die Kaution für ihn stellen, damit er weiterermitteln und Paul raushauen konnte. »Herr Staack, könnte ich bitte telefonieren?«

»Da steht das Telefon.«

Jetzt ist nicht der richtige Zeitpunkt für falsche Scham.

Deichsler hob ab und wählte seine eigene Nummer.

Tut, tut, tut.

»Monika Deichsler, hallo.«

Deichsler hatte einen Knödel im Hals, einen von den Semmelknödeln, die seine Mama immer kochte. »Monika.«

»Papaaaaa!«, hörte er David am anderen Ende der Leitung brüllen. »Papaaaaaa!« Dann begann er zu weinen.

Tut mir leid, mein Wuggel, im Moment braucht mich mein ältester Sohn mehr.

»Was erlaubst du dir eigentlich! David tagelang bei deiner Mutter zu lassen. Dich wo auch immer rumzutreiben! Ohne meine Nachrichten zu beantworten. Weißt du eigentlich, wie oft ich dir auf deine verschissene Mailbox gesprochen habe?«

Wenn Monika in Fäkalsprache verfiel, dann wusste Deichsler, wo der Bartl den Most holte.

»Papaaaa!«, brüllte sein Sohn wieder.

»Gib mir doch mal David, bitte.«

Monika grunzte ins Telefon.

»Hallo, mein Wuggel. Da ist dein Papa.«

»Papa«, sagte David und hörte auf zu weinen. »Gut«, sagte sein Sohn automatisch, ohne dass sein Papa ihn gefragt hätte, wie es ihm ging.

»Wo bist du?« Monika war wieder dran.

Deichsler druckste herum, sah auf Staacks Schreibtisch, auf dem eine gerahmte Autogrammkarte der Rockgruppe BAP stand. »Auf der Polizeiinspektion in Erding.«

»Und was willst du jetzt von mir?«

Monika hatte ein unglaubliches Gespür dafür, wann Deichsler ihre Hilfe brauchte und er ihr unterlegen war.

»Kannst du die Kaution für mich stellen?«

»Pfff«, war das Letzte, was Deichsler von seiner Frau hörte. Dann tutete es nur noch aus dem Hörer.

»Warten Sie erst einmal ab, ob überhaupt eine Kaution festgelegt wird«, sagte Staack. »Sie haben ja doch ein gewisses Potenzial, was Fluchtgefahr angeht.«

»Scheiße!« Deichsler schlug auf den Schreibtisch. Das BAP-Autogramm fiel um.

»Vorsicht!« Staack packte ihn am Arm. »Ich glaube, Sie kühlen sich erst einmal in der Zelle ab.«

Staack führte ihn am Büro seines Vaters vorbei, der gerade telefonierte, ihm aber kurz in die Augen sah. Deichsler bekam weiche Knie, seine letzte verbliebene Kraft wurde aus seinem Körper gesogen.

Er hat recht, wenn er sagt, dass ich nicht einmal Verantwortung für meinen Sohn übernehmen kann. Wie soll ich es dann für meine Klienten können? Vielleicht wäre aus Paul ein ganz normaler Junge geworden, wenn ich nicht abgehauen und bei Steffi geblieben wäre. Wo er jetzt wohl ist? Wie es ihm geht? Wenn er weiß, dass nach ihm gefahndet wird, wird er hoffentlich nicht versuchen, zurückzufliegen oder mit der Fähre nach Italien oder Frankreich einzureisen. Wenn er sich aber entschließt, auf dem Landweg über Albanien und Montenegro zurückzukehren, warten ganz andere Gefahren als die Polizei auf ihn.

Mittlerweile gefiel es Deichsler sogar, dass sein Sohn sich für die Rechte der Tiere einsetzte. Es war einfach nicht fair, dass Kälber und Mütter getrennt wurden. Es war einfach nicht fair, dass Milchkühe an entzündeten Eutern litten, nur weil sie hochgezüchtet worden waren, um möglichst viel Milch zu geben, und dann nach wenigen Jahren starben. Für Deichsler war es durchaus vertretbar, Tiere aus Mastanlagen zu befreien, so wie Paul es wohl auf dem Hof bei Ackern getan hatte. Aber den Tod eines Bauern zu feiern, wie es Animal Peace getan hatte, das war ganz sicher nicht in Ordnung. Auch der Landwirt hatte Familie, eine Frau, Freunde und Kinder gehabt. Genauso, wie es nicht in Ordnung war, einen Bauernhof oder einen Schlachthof anzuzünden, da dadurch Menschenleben gefährdet wurden. Trotz allem konnte Deichsler noch immer nicht glauben, dass Paul Luidinger vorsätzlich ermordet hatte, weil der die Tiere ausbeutete. Vielleicht war es im Affekt geschehen, weil ihn Luidinger überrascht hatte, als er die Tiere befreien wollte.

Staack reichte ihm eine Breze, eine Birne und eine Flasche Wasser. Dann krachte die Zellentür hinter Deichsler ins Schloss.

Er legte sich auf die Pritsche, deckte sich nicht einmal zu, aß und trank. Hörte die Autos, die auf dem Parkplatz des Präsidiums hielten und wegfuhren, nicht mehr. Auch vom Flugzeug aus Tunesien, das gerade auf dem Flughafen landete, nahm er nichts mehr wahr.

Die Zellentür öffnete sich, und Deichsler schreckte hoch. Ein junger Mann mit Brille und nach hinten gekämmten Haaren, die wie Stahlwolle aussahen, trat ein. Deichsler richtete sich auf.

Der Haftrichter?

Er streckte Deichsler die Hand entgegen. »Guten Morgen, Herr Deichsler. Bjarne Dietl mein Name. Ich bin Ihr Anwalt.«

Deichsler musterte den Mann skeptisch, er hätte Staacks Sohn sein können. Sein Gesicht unterschied sich farblich kaum von seiner roten Krawatte.

Ein als Anwalt verkleideter Bauer?

Deichsler erschrak über sein Vorurteil.

Staack stand hinter dem Mann, aber Deichsler konnte seinen Gesichtsausdruck nicht richtig deuten. Vielleicht auch, weil ihm der Schlaf noch die Augen trübte.

Es kommt mir vor, als wäre die Zeit stehen geblieben. Als sie mich des Mordes an Kurbi verdächtigt haben, ist auch ein Anwalt aufgetaucht, den ich nicht bestellt hatte, wahrscheinlich von Opp engagiert. Allerdings nicht, um mich zu verteidigen, sondern um mich noch tiefer reinzureiten. Und jetzt die gleiche Nummer? Aber wer hat den jungen Hupfer geschickt? Kempken? Elvis? Oder das Oberviech?

Dietl hielt Deichsler noch immer seine Hand entgegen, bis dieser endlich danach griff und sie schüttelte. Da fühlte er das Papier in der Hand des Anwalts. Staack drehte sich kurz um, Dietl nickte Deichsler zu, und der ließ den Zettel in der Hosentasche seines Blaumanns verschwinden. »Folgen Sie mir bitte zur Vernehmung«, sagte Dietl.

Dieses Mal ging es ins Spiegelzimmer.

Wird mir jetzt doch Mord vorgeworfen? An Luidinger? Ich muss verdammt vorsichtig sein.

Staack schob den Tisch, der in der Mitte des Raumes stand, an die Wand und setzte sich Deichsler gegenüber auf einen Stuhl. Dietl nahm neben seinem Mandanten Platz.

»Dann beginnen wir mal: Wo waren Sie in der Nacht, als der Hof brannte?«, fragte Staack.

Dietls fahriger Blick richtete sich auf den Boden. »Erzählen Sie, wie es sich zugetragen hat«, sagte er.

Er kann nervös sein, weil er noch so jung ist oder Angst hat, mit seiner Masche aufzufliegen. Er sorgt sich, dass ich durchschaue, dass er mich nur weiter reinreiten will.

Deichsler erzählte, wie Kristel ihn hatte massieren wollen, aber dann das Feuer gesehen hatte. Ganz so, wie es tatsächlich gewesen war. Nur dass er Paul aus den Flammen gerettet hatte, sparte er aus. Falls sein Sohn den Hof wirklich angezündet hatte, musste er der Polizei nicht als Zeuge gegen ihn dienen.

»Mehr haben Sie dazu nicht zu sagen?«, fragte Staack unzufrieden. »Was ist mit Ihrem Sohn Paul? Haben Sie ihn an diesem Abend gesehen?«

»Sind Sie ein Pflichtverteidiger?«, wandte sich Deichsler an Dietl.

Dietl verneinte. »Eine gute Freundin von Ihnen hat mich beauftragt.«

»Also noch mal«, Staack trommelte mit seinen Fingern auf den Tisch, »war Paul an diesem Abend am Tatort?«

»Ich möchte nichts mehr dazu sagen.« Deichsler streckte sich.

»Dann werden Sie eben dem Haftrichter vorgeführt.«

»Häh?« Deichsler ließ seine Arme erschrocken wieder nach unten fallen. »Aber ich habe eine Zeugin, die bestätigen kann, dass ich zum Tatzeitpunkt bei ihr war.«

»Das stimmt«, sagte Dietl. »Frau Luidinger hat das sogar bereits getan. Auch Ihnen gegenüber, Hauptkommissar Staack.«

Deichsler sprang auf, ballte die Fäuste. »Sie …«

Dietl erhob sich, legte ihm die Hand auf die Schulter, was Deichsler wieder zur Besinnung brachte.

Staack schoss aus dem Raum, kam aber gleich darauf wieder zurück. »Was ich noch vergessen hatte: Die Mitarbeiter von einem gewissen Stefan Johnigk von dieser Tierschutzorganisation PRO…«

»PROVIEH«, ergänzte Deichsler.

»Genau. Jedenfalls haben die Mitarbeiter gesagt, er hätte mit Ihnen in Kontakt gestanden. Seitdem ist er spurlos verschwunden.«

»Shit«, entfuhr es Deichsler. »Ich habe keine Ahnung, wo Johnigk steckt.«

Ich habe wirklich ein Talent, Menschen in Schwierigkeiten zu bringen. Sieht ganz so aus, als ob Johnigk zu viel weiß. Wenn ich nur wüsste, was er mir zuletzt auf die Mailbox gesprochen hatte. Hoffentlich ist er noch am Leben.

»Zu Ihrem Glück wurde er zuletzt auf einem Hof gesehen und nicht in Ihrer Begleitung«, sagte Staack noch und verließ den Verhörraum zum zweiten Mal. Nicht ohne die Türe geräuschvoll hinter sich zu schließen.

Gerade wollte Deichsler seinen Anwalt fragen, welche Freundin ihn geschickt hatte, als ihm einfiel, dass sie von der anderen Seite der Scheibe vermutlich von seinem Vater beobachtet wurden. Also gab er dem Anwalt nur die Hand. »Vielen Dank!«

»Wegen Ihrer Kaution, die der Haftrichter in den nächsten Stunden festlegen wird, brauchen Sie sich übrigens keine Gedanken zu machen.«

Bevor Deichsler weiter über die Worte nachdenken konnte, öffnete sich die Tür des Vernehmungsraumes. Wieder Staack, diesmal zerknirscht dreinschauend. »Der Haftrichter wartet auf Sie.«

Der Haftrichter stellte einen dringenden Tatverdacht der Brandstiftung fest. Dafür konnten Deichsler fünf Jahre Haft blühen. Da er sich aber gestellt hatte und aufgrund von David, zu dem während der einjährigen Elternzeit eine sehr enge Beziehung aufgebaut hatte, keine Fluchtgefahr bestand, ließ er ihn gegen Kaution frei.

»Sie können gehen«, sagte Staack, »allerdings unter der Auflage, sich täglich bei uns zu melden.«

»Bis morgen«, sagte Deichsler und verließ den Raum.

»Moment«, hielt ihn Staack zurück. »Sie müssen noch unterschreiben, dass Sie Ihre Sachen erhalten haben.« Als er Deichsler nach dem Handy die Tüte mit dem Brot und den Oliven aushändigte, musste dieser schmunzeln. »Freuen Sie sich nicht zu früh. Wir kriegen Ihren Sohn schon noch.«

21

Auf dem Weg aus dem Gebäude sah er in jedem Raum nach, ob er Kristel darin entdecken konnte. Vermutlich saß sie längst in einem Verhörzimmer. Vor dem Büro seines Vaters überlegte er, ob er hineingehen und sich verabschieden sollte. Stattdessen hob er nur die Hand. Die Hand seines Vaters zuckte leicht, dann schien er sich wieder unter Kontrolle zu haben.

Wie immer loyal und unnahbar, Vater. Immerhin hast du mich vom Flughafen abgeholt. Danke dafür.

Dietl wartete an der Tür auf ihn, hielt sie auf. Der kalte Februarwind wehte durch seine Drahtbürstenhaare.

»Danke«, sagte Deichsler.

»Im Auto finden Sie alles, was Sie sonst noch brauchen.« Dietl deutete auf ein Wohnmobil.

Das kenn ich doch: Annamirl.

Und tatsächlich fand Deichsler im Wagen ein Bündel Geldscheine und eine komplette Garnitur neuer Anziehsachen. Für seinen Geschmack ein wenig zu schick, aber mit dem Anzug konnte man bei Befragungen leicht Eindruck schinden. Sogar an ein Handy und eine Flasche Obstler hatte sie gedacht.

Da scheint jemand sehr daran interessiert zu sein, die wahren Täter zu finden.

Er betrachtete das Handy genauer. Es war das, was Erkan ins Feuer geschleudert hatte. Wahrscheinlich hatte er es repariert und Annamirl zukommen lassen.

Deichsler zog die Vorhänge vor die Wagenfenster und streifte sich den Blaumann, mit dem er schon halb verwachsen zu sein schien, vom Leib. Dann stieg er, wie immer mit großer Überwindung, in die enge Wohnmobil-Dusche.

Das Wasser tröpfelte auf ihn herunter. Als er das Shampoo in seinen Haaren verteilte, kam ihm die Erleuchtung. Er riss seine Augen auf, und sie fingen sofort an zu brennen. Eilig spülte er das Shampoo aus und trocknete sich ab. Er konnte es kaum erwarten, bei Kempken im Landratsamt aufzuschlagen.

Auf der Fahrt aß er die Oliven und das Brot, das hart geworden war. Von der Liegnitzerstraße bog er in die Dachauerstraße, auf der man über die Flughafentangente nach Attaching gelangte. Deichsler fuhr in die entgegengesetzte Richtung, geradeaus über den Kreisverkehr Richtung Stadtmitte. Vor der Brücke blinkte er links und folgte dem baumgesäumten Saubach zum Landratsamt. Das Wohnmobil parkte er gegenüber der Neuapostolischen Kirche, die so gar nicht nach bayerischer Kirche aussah, sondern eher dem nüchternen Bau des Landratsamtes angeglichen schien.

Der Veterinär hieß Steffen Kempken, die für den Fall zuständige Staatsanwältin Michaela Mertin, hatte Kristel gesagt. Kempkens Büro mit der Nummer 220 lag im zweiten Stock. So wie es sich gehörte, klopfte Deichsler am Vorzimmer – Nummer 222. Keine Reaktion. Er drückte die Klinke nach unten, aber die Tür war verschlossen. Also ging er direkt zu Kempkens Zimmertür und klopfte erneut. Eine Männerstimme rief: »Herein!«

Klassik durchflutete den Raum aus einem Radio in der Ecke. Ansonsten war niemand zu sehen. Deichsler schaute sich um. Sollte er die Gunst der Stunde nutzen? Aus einem Bilderrahmen an der Wand blinzelte ihn ein Eisbär an. Daneben schaukelte eine Yacht in einem Hafen, eine Hütte strahlte vor einem Bergpanorama in der Abendsonne.

Er wollte sich über den Schreibtisch beugen, um mit der Recherche zu beginnen, da sah er die Glatze. Ein kleiner Mann erhob sich hinter einem Aktenschrank, eine Gießkanne in der Hand.

Der Mann hatte gerade seine Kakteen gegossen. Er stellte die Gießkanne in die Ecke und strich sich mit der Hand über seinen Anzug, der sehr teuer aussah. »Wie kann ich Ihnen helfen?«

Oh nein, nicht schon wieder. Bin ich hier in der Praxis eines Psychologen gelandet?

»Freddie Deichsler, Privatdetektiv.« Er reichte dem Mann die Hand.

Der runzelte die Stirn bis zum nicht mehr vorhandenen Haaransatz. Dann zerquetschte er Deichslers Hand. »Kempken.«

»Frau Luidinger hat mich beauftragt, den Tod ihres Mannes zu untersuchen.«

Kempken knöpfte sein Sakko auf und verschwand in dem überdimensionierten Bürostuhl. Das Sakko spannte an Schultern und Armen.

Fitnessstudio.

»Was gibt's da noch zu untersuchen? Das war ein tragischer Unfall, sonst nichts.«

»Warum sind Herrn Luidinger die Tiere genommen worden?«

»Weil sie sich in einem extrem bedenklichen Zustand befanden.«

Das habe ich gesehen. Vielleicht stimmt ja doch was mit der Kristel nicht.

»Kommt so was öfter vor?« Deichsler stand immer noch. Kempken schien nicht daran zu denken, ihm einen Sitzplatz anzubieten.

»Leider ja. Aber mehr kann ich Ihnen darüber nicht sagen. Sie verstehen, Schweigepflicht.«

Deichsler verstand das überhaupt nicht, nickte aber zufrieden, um sein Gegenüber wohlgesonnen zu stimmen.

»Ich muss jetzt«, sagte Kempken, stand auf und knöpfte seinen Anzug zu. »Termine.«

»Danke und auf Wiedersehen.« Deichsler reichte ihm die Hand.

»Auf Wiedersehen«, sagte Kempken und quetschte Deichslers Hand erneut.

Da kannst du Gift drauf nehmen.

Deichsler zog die Tür hinter sich zu und bückte sich, weil er vermutete, dass Kempken sofort jemanden über seinen Besuch in Kenntnis setzen würde. Er ging in die Knie und tat so, als würde er seine Schuhbänder binden. Seinen Kopf legte er an die Tür.

»Ein Schnüffler war gerade bei mir, Schatz«, sagte Kempken. »Wegen dem Luidinger … Freddie Deichsler. Check doch bitte mal, was du über den herausfinden kannst. Bis gleich.«

Und ich checke jetzt, was das Netz über dich weiß.

Deichsler erhob sich ächzend, verschwand. Keine Sekunde zu früh. Als er um die Ecke des Flurs bog, öffnete sich Kempkens Tür. Unauffällig folgte er dem Veterinär, der das Landratsamt verließ und zu seinem dicken BMW ging.

Euch schieben sie das Geld auch in den Arsch. Was ein Veterinär wohl verdient?

Zur Tarnung setzte sich Deichsler einen Strohhut auf, der im Wohnmobil lag. Wahrscheinlich ein Relikt des letzten Sommers, der keiner gewesen war.

Kempken fuhr nahezu den gleichen Weg zurück, den Deichsler gekommen war. Allerdings bog er nicht in die Liegnitzerstraße ein, die zum Krankenhaus führte, sondern steuerte Richtung Therme. In einer Reihenhaussiedlung hielt er vor dem einzigen Bungalow weit und breit.

Deichsler parkte vier Reihenhäuser entfernt und zog sich den Hut tief ins Gesicht. Wenn er mit seiner Vermutung richtiglag, müsste die Person, mit der Kempken telefoniert hatte, demnächst hier eintreffen.

Wenige Minuten später brauste ein Benzinfresser an ihm vorbei und hielt vor dem Bungalow. Eine ernst dreinblickende, schwarzhaarige Frau mit stark geschminkten Wimpern und nachgezogenen Augenbrauen hüpfte heraus und stöckelte in der Dämmerung Richtung Bungalow.

Fein, fein.

Deichsler ersetzte den Strohhut durch ein Käppi, das ebenfalls im Wohnmobil herumflog. Er griff nach einem Packen Zeitungen, der auf dem Beifahrersitz lag. Ein mit Steinen gefüllter Metallzaun umgab den Bungalow.

Stein auf Stein, Stein auf Stein …

Deichsler huschte durch das Gartentürl auf das Grundstück. In einem Zen-Garten ruhte ein Teich neben einem abgedeckten Pool, kreisförmige Wege aus Steinen, das Schilf bog sich im Wind.

Schilf leistet dem Wind keinen Widerstand, deshalb bricht es auch nicht. Zen-Meister benutzen es gerne als Metapher, weil es innen hohl, also leer ist. Leere ist Form, und Form ist Leere.

BMW, Bungalow, Pool und Zen-Garten: Als Veterinär und Tierarzt schien man tatsächlich überdurchschnittlich gut zu verdienen. Vermutlich gehörten Kempken auch noch die Berghütte und die Yacht, mit deren Fotos er in seinem Büro protzte.

Deichsler steuerte schnurstracks auf den Hauseingang zu. Die

Tür öffnete sich, Kempken trat heraus und strich sich seinen engen Anzug glatt.

Shit!

Deichsler zog eine Zeitung aus dem Stapel, rollte sie zusammen und richtete den Blick zu Boden. »Für Sie!«, sagte er mit rollendem R, um seiner Stimme einen fremdländischen Klang zu geben.

»Danke«, sagte Kempken und musterte die Zeitung.

Deichsler lief grußlos zum Gartentor.

»Warten Sie!«, rief der Veterinär ihm hinterher.

Deichsler dachte nicht daran. Er sah zu, dass er zu seinem Auto kam. Leider war die Aktion eine Katastrophe gewesen. Er hatte nicht herausgefunden, was die Besucherin bei Kempken gewollt hatte, geschweige denn, wer sie war. Er schleuderte das Käppi auf die Rückbank und flüchtete.

Der Schlüssel zur Beantwortung aller Fragen war Luidinger. Aber da es den nicht mehr gab, musste Deichsler durch Befragung der Lebenden, die ihn gekannt hatten, so viel wie möglich über ihn herausfinden. Und da Kristel nicht sonderlich gut über ihren Mann Bescheid zu wissen schien, würde er sich erneut an die Frau wenden, die am besten über Luidinger Bescheid wissen musste: Psychologin Stegk. Weil Deichsler nicht noch mehr Zeit verlieren wollte, nahm er den Weg durch die Innenstadt, durchs Landshuter Tor über das Kopfsteinpflaster, am Schrannenplatz und am Frauenkircherl vorbei.

Diesmal traf er die Psychologin ohne ihr irres Double an, auf dem Weg in den Feierabend. »Tag, Frau Stegk. Ihre Vertretung ist wohl auf Urlaub im Schloss?« Deichsler fand es immer wieder erstaunlich, wie sehr sich der Begriff für die Psychiatrie in Taufkirchen durchgesetzt hatte, obwohl sich die Stationen gar nicht im Wasserschloss befanden.

»Tag, Herr Deichsler«, versuchte sie, ihr Schmunzeln zu unterdrücken, und fuhr sich über ihre streng nach hinten frisierten Haare. »Fesch sehen Sie heute aus. Was verschafft mir die Ehre?« Sie wandte sich um, ging ins Sprechzimmer.

Deichsler folgte ihr, setzte sich ihr gegenüber. »Frau Stegk, ich weiß, dass Sie zur Schweigepflicht verpflichtet sind.«

»In den Satz haben Sie jetzt aber viel Pflicht hineingepackt. Sind Sie vielleicht ein pflichtbewusster Mensch?« Die Grübchen in ihren Wangen wurden sichtbar.

Bei ihrem Anblick spürte Deichsler, wie sich in seinem Bauch eine Feder anspannte. Er mahnte sich zu Ruhe, es ging hier einzig und allein darum, Informationen aus ihr herauszukitzeln. »Leider nicht immer.« Er kratzte einen nicht vorhandenen Fleck von der Stuhllehne. »Vermutlich hätte mein ältester Sohn Paul einen anderen Werdegang eingeschlagen, hätte ich meine Pflicht als Vater erfüllt und mich um ihn gekümmert.«

»Fühlen Sie sich schuldig?«

Ist das jetzt eine kostenlose Sitzung, oder was?

Er schaute aus dem Fenster. Eine Krähe schwang sich aus den Wipfeln eines Baumes in die Luft.

»Natürlich tue ich das. Mein Sohn wird des Mordes verdächtigt. Des Mordes an Ignaz Luidinger.« Ihm fiel ein, dass er später unbedingt seinen Vater oder den Anwalt anrufen musste, um zu erfahren, ob Pauls Fingerabdrücke auf dem Horn gefunden worden waren.

Die Psychologin rieb sich mit dem Zeigefinger über die Oberlippe, und Deichslers Anspannung ließ ein wenig nach. Die Geste erinnerte ihn daran, wie er vor ihrem ersten Zusammentreffen von ihrer Patientin verarscht worden war.

»Unter diesen Umständen …« Sie zögerte. »Aber ich muss mich darauf verlassen können, dass alles, was ich Ihnen jetzt erzähle, unter uns bleibt.«

»Versprochen.«

»Luidinger litt unter Burn-out.«

»Was?«

»Sie haben schon richtig gehört.«

»Ein Bauer, der unter Burn-out leidet. So etwas gibt es?«

»Die meisten Menschen haben keine Ahnung davon, was Landwirte heutzutage alles leisten, von wie vielen Seiten sie unter Druck gesetzt werden.«

»Jetzt, wo Sie's sagen. Die Konkurrenz durch die subventionierten Biogasler, die niedrigen Milchpreise, das immer knapper werdende Land.«

»Nicht zu vergessen, dass Herr Luidinger sich einen neuen Hof kaufen musste, nachdem er wegen der Isentalautobahn den alten aufgeben musste. Aber ich habe eigentlich schon viel zu viel gesagt.«

»Ich danke Ihnen, ehrlich.« Deichsler reichte ihr die Hand. »Vielleicht hilft mir die Info dabei, den Kopf meines Sohnes aus der Schlinge zu ziehen.« Eine SMS ging piepend auf Deichslers Handy ein. »Kaum hat man einen Anzug an, wird man wichtig«, frotzelte er.

»Ich glaube, Sie sollten noch zwei weitere Dinge wissen: Luidinger dachte ernsthaft darüber nach, den neuen Hof zu verkaufen. So eine Veräußerung ist für einen Landwirt mit einer großen Schande gleichzusetzen, auch wenn es nicht der Hof war, den er von seinen Eltern geerbt hatte. Außerdem hat er seine Frau sehr geliebt.«

»Ich werde das alles im Hinterkopf behalten. Auf Wiedersehen. Und schönen Feierabend.«

Während Deichsler die Treppe hinunterging, dachte er daran, dass er zum Glück nicht mit Kristel geschlafen hatte. Sein schlechtes Gewissen war so schon groß genug, fühlte sich an wie eine riesiger, schmerzender Eiterbinkel. Ihm wurde bewusst, wie dankbar er nicht nur für seine Kinder, sondern auch für seine Frau sein konnte. Trotzdem konnte er sich nicht überwinden, Monika anzurufen.

Luidinger hätte also den Hof nie freiwillig aufgegeben. Nicht nur wegen der Leute, sondern auch weil Kristel so sehr daran hing. Und er an ihr. Er musste also richtig am Ende gewesen sein. Und warum waren die zwei anderen Höfe der Isental-Bauern bei der Versteigerung so günstig weggegangen, wo das Land doch so knapp war? Bei denen hatten sich aber nur die Freisinger Bauern zu bieten getraut. Was, wenn jemand ordentlich an den Verkäufen mitverdiente, an den Gewinnen beteiligt wurde? Es gab viele Menschen, die für einen Batzen Geld morden würden. Aber dass es Kempken selbst in die Hand genommen hatte, Luidinger aus dem Weg zu räumen, glaubte Deichsler auch wieder nicht. Dafür war er zu intelligent und sich zu sehr seiner privilegierten Stellung bewusst, die er damit aufs Spiel gesetzt hätte. Wie bei einem Spinnennetz liefen die Fäden in der Mitte zusammen. Aber wer war die Spinne, die das Netz geflochten, die Fäden im Zentrum zusammengeführt hatte?

22

Die Laternen schalteten sich ein, als er die Straße zu Kempkens Bungalow hinunterging, wieder eine zusammengerollte Zeitung in der Hand. Im Wintergarten des Hauses brannte Licht, dass durch die zugezogenen Vorhänge schimmerte.

Wintergarten mit Vorhängen. So was habe ich ja noch nie gesehen.

Bevor Deichsler das Gartentor öffnete, sah er sich um, ob ihn irgendwer beobachtete, huschte erst zum Pool, dann auf die erhöhte Terrasse, auf der mit einer Plane abgedeckte Gartenmöbel standen. Durch den kalten Boden unter seinen Füßen wurde der Ziegelstein, der auf seiner Bandscheibe lastete, noch schwerer. Er trat an die Scheibe, die Gartenmöbel boten ihm zur Straße hin Schutz. Da zuckelte ein Wagen vorbei, und das Scheinwerferlicht berührte Deichsler. Der Wagen hielt, die Tür auf der Beifahrerseite wurde geöffnet.

»Ciao, bis morgen!«

Tür zu. Der Wagen fuhr weiter.

Deichsler linste in den Wintergarten hinein. Ein Flugzeug rauschte über ihn hinweg, bald wurden die Motorengeräusche leiser, die Lichter am Himmel kleiner.

Ein roter Lichtstreifen zwängte sich durch einen Spalt zwischen den dicken Vorhängen. Langsam gewöhnten sich seine Augen an das rote Licht. Er musste zweimal hinsehen, um sicherzugehen, dass er sich nicht getäuscht hatte.

Kempken, lediglich mit einer Anzughose bekleidet, hob die Hand und holte aus. Die Frau, die Deichsler am Nachmittag bereits gesehen hatte, stand vor ihm. Dann schlug er zu, ihr ins Gesicht. Deichsler schüttelte bei dem Anblick den Kopf. Kempken holte erneut aus und drosch ihr mit der flachen Hand auf die Wange, dass Deichsler es bis nach draußen klatschen hörte. Wieder und wieder hob Kempken den Arm. Die hübsche Frau mit den schulterlangen Haaren und den langen schwarzen Wimpern ließ es geschehen und verzog keine Miene. Klatsch! Klatsch! Klatsch! Noch eine auf die Wange und noch eine.

Endlich regte sich etwas in dem Gesicht der Frau. Sie wehrte sich, drängte Kempken an die Wand, schlug zurück.

Deichsler konnte seinen eigenen Atem hören, wartete gespannt, was passieren würde. Dann drehte sie Kempken herum und band ihm die Hände zusammen.

Soll ich die Polizei anrufen? Nein, lieber abwarten, was passiert.

Sie holte eine Lederpeitsche hinter der Couch hervor, knöpfte sich ihre Bluse auf, streifte sie sich vom Leib. Darunter kam ein Lederkorsett zum Vorschein, aus dem ihre Brüste hervorquollen.

Deichslers Atem beschleunigte sich, er kam sich vor wie in einem billigen Porno.

»Shades of Grey« für Arme, oder was?

Die Frau holte mit der Peitsche aus, deren unzählige Riemen durch die Luft flogen, und prügelte immer wieder auf Kempkens Rücken ein, der sich lustvoll bog.

Wie einem so was nur Spaß machen kann?

Deichsler zückte nun doch sein Handy, schaltete den Blitz aus und machte ein Foto von der Szene.

Die Frau öffnete die oberste Öse ihres Korsetts, wodurch ihr Busen bis zu den Brustwarzen freilag. Und schlug wieder zu.

Deichsler richtete sich auf, als ihm der Schmerz in den Rücken fuhr. Er blieb vornübergebeugt stehen, die eine Hand an der Bandscheibe, die andere auf einem abgedeckten Stuhl, um sich abzustützen.

Die Frau öffnete die nächste Öse, sodass ihr ganzer Busen zu sehen war. Ihre harten Brustwarzen wippten leicht, als sie erneut ausholte und die Lederriemen auf Kempkens Rücken niedergingen. Sie dirigierte seinen durchtrainierten Oberkörper, bog ihn, legte ihn über die Couch, dass die Rückenmuskeln deutlich hervortraten. Dann kniete sie sich vor ihn und drückte ihm ihren Busen ins Gesicht.

Deichsler versuchte, immer noch nach vorne gebeugt, die beste Position zu finden, um mehr zu sehen. Der Anblick des prallen weißen Busens betäubte den Schmerz in seiner Bandscheibe.

»Was machen S' denn da?«

Deichsler fuhr herum. Von der Straße lurrte eine Oma unter

einer Fellmütze herüber. Er hielt die zusammengerollte Zeitung nach oben, stammelte: »Zeitung …«, ließ sie fallen und wetzte davon.

Wer war die scharfe Frau gewesen? Sie musste etwas mit den Höfen und den Kühen zu tun haben, sonst hätte Kempken sie nicht angerufen, nachdem sich Deichsler im Landratsamt bei ihm verabschiedet hatte. Genaueres würde er noch herausfinden. Er hatte auf einmal das Gefühl, etwas übersehen zu haben.

Im Wohnmobil betrachtete er die Bilder der Zwangsversteigerung in Landshut, die er mit seinem Handy gemacht hatte. Sie zeigten Grell und die Autos der zwei Freisinger, die die Höfe erstanden hatten. Beim Bild des Wagens des Metallers mit dem Vokuhila stoppte er. Ein Aufkleber war nicht von einer Metal-Band. Deichsler vergrößerte ihn mit Zeigefinger und Daumen. Es handelte sich um einen Sticker der Bürgerinitiative Attaching »Keine dritte Startbahn«.

Da schau her!

Der Flughafen tauchte am Horizont auf, Flieger stießen vom Himmel herab. Parallel zu einer der zwei Start- und Landebahnen des Flughafens gelangte er nach Attaching.

Das muss unerträglich sein, wenn man tagtäglich den Flughafen und mit ihm die Bedrohung vor Augen hat.

In dem so friedlich wirkenden Attaching parkte er vor einer Pizzeria neben dem Maibaum und stieg aus. Eine rosa gekleidete Frau stolzierte an der Pizzeria vorbei, setzte sich auf ihr Fahrrad, das ebenfalls rosa war, und fuhr los. Bevor sie Deichsler erreicht hatte, hielt sie und drückte den Dynamo an die Felge.

Du kommst mir gerade recht.

»Entschuldigung«, sagte er und hoffte, dass die Frau nicht die Flucht ergriff. Welches weibliche Wesen wollte schon am Abend auf offener Straße von einem fremden Mann angesprochen werden? »Seidl, grüß Gott«, sagte er und zog Block und Stift aus seinem Jackett. »Ich bin Autor und schreibe einen Roman über die dritte Startbahn.«

»Ja, das ist eine traurige Geschichte«, sagte die Frau. »Traurig, dass der Flughafen das Vorrecht vor den Menschen hat.«

»Aber München hat doch zugesagt, sich an den Bürgerentscheid zu halten.«

»Der Reiter ist zum Glück ein SPDler. Aber der zweite Bürgermeister ist ein Schwarzer. Und der ist für den Flughafen. Ja, die dümmsten Kälber wählen ihren eigenen Metzger.«

»Aber die Freisinger CSUler und der Landvogt sind auch dagegen, oder?«

»Ja mei!«, stieß sie aus. »Der Söder war erst auch dagegen, und jetzt ist er dafür. Der wendet sich wie's Hemd.«

»Söder, wie der Armleuchter«, sagte Deichsler, »von Ikea.«

»Ich kenn Sie doch von irgendwoher«, sagte die Frau, ohne auf Deichslers Witz einzugehen.

»Tatsächlich?«

Hoffentlich hat sie mein Fahndungsfoto nicht in der Zeitung gesehen.

Ein riesiger Bulldog bretterte vorbei, und Deichsler verschwand in den Abgasen.

»Es kommt, was mag, wir bleiben bis zum Schluss. Die sagen, es ist ja bloß die Schneise betroffen, dabei wird das ganze Dorf zerrissen, mittendurch geht die dritte Startbahn dann«, sprudelte es aus der Frau heraus. »So viele haben schon Krebs, dass ganz aus is. Und was meinen S', wo der Dreck herkommt?« Ein Flugzeug donnerte über ihre Köpfe. »Vor allem junge Menschen«, sagte sie, und ihre rosa Ohrringe schlugen aus, als wollten sie Söder und seinen Kollegen eine mitgeben.

»Verkaufen eigentlich viele Bauern ihren Grund?«

»Nein.« Sie schüttelte vehement den Kopf. »Beim ersten Mal schon, wie sie in den Neunzigern wegen dem Flughafen wegmussten.«

»War da auch ein Großbauer dabei? Der Passig?«

Sie nickte. »Andere haben damals Grund verkauft, aber nur, was in den Flughafen reingefallen ist, und woanders wieder dazugepachtet. Jeder muss halt schauen, wo er bleibt. Wir haben da eine nette Dorfgemeinschaft.« An ihrem Lenker baumelte eine Tüte, ebenfalls rosa. »Die wollen uns doch allsam weichmachen. Viele halten den Druck nicht mehr aus, die ziehen weg, egal ob die dritte Startbahn kommt oder nicht.«

»Bauern?«

»Was haben Sie eigentlich mit den Bauern?«, fragte sie skeptisch. »Die am Eck von der Dorfstraße hat an Flughafen verkauft, die blöde Henna. Hat allerdings alles geerbt g'habt. War eine Fremde.«

Was täten die Leute bloß ohne die Fremden? Dann müssten sie die Sündenböcke endlich unter ihresgleichen suchen.

Eine Gruppe kam aus der Pizzeria. Die Männer zündeten sich Zigaretten an, lachten, unterhielten sich lautstark. Da erst sah Deichsler den Opel mit den Metal-Aufklebern.

»Die Leut, die weg sind, sieht man immer mal wieder im Ort. Die haben ja alles hier g'habt. Ihre Freund, Familie, ihre Heimat.«

»Ich mag Rosa«, sagte Deichsler. Er hoffte, die Frau so für sich gewinnen und das Gespräch wieder auf die Bauern lenken zu können.

»Echt?«, fragte sie ungläubig. »Das ist aber recht ungewöhnlich für ein Mannsbild.«

»Ja mei«, sagte Deichsler und schob schnell hinterher, »mein kleiner Sohn mag's auch.« Pauls Lieblingsfarbe kannte er nicht.

»Wissen S', wir sind schon so lang da, drum sagen wir, wir bleiben. Es hat alles gerodet werden müssen, damit man da leben hat können. Seit dreihundert Jahr leben meine Leut da, das ist so ein Ahnending.«

Deichsler hörte erst Schritte, dann, wie sich jemand von dem ratschenden Haufen vor der Pizzeria verabschiedete. Die Frau lehnte ihr Fahrrad gegen den Oberschenkel und rückte sich mit beiden Händen ihre Mütze zurecht, die große Ähnlichkeit mit einer Schlafhaube hatte. Deichsler drehte sich um. Rod Stewart aus dem Amtsgericht stand hinter ihm. »Servus, Gundel«, sagte er.

»Griaß di, Bäda«, säuselte Gundel und schmolz dahin.

»Hast es schon g'hört?«

»Was denn? Ich war den ganzen Tag in der Therme.«

»Leipzig haben s' g'rade abg'wiesen.« Er musterte Deichsler. »Irgendwoher kommst du mir bekannt vor.«

»Die Großkopferten haben ja überall ihre Finger drin«, sagte Gundel. »Die Viecher sind mehr wert als die Menschen. Jetzt haben s' abg'lehnt.«

Von wegen.

»Woher kenne ich dich?«, sinnierte Bäda, ohne den Blick von Deichsler zu nehmen. »Hilft nix, ich muss zum Flughafen.« Er lachte entschuldigend und stieg in seinen zugepappten Wagen. »Jemanden abholen.«

»Dann mag ich gleich gar nicht mehr«, sagte Gundel, noch immer in Gedanken bei der abgewiesenen Klage. »Dann war alles umsonst, wenn sie uns davonhaben. Jetzt ist das so.« Sie fuhr sich mit der Hand über die Stirn. »Um Himmels willen, die stehen schon in den Startlöchern. Bald werden sie über unser Haus fliegen. Da wird man ja dorad.« Eine Träne rollte über ihre Wange.

»Wer war denn das, wenn ich fragen darf?«

Die Frau riss die Augen auf und packte mit beiden Händen den Fahrradlenker, dass die Tüte zu schlenkern begann. »Der Artner Bäda, der Hallodri.« Sie richtete sich kerzengerade auf. »Der hat leicht reden, der will sein Hof schließlich auch loswerden.«

»Tatsächlich?«

»Beim Bäda weiß man's nicht so recht. Das ist ein ganz ein G'spinnerter, ein g'schlamperter Uhu, der von einem Bett ins andere hüpft.«

»Flüchtet der quasi?«

Vor dir?

»Kann scho sei«, murmelte Gundel traurig.

»Könnte es noch einen anderen Grund außer der Flucht vor den Frauen geben, dass er seinen Hof verkaufen will?«

»Jetzt, wo Sie's sagen. Viele Leut denken ja: ›Lieber gehen wir gleich, bevor wir das mitmachen müssen.‹ Der Bastl, der Pfalzgraf, verkauft auch. Der und der Bäda wohnen außerhalb vom Absiedlungsbereich von der dritten Startbahn. Auf der Seiten von der Dorfstraß.«

»Das heißt?«

»Im Absiedlungsbereich würden s' b'sondere Zuwendungen kriegen, zum Beispiel Lärmschutz, wenn die dritte Startbahn g'baut wird.«

Nicht jeder kann mit so einer ungewissen Zukunft leben. Da ist eine sichere Alternative schon verführerisch. Und da die A 94 nun mal gebaut wird, können die Attachinger Bauern ins Isental ausweichen. Ist ihnen der Weg dorthin durch die Wegnahme der Tiere geebnet worden?

Über die Rolle des Veterinärs war er sich immer noch nicht im Klaren. Kempken war immerhin derjenige gewesen, der das Ende der zwei Höfe eingeläutet hatte. Und wer war die Frau, die er über Deichslers Besuch im Landratsamt informiert hatte?

Auf dem Weg zum Wohnmobil fiel ihm der Zettel ein, den ihm der Anwalt zugesteckt hatte. Vor lauter Freude über die wiedererlangte Freiheit hatte er ihn vergessen. Im Wohnwagen kramte er das Papier aus seiner Hosentasche.

»Überprüfe, ob Landvogt involviert ist. Hat Land gekauft und setzt Besitzer unter Druck. Vielleicht sogar mit Netzwerk. Gabriele Weil in Bockhorn weiß mehr. Mit Obstler bringst du sie zum Reden. AK.«

Deswegen der Obstler. Der Landvogt Martin Nordstädter also, mit seiner blatterten Fotzen, wie die Mama seine Glatze nannte, wenn sie wütend auf ihn war. Wie der vor einem knappen Jahr die Kirchengemeinde Lengdorf enteignet hatte, um die gleichnamige Ausfahrt für die Isentalautobahn bauen zu können, war selbst Deichsler über seine fuchsteufelswilde Mama erschrocken.

»Wenn ich den bloß seh, würd ich ihn am liebsten an seinen Schwabbelbacken packen und seinen Bauernschädel hin und her beuteln, bis er wieder zur Besinnung kommt«, hatte sie gewütet. Aber wer war AK? Er kannte keine Person mit den Initialen. Annamirl Opp passte nicht.

Wieder einmal fuhr Deichsler am Flughafen entlang. Myriaden von Lichtern, die die Dunkelheit besiegt hatten, zeugten von seiner Macht. Selbst die Nacht musste sich ihr beugen. Ein Flugzeug setzte zur Landung an, fast aufrecht, so als gelte es, Würde zu bewahren. Sogar ein Kirchturm hatte sich dem Flugbetrieb untergeordnet, ein rotes Licht auf seiner Spitze warnte die Flieger davor, ihm zu nahe zu kommen.

23

Gabriele Weils Hof lag am östlichen Ortsrand von Bockhorn, neben zwei Fischweihern. Deichsler hatte sich die Adresse im Internet rausgesucht und in das Navi eingegeben. An der Abzweigung zum Hof stellte er das Wohnmobil ab. Er nahm den Rucksack, den eine treu sorgende Seele für ihn vorbereitet hatte, vom Bett, steckte die Flasche Obstler hinein und machte sich auf den Weg. Er würde sich als Wanderer ausgeben. Seine Outdoorjacke passte dazu, sein Anzug eher weniger.

Vereinzelte Schneeflocken schwebten zu Boden, mit der Dunkelheit hatte es wieder angezogen. Schon von Weitem konnte Deichsler den Rauch riechen, der aus dem Kamin des Zweiseithofes stieg. Ein altes Weiberl mit Hacklstecker und Kopftuch humpelte über den Hof.

Das Kopftuch, fast wie in Tunesien.

Das Weiberl, das Gabriele Weil sein musste, bückte sich, um Holzscheite aufzusammeln und in einen Weidenkorb zu legen.

Deichsler ging auf die Frau zu. »Grüß Gott, 'tschuldigung.«

»Häh? Was hast g'sagt?«

Hätte David »Häh?« gesagt, wäre ihm Monika mit Sicherheit über den Mund gefahren und hätte ihn verbessert: »Das heißt: ›Wie bitte?‹«

»Grüß Gott!«, brüllte Deichsler.

»Brauchst ned so schrein!«, brüllte die Weil zurück. »Da wird man ja dorad.«

Jaja, zum Glück bist du noch nicht schwerhörig.

»Was möchst?«

»Verlaufen hab ich mich!«

»Zum Davonlaufen is? Da hast recht. Das sag ich scho lang. Magst einerkommen?«

»Nach Bockhorn möcht ich!«

»Der Nordstädter schickt dich? Der Landvogt? Hast was zum Schnappsln dabei?« Sie winkte mit der einen Hand, den gefüllten Korb in der anderen. Eine Rotzglocke blähte sich an ihrer Nase auf, die wie eine Kartoffelknolle in ihrem Gesicht pappte.

»Geb'n S' mir doch den Korb, der ist sicher schwer.«

Sie ließ ihn sich widerstandslos abnehmen und öffnete die Tür, von der blauer Lack abblätterte.

Deichsler schlug ein Mief entgegen, dass er einen Schritt zurückwich. Auf dem Herd brodelte Wasser in einem Topf, der Geruch von kochenden Kartoffeln vermengte sich mit einem undefinierbaren Gestank nach Verwesung und Krankheit. »Darf ich Ihnen Ihre Joppen abnehmen?«

»Nein, das Kochen lass ich mir nicht nehmen.«

»Ihre Jacken: Darf ich sie aufhängen?« Deichsler sah sich um, fand die Garderobenhaken neben der Tür.

»Na ja, zum Aufhängen ist das Alter auch wieder nicht. Hin und wieder ein Schlückerl, dann geht's scho.« Sie zwinkerte ihm zu, humpelte auf ihren Hacklstecker gestützt zum Holzofen, in dem ein Feuer loderte, öffnete die Klappe, stocherte mit einem Schürhaken in der Glut und schob einen Scheit hinterher, dass die Funken stoben. Dann nahm sie den Kochlöffel, der auf dem Henkel des Topfes lag, und rührte in ihm herum. Deichsler folgte ihr zum Ofen.

Die liest sicher keine BILD und schaut auch kein RTL, sonst wäre sie viel misstrauischer und hätte mich nicht reingelassen.

»Was gibt's?«, fragte Deichsler, der ihr zum Ofen gefolgt war.

Die immer länger werdende Rotzglocke kämpfte mit der Schwerkraft, zog sich unter dem riesigen Nasenloch in die Länge.

Deichsler musste etwas tun, er konnte nicht zusehen, wie sie sich ihr Essen versaute.

»Manchmal zwickt's. Aber das ist normal in meinem Alter.« Gabriele Weil strahlte Deichsler so herzlich an, dass er sie am liebsten umarmt hätte, auch wenn er sie dadurch sicherlich noch stärker zerknittert hätte. Allerdings nicht, ohne ihr vorher die Nase abzuputzen, wie er es sonst bei David tat.

»Was kochst zum Essen?«, wiederholte Deichsler.

»Dradewixpfeiferl«, antwortete sie.

»Dradewixpfeiferl?«

»Ihr jungen Leut kennts das wahrscheinlich gar nimmer. Fingernudeln halt.«

»Die mag ich auch gern«, sagte Deichsler, was sogar stimmte. Allerdings ohne Rotzglockenwürze. Er zog die Obstlerflasche hervor.

»Glasl sind da drin.« Sie deutete auf ein Holzschränkchen, das schief an der Wand über einer Eckbank hing.

Deichsler holte zwei Schnapsgläser raus, die er sicherheitshalber in dem angerosteten Waschbecken ausspülte und abtrocknete. Weil es ihm zu warm wurde, zog er die Jacke aus.

»Bist ein ganz ein Sauberer, hah? Mit deinem Frack.«

Sie ließ sich auf die Holzbank fallen, die genauso ächzte wie sie, und strich sich über die blaue Kittelschürze mit den Streifen und Blumen. Schälte sich aus der Jacke, wobei ihr Deichsler behilflich war. »Du hast wirklich Anstand. Da ist es gar nicht so schlimm, dass du ein bisserl schwer von Begriff bist.«

»So, jetzt trinken wir erst einmal ein Stamperl«, sagte er, als er auf dem Stuhl vor ihr saß, und schenkte zwei Gläser ein. Auf dem Tisch stand neben einer Mappe ein kleiner Plastikkorb mit Medikamenten, Kompressen und Verbänden. Es dürfte ein hartes Stück Arbeit werden, die Informationen aus ihr herauszupressen. Sein Hals kratzte jetzt schon, und wenn er sie weiter anschreien musste, um mehr zu erfahren, würde er später heiser sein.

»Prost«, sagte Deichsler, und sie stießen an.

»Prost«, sagte das Weiberl, grinste und kippte das Stamperl Schnaps hinunter.

Deichsler trank nur einen kleinen Schluck, dann schenkte er ihr nach. »Auf einem Fuß kann man nicht steh'n, gell?«

»Was, du willst scho geh'? Bleib halt noch ein bisserl. Auf einem Fuß kann man nicht steh'.« Sie giggelte wieder, leerte das Stamperl erneut und schaute ihn erwartungsvoll an. »Warum bist jetzt eigentlich da? Der Landvogt kommt ja auch nur, wenn er was von mir will.« Sie gackerte, als hätte ihr Nordstädter bei einem seiner letzten Besuche einen Heiratsantrag gemacht. »Geh weiter, schenk mir noch ein Stamperl ein.«

Deichsler schenkte nach. Sein Glas war immer noch halb voll, was das Weiberl aber nicht zu interessieren schien. »Was glaubst denn, was der Landvogt von dir will?«

Sie langte nach dem Schnapsglas und musterte ihn aus glasigen Augen. »Was ich glaub? Dass der mein Hof und mein Grund will, der Bruder, der staubige. Und dass du sein Lefdutti bist.« Ihre Rotzglocke wackelte bedrohlich.

»Sein was?«

»Stell dich doch ned gar so blöd. Du weißt scho, was ich mein.«

»Nein, wirklich nicht.«

Sie trank das Glas aus, rülpste. »Sein Knecht.« Dann verdrehte sie die Augen und kippte von der Bank.

24

Scheißdreck, das war wohl ein Stamperl zu viel.

Er wuchtete das Weiberl auf die Holzbank und tippte die 112 ins Handy. Da ging die Tür auf. Eine Frau mit schwarzen Locken und weißem Kittel kam herein. Sie blieb stehen, ohne die Tür hinter sich zu schließen. Vereinzelte Schneeflocken folgten ihr. Ihr Blick streifte den Tisch mit der halbleeren Obstlerflasche, den Gläsern und dem ohnmächtigen Weiberl auf der Holzbank.

»Jetzt reicht's aber!« Sie schaute Deichsler an, als wäre er der Teufel in Person. »Ausg'schamt is das. Richtig ausg'schamt.« Aus dem Korb auf dem Tisch nahm sie ein Blutzuckermessgerät, wie Deichsler es noch aus seiner Zeit als Zivi kannte.

Warum habe ich das nicht früher entdeckt! Sie ist Diabetikerin, und ich füll sie ab. Wahrscheinlich hat sie wegen mir einen hypoglykämischen Schock.

Die Schwester entnahm aus einer Papierhülle erst eine Lanzette, dann einen Teststreifen. Den schob sie in das Messgerät, mit der Lanzette pikste sie dem Weiberl in den Finger. Den Tropfen Blut, der herausquoll, gab sie auf den Teststreifen. Kurz darauf piepte es.

»Himmelherrgottsakrament, der Zucker is total im Keller. Ich hob dem Landvogt scho g'sagt, dass er ihr keinen Schnaps mehr schenken soll. Er weiß doch, dass sie ein Saufbeutel is. Wenn er so scharf auf den Hof is, soll er ihn, wenn sie tot is, ihren Erben abkaufen, aber sie nicht auch noch umbringen.«

Die Schwester holte ihr Handy heraus und rief den Notarzt.

Deichsler schaute, dass er davonkam. In einem unbeobachteten Moment verdrückte er sich, lief zum Wohnmobil, hoffte, dass die Schwester das Kennzeichen nicht notiert hatte, und bretterte davon. Im Ort kam ihm der Sanka mit heulendem Blaulicht entgegen.

Hoffentlich überlebt sie's!

Irgendwie hing doch alles miteinander zusammen. So wie

in seinem letzten Fall. Da hatten vom Trachtenverein über die Baufirmen bis hin zu den Politikern auch alle ihre Finger mit im Spiel gehabt.

Aber selbst wenn der Landvogt die alte Weil mit Schnaps manipulierte, obwohl er im Gegensatz zu Deichsler wusste, dass sie Diabetes hatte und alkoholkrank war, glaubte Deichsler nicht, dass er sich seine Finger schmutzig machen würde, wenn es ans Eingemachte ging. Für die Drecksarbeit hatte er seine Lakaien, er war ja schließlich der Landvogt.

Über Mauggen fuhr er auf der Landstraße zurück nach Erding, um nicht gleich wieder von den Senfhosen geschnappt zu werden.

Johnigk! Deichsler schlug sich mit der flachen Hand auf die Stirn. Dass er die ganze Zeit nicht auf die Idee gekommen war, seine Mailbox abzuhören! Er holte das Handy heraus.

»Moin, Freddie. Ich bin mir fast sicher, dass die Marken von Luidingers Viechern herausgeschnitten und bei kranken Tieren wieder eingesetzt wurden. In solchen Fällen werden die Wunden mit Fibrinkleber verschlossen. Und die gesunden Tiere …«

Deichsler hörte einen Schlag, dann nur noch ein Piepen. Das durfte doch wohl nicht wahr sein! Er hieb mit der Faust aufs Lenkrad, das Wohnmobil schlingerte nach links, ein Motorrad kam entgegen, er konnte gerade noch ausweichen.

Also ist Johnigk den Tätern auf die Schliche gekommen, die die Ohrmarken von Kristels Kühen herausgeschnitten und bei den kranken Tieren wieder eingesetzt haben. Passig könnte es am ehesten gewesen sein. Um mehr zu erfahren, muss ich wissen, wo Johnigk zuletzt war.

Deichsler öffnete die eingegangene SMS. »Es möchte sich jemand mit dir treffen, Cowboy. Ruf ihn an: 0177/55324324. Monika, deine kleine Freundin, vermisst dich :-)«

Kristel, du Matz!

Also stand sie mit Annamirl in Verbindung. Er wählte die Nummer.

»Louis Buhr, hallo«, meldete sich eine Männerstimme.

»Freddie Deichsler, hallo. Die Kristel Luidinger hat mir Ihre Nummer gegeben.«

»Gut, dass Sie anrufen. Ich glaub, ich weiß was, das Sie interessieren könnte.«

»Und das wäre was?«

»Das kann ich Ihnen am Telefon nicht sagen. Können Sie in einer Stunde an der Feuerstelle in Taufkirchen sein? Kennen Sie die?«

»Und wie ich die kenne.«

Die Fahrt zur Feuerstelle war eine Reise in die Vergangenheit, an den Ort, an dem Paul in einer berauschten Nacht entstanden war.

Da Deichsler bereits vor dem vereinbarten Zeitpunkt am Waldrand von Taufkirchen eintraf, hatte er noch Zeit, ein Feuer zu entzünden.

Leider hatte er die Zeitung aus dem Wohnmobil vor Schreck auf Kempkens Terrasse fallen lassen. Ansonsten war das Wohnmobil so gut aufgeräumt, dass nicht einmal ein Fitzelchen Papier darin zu finden war. Also zerlegte er die Gebrauchsanweisung des Radios und knüllte sie zu kleinen Kugeln zusammen. Von einem Stecken, den er unter einem Haufen hervorgezogen hatte und der damit einigermaßen trocken war, schnitzte er mit einem Küchenmesser Zunder herunter. Er verbrauchte etliche Zündhölzer, schaffte es aber trotzdem nicht, ein Feuer in Gang zu bringen. Kurzerhand entschied er sich, den Inhalt des Reservekanisters zu opfern, überschüttete das Holz mit dem Benzin und warf ein brennendes Zündholz hinein. Eine rote Wolke leuchtete auf, machte sich gierig über das Holz her, und das Feuer brannte.

Eine Autotür wurde zugeschlagen. Deichsler war so sehr mit dem Feuer beschäftigt gewesen, dass er nicht bemerkt hatte, wie das Auto den huggeligen Waldweg hinaufgekommen war. Deichslers Augen mussten sich erst an die Dunkelheit gewöhnen, sodass er nicht erkannte, wer sich ihm näherte. Das brennende Holz knackte.

Wer das wohl ist? Was für Informationen hat er für mich?

Und dann stand er vor ihm. Ein junger Mann mit rotem Käppi, der sich abwechselnd die Enden seines Oberlippenbartes zwirbelte und über das unrasierte Dreieck auf seinem Kinn strich. »Servus«, sagte er und reichte Deichsler die kalte Hand.

»Servus.«

»Die Kristel glaubt, dass ich was weiß, was Sie interessiert.« Er nahm seinen Rucksack ab, dessen Träger sich quer über das große weiße Pluszeichen auf seiner quietschgrünen Jacke gespannt hatte. Er schien zu überlegen, ob er sich auf einen Baumstamm setzen sollte, legte dann aber nur seinen Rucksack darauf ab.

»Du kannst mich gern duzen«, sagte Deichsler, um dem Jungen etwas von seiner Nervosität zu nehmen. »Ich bin der Freddie.« Er wollte dem Jungen erneut die Hand reichen, aber der wärmte sich seine Hände über dem Feuer.

»Ich bin der Louis. Louis Buhr.«

Und weiter? Ich habe nicht ewig Zeit. Mein Sohn, der in etwa genauso alt ist wie du, wird des Mordes verdächtigt.

»Der Landvogt fliegt gern im Hubschrauber umeinander.«

»Interessant«, sagte Deichsler, rieb sich ebenfalls die Hände über dem Feuer und stellte sich neben Louis.

Dann hat er was mit Elvis und Kempken gemeinsam.

»Mit dem Dettmer von der Tierverwertungsanstalt, dem verkappten Elvis. Das ist der, der dafür verantwortlich ist.«

»Für was ist der verantwortlich?«

Jetzt lass dir doch nicht alles aus deiner kleinen Nase ziehen!

»Der organisiert das.«

Der Kreis beginnt sich zu schließen: Elvis, Oberviech und Landvogt gemeinsam im Heli.

»Weißt, wer sonst noch dabei war?«

»Der Lenckner hat sich auch einladen lassen.«

»Der Lenckner?«

»Der ist im Landratsamt angestellt und die rechte Hand vom Deifi.«

»Vom Deifi?«

»Vom Landvogt.«

Dann ist der Lenckner also der Mittelpunkt des Spinnennetzes, bei dem alle Fäden zusammenlaufen. Er kann für den Landvogt agieren, ohne dass es dem zugeschrieben wird. Und kann unbeobachtet Kontakt mit allen anderen Beteiligten aufnehmen.

»Und warum ist der Landvogt ein Deifi?«

»Weil er dafür g'sorgt hat, dass ich im Landratsamt nicht g'nommen worden bin.« Der Junge fuhr sich wieder durch seinen Franzosenbart über der Oberlippe. Eine Tätowierung an der Hand wurde sichtbar.

»Warum denn das?«

Deichsler kam sich vor wie ein kleines Kind in der Warum-Phase.

»Mein Papa ist bei der ÖDP.«

Mein Beileid.

»Er ist gegen die A 94 und den Golfplatz hinter Dorfen, weil er Landwirt ist.«

»Weil dadurch so viel Grund verloren geht, den man anderweitig besser brauchen könnte?«

»Scho.«

»Und warum erzählst du mir das alles?«

Der Junge rieb sich die Hände und trat von einem Fuß auf den anderen. »Einen festen Job habe ich schon g'habt, im Landratsamt. Dann war die Sach mit dem Golfplatz und meinem Vater. Und dann bin ich im letzten Moment nicht g'nommen worden. Ich muss jetzt.« Der Junge nahm seinen Rucksack und schlurfte, ohne sich zu verabschieden, in die Dunkelheit.

»Wart!«, rief ihm Deichsler in den Wald hinterher. »Magst ein Bier?«

Der Junge nickte.

Im Kühlschrank des Wohnmobils hatte er ein paar Flaschen Helles entdeckt. Mit ihnen konnte er vielleicht noch etwas mehr aus Louis Buhr herausholen und ihn zugleich ein bisschen trösten. Die Job-Absage schien ihm wirklich zu schaffen zu machen.

Sie setzten sich auf den Baumstamm, und Deichsler reichte dem Jungen eine Flasche Bier, die der mit einem Feuerzeug öffnete.

Eigentlich sollte er jetzt mit Paul hier sitzen, ein Bierchen trinken und den züngelnden Flammen zusehen, wie sie das Holz in seiner Form veränderten. Deichsler nahm sich fest vor, das nachzuholen, wenn die Sache überstanden war. Falls Paul nicht in den Knast wanderte, lebenslänglich.

Eine ganze Weile saßen sie schweigend nebeneinander da, starrten auf das glühende Holz, das immer mehr in sich zusammenfiel.

»Prost«, sagte Deichsler und stieß mit dem Jungen an.

Vielleicht lag es am Bier, vielleicht an der Stimmung, jedenfalls begann Louis zu erzählen und wollte überhaupt nicht mehr aufhören. Seine Wangen röteten sich, und Deichsler meinte, den Bauernjungen in ihm zu erkennen.

Wieder ein Vorurteil.

Aber von Bauernschläue zeigte der Junge keine Spur. Er war intelligent, konnte sich aber nicht sonderlich gut ausdrücken.

Deichsler brachten nicht nur seine Informationen weiter, gemeinsam ersannen sie einen Plan, der Faden für Faden aus dem Spinnennetz des Landrats und seiner Artgenossen ziehen würde. Bis es in sich zusammenfiel.

Nach dem zweiten Bier rief Louis Deichsler auf dem Handy an, damit dieser seine Nummer hatte. Zum Abschied umarmten sie sich.

Also war der Landvogt die Spinne, die in dem Netz saß und sich die meisten Insekten einverleibte. Konnte ihm nicht schaden, so mager, wie der Glatzenbeni war. Um sein Netz weiterspinnen zu können, musste er immer mehr Land kaufen oder erben. Deshalb hatte er es auch auf den Grund von Gabriele Weil in Bockhorn abgesehen, der es hoffentlich schon wieder besser ging.

Deichsler schaute noch eine Weile über das funkensprühende Feuer auf die Lichter von Taufkirchen, die hinter den Wiesen und Feldern schimmerten. Bis ihn die Müdigkeit in das Wohnmobil trieb. Dort schaltete er die Heizung ein, schlüpfte aus den Anziehsachen und kuschelte sich in die Decke auf dem Bett.

Einfach genial, wie die Annamirl und die Kristel mich unterstützen. Kristel, weil sie den Mörder ihres Mannes finden will, aber Annamirl? Liegt ihr vielleicht doch so viel an mir?

Die Bettdecke war noch kalt, und auch das Innere des Wohnmobils heizte sich nur langsam auf. Wie gerne hätte er jemanden bei sich gehabt, der ihn gewärmt hätte. Monika allerdings nicht.

Entschlossen wühlte Deichsler sich aus dem Haufen Decken, schlüpfte wieder in seine Anziehsachen und setzte sich hinters Steuer. Da er zu schnell über den unebenen Waldweg bergab bretterte, setzte der Wagen mehrmals krachend auf und kam ins Schlittern.

25

Der Geruch von frischem Kaffee zauberte Deichsler ein Lächeln auf die Lippen. Langsam öffnete er die Augen, streckte sich und blickte in Kristels mandelbraune Augen.

»Morg'n«, sagte sie und grinste ihn mit ihren gelben Zähnen an.

»Morg'n«, sagte Deichsler und setzte sich auf. Er überlegte, was letzte Nacht geschehen war, inspizierte das Innere des Wohnmobils, konnte aber keinerlei Hinweise entdecken.

»Gut g'schlafen?«, fragte Kristel.

»Wie ein Bär«, sagte Deichsler und zog sich die Decke bis zum Bauch. Er musste dringend aufs Klo, was auch zu sehen war.

»Bin gleich wieder da.« Kristel verließ das Wohnmobil.

Deichsler hüpfte aus dem Bett und erleichterte sich auf der Toilette.

Ob ich mir heute Nacht noch ein Kind zugelegt habe?

Kristel kam zurück, als er bereits angezogen am Tisch saß, am Kaffee nippte und in sein Marmeladenbrot biss.

»Bist ganz schön unterwegs g'wesen, hah?«, fragte sie und strich sich die Haare hinters Ohr.

»Das kannst laut sagen. Ich hab mich schon im tunesischen Sing Sing gesehen.« Deichsler trank den letzten Schluck seines Kaffees.

»Zum Glück ist ja alles noch einmal gut gangen. Willst noch einen?«

»Nein danke. Das Ganze ist so schon aufregend genug, da brauch ich nicht noch mehr Koffein. Ich glaube jetzt übrigens auch, dass dein Mann ermordet worden ist.«

»Siehgst das!« Ihre Augen funkelten wütend. »Und, wer war's?«

»So, wie's für mich aussieht, steckt der Veterinär Kempken, der euch die Viecher genommen hat, dahinter. Und noch einige andere.«

»Saubande.«

Deichsler holte sein Handy heraus. Im Internet stieß er auf

einen Artikel über den Veterinär und Tierarzt Steffen Kempken, der vor vier Jahren insolvent gewesen war. 2010 hatte er eine Pferdeklinik mit Pferdestall, Reithalle und Biogasanlage geplant. Da daraus nichts wurde, wollte er stattdessen eine Kälberzucht aufbauen, die sich aber als finanzieller Ruin erwiesen hatte.

»War eigentlich irgendetwas anders in der Zeit vor dem Nazi seinem Tod?«, fragte Deichsler.

»G'scheit g'stritten haben wir uns. Immer wieder. Weil er den Hof aufgeben wollt.« Sie kratzte mit einem Finger auf der Tischplatte herum. Ein Trauerrand versteckte sich unter dem Nagel. »Wo ich doch nur wegen dem Hof mein Medizinstudium aufg'geben hab.«

»Medizin?«

»Da schaust, hah? Hätt'st so einer Landpomeranzen wie mir gar nicht zugetraut, oder?«

»Dir trau ich so einiges zu«, sagte Deichsler, der immer noch keinen Schimmer davon hatte, ob und was letzte Nacht zwischen ihm und Kristel gelaufen war. »Und was hättest du gemacht, wenn er den Hof tatsächlich aufgegeben hätte?«

»Weg wär ich mit der Gina, nach München. Da hätt ich dann fertig studiert. Ich bin schließlich nicht abhängig vom meinem Mann wie so viele andere Weiber bei uns. Nicht abhängig g'wesen«, ergänzte sie leise.

Langsam fügte sich Puzzleteil an Puzzleteil, dennoch konnte Deichsler immer noch nicht gänzlich ausschließen, dass Paul Kristels Mann ermordet hatte. Er musste unbedingt mit Steffi sprechen, endlich seinen Vater fragen, ob und welche Fingerabdrücke auf dem Horn gefunden worden waren, und sich vor allem mit Paul darüber unterhalten. Deichsler hatte keine Zeit zu verlieren. »Ich muss los«, sagte er und wischte sich Brotbrösel vom Mund.

»Aber du musst mir doch noch erzählen, was du alles herausg'funden hast. Im Detail.«

»Später, Kristel, später.«

»Und was hast jetzt vor?«

Er erzählte ihr noch kurz von seinem Plan, den er mit Louis letzte Nacht ausgeheckt hatte, um die gierigen Amigos an den Haken zu bekommen, und wartete auf Kristels Reaktion.

Sie schien nicht wirklich begeistert zu sein, war vielleicht sogar ein bisschen eifersüchtig.

»Bleib halt noch ein bisserl«, sagte sie.

»Tut mir leid, aber ich muss zur Steffi, und wenn ich da mit dir einlaufe, wird sie nicht sonderlich begeistert sein.«

»Aber dafür gibt's doch eigentlich keinen Grund.«

»Eigentlich?«

»Nix G'wiss weiß man nicht«, sagte sie und grinste.

Deichsler fuhr durch einen trüben Tag nach Schwindegg. Ein Panda und eine betagte orangefarbene Vespa standen auf dem Hof. Steffi kam ihm entgegen, als er noch nicht einmal ausgestiegen war. Hinter ihr trat Merle aus dem Haus. Die roten Rastalocken hingen ihr traurig über die Schultern, ihre Augen waren wie die von Steffi klein und gerötet.

»Sieh einer an, die Merle.«

»Ja, die Merle«, sagte Merle.

»Hallo, Freddie«, begrüßte ihn Steffi.

Ob die beiden unter einer Decke stecken und mit Paul eine ALF-Zelle bilden?

»Haben dich die Bullen nicht erwischt?«, fragte Steffi.

»Einen Hippie erwischt man nicht so schnell«, erwiderte Deichsler, um die Stimmung ein wenig aufzulockern.

Ein gequältes Lächeln huschte über Merles Gesicht.

»Was weißt du über Paul und die ALF, Merle?«

»Das werde ich gerade dir sagen.«

»Dir ist hoffentlich bewusst, dass dein Freund verdächtigt wird, den Schlachthof angezündet und Luidinger ermordet zu haben?«

»Weiß ich.«

»War er es? Sein Handy hat sich, als es brannte, in die Funkzelle eingeloggt.«

Merle sah zu Steffi. »Sein Handy hat sich eingeloggt. Aber Paul war nicht dort.«

»Wer dann?«

Merle sah erneut zu Steffi.

Die schnaufte lautstark aus und wetterte: »Jetzt lass dir halt nicht alles aus der Nase ziehen. Der Freddie will uns helfen.«

»Auf einmal.«

»Ja, auf einmal. Besser jetzt als nie.«

Merle holte mit ihrem Stiefel aus und kickte einen Stein über den Hof. »Wenn's sein muss. Ich war auf einem Konzi in der Nähe und hatte Pauls Handy dabei.«

»Konzi?«

»Konzert.«

»Ach so. Gibt's dafür Zeugen?«

»Die werden nicht sonderlich erfreut sein, mit den Bullen zu sprechen.«

»Ich bin auch nicht sonderlich erfreut, wenn ich mit den Bullen sprechen muss«, sagte Deichsler. »Aber das hier ist kein Spiel, Merle. Es geht um Paul und seine Zukunft.«

»Ich schau, was sich machen lässt.«

»Freddie?«, sagte Steffi. »Ich müsste dann auch noch mal mit dir reden.«

»Ich glaube, wir unterhalten uns ausführlicher, wenn das hier ausgestanden ist.«

»Jetzt. Alleine.«

Sie ließen Merle auf dem Hof stehen und gingen hinter das Haus, wo Gemüsebeete unter einer dünnen Schneedecke auf den Frühling warteten.

»Ich habe noch was gefunden. Im Schupfen.« Sie blieb vor dem Häuschen stehen, dessen grauweiße Bretter dringend einen neuen Anstrich benötigten, öffnete die Tür, ging hinein und kam mit einem Bolzenschneider und einer Packung Grillanzünder zurück. »Nachdem das Zeug mir nicht gehört, muss es Pauls sein.«

»Oder Merles«, fügte Deichsler hinzu.

Steffi nickte.

Deichsler machte sich auf den Weg zu seiner Mama. Nachdem sie so lange auf David aufgepasst und ihn auch noch über Dinge informiert hatte, die sie für sich hätte behalten sollen, hatte sie etwas bei ihm gut. In Dorfen wollte er ihr noch einen Strauß Blumen kaufen.

»Dorfen bei München.« Im Radio liefen die Nachrichten. »Im oberbayerischen Dorfen wurde die Leiche des CSU-Politikers

Christian Lenckner auf der Baustelle der umstrittenen Isentalautobahn gefunden. Die Polizei geht von Tod durch Fremdeinwirkung aus. Aufgrund der laufenden Ermittlungen will sich die Polizeiinspektion Erding nicht weiter zu dem Vorfall äußern.«

Deichsler verwarf den Plan, Blumen für seine Mutter zu besorgen, zog sein Handy aus der Hosentasche und rief Annamirl an. »Hast du schon gehört, dass der Lenckner tot ist?«

Annamirl hatte bereits davon gehört.

»Was weißt du über ihn?«, fragte Deichsler.

»Ein Radlfahrer ist er.«

»Was hat jetzt das mit seinem Tod zu tun?«

»So sag'n d' Leut zu ihm. Er war die rechte Hand vom Landvogt, sein Knecht.«

»Ich hab mir gedacht, davon gibt's mehrere?«

»Gibt's auch«, sagte Annamirl.

»Wo genau ist er denn gefunden worden?«, fragte Deichsler.

»Bei Warzling. Auf der Autobahnbaustelle. Ein Bagger hat ihn ausg'hoben.«

Die Isentalautobahn wird ja schon, bevor die Leute darauf verunglücken, zum Massengrab: Kurbi und die anderen und jetzt auch noch der enge Vertraute vom Landvogt.

»Kannst du dir vorstellen, wer einen Grund gehabt hätte, den Lenckner zu ermorden?«

»Die Bauern vielleicht«, sagte Annamirl. »Er war für die A 94.«

Deichsler dachte nach. »Aber wahrscheinlich gegen die dritte Startbahn?«

»Wahrscheinlich«, sagte Annamirl. »Der traut sich doch nichts anderes zu denken wie sein Herr und Gebieter.«

Vielleicht hat ihn genau das sein Leben gekostet.

»Würde mich nicht wundern, wenn er bei der ganzen Sache seine Finger mit im Spiel gehabt hat«, sagte Deichsler.

»Ich bin mir sogar ziemlich sicher, dass er dabei war.«

»Hast du eigentlich eine Ahnung, ob er für den Golfplatz war?«, fragte Deichsler.

»Das kann ich dir leider nicht sagen.«

Deichsler berichtete noch von dem Gespräch mit ihrem Informanten und dem Plan, den sie entworfen hatten. In dem

Kuhkaff Warzling musste er das Gespräch beenden, weil ein Streifenwagen auf der anderen Straßenseite parkte. Am Bahnübergang vor Dorfen kam ihm ein Audi mit Staack und einem anderen Polizisten, den er nicht kannte, entgegen. Deichsler klappte die Sichtblende herunter und wischte sich übers Gesicht, damit sie ihn nicht erkannten. Nicht dass sie noch auf die Idee kamen, seine Befragung zu verhindern.

Laut Annamirl hatte Lenckner in einer Wohnung am Ortsausgang von Dorfen gewohnt. Zwei Felder und drei Häuserreihen von Rinning entfernt, wo der Golfplatz gebaut werden sollte. Schon von Weitem sah Deichsler, dass jemand auf einem Balkon saß. Die Frau trug nur einen dünnen Pullover, rauchte und starrte in die Ferne.

Deichsler parkte den Wagen und läutete. Es dauerte ewig, bis der Türöffner summte.

»Grüß Gott, Deichsler, Privatdetektiv.«

Frau Lenckner schaute durch ihn hindurch und strich sich langsam ihre schulterlangen blondierten Haare nach hinten. Ohne ein Wort ging sie nach innen, was Deichsler als Aufforderung interpretierte, ihr zu folgen. Vor lauter schlechtem Gewissen, eine Frau in die Mangel zu nehmen, die gerade ihren Mann verloren hatte, zog er die Schuhe aus.

Lenckners Frau wirkte, als würde sie aus weiter Ferne in die Realität blicken. Vermutlich hatte sie von einem Arzt etwas gegen den Schock bekommen.

Auf Deichsler wirkte das kleine Wohnzimmer wie eine Bauernstube. Frau Lenckner saß auf einem Kanapee mit geschwungenen Beinen und auslaufenden Armstützen. Weil sie nicht reagierte, räusperte er sich und setzte sich möglichst leise in den Ohrenbackensessel. Mit jedem Geräusch, das er verursachte, hatte er das Gefühl, die Totenruhe zu stören. Aber hier ging es nicht um Befindlichkeiten, sondern darum, die Mörder ihres Mannes zu finden.

»Mein Beileid«, flüsterte Deichsler. Er wusste nicht, ob sie es überhaupt gehört hatte.

»Der Ismair Ade war's nicht«, nuschelte sie, sodass Deichsler Schwierigkeiten hatte, sie zu verstehen.

Ein Kuckuck erschien aus einem Türchen in der Uhr über ihr und machte: »Kuckuck, kuckuck.« Deichsler zuckte zusammen.

Ismaier: einer der Isental-Bauern, denen sie ihre Höfe genommen haben.

»Warum soll er es denn gewesen sein?«

»Weil sie seine Schuhabdrücke gefunden haben. Aber er sagt, die Schuhe waren seit Tagen verschwunden und sind heute auf einmal wieder vor seiner Tür gestanden.«

»Hmmm«, machte Deichsler.

»Der Ade ist genauso eine gute Haut, wie mein Christian eine war.« Sie fing zu schluchzen an, es brach aus ihr heraus.

Deichsler reichte ihr ein Taschentuch.

»Er wollte für alle nur das Beste. Vor allem für die Bauern, weil doch seine Eltern vor sechs Jahren wegen der Milchpreise ihren Hof verloren haben. Und jetzt passiert das Gleiche noch mal, weil es die Milchquote seit letzten März nicht mehr gibt.«

Sie hatte aufgehört zu weinen, riss ihre Augen weit auf. »Jeden Tag müssen deshalb zehn Milchbauern in Deutschland aufgeben. Und bei uns sehen sie keine Zukunft mehr, weil die dritte Startbahn vor der Tür steht. Jetzt, wo nicht einmal mehr am Bundesverwaltungsgericht in Leipzig Einspruch gegen ihren Bau erhoben werden kann. Die Massenpetition gegen die dritte Startbahn ist einfach im Landtag abgelehnt worden. Zweiundachtzigtausend Leut haben die unterschrieben g'habt, aber das war denen total egal. Einfach dagegen gestimmt haben sie.«

Die Trauer übermannte die Wut, und die Tränen flossen wieder. »Der Christian war einer der kleinen Leute. Und nicht bei den Großkopferten.«

»Trotzdem hat er für den Landvogt gearbeitet. Und der besitzt ja nun doch so einiges an Land.«

Sie rümpfte die Nase. »Sogar dem sein Vater schimpft scho, dass sie zu viel Land haben. Im Internet war's kurz zu lesen, wie viel er besitzt. Bis es aus Datenschutzgründen wieder herausgenommen worden ist.«

Ja, ja, der liebe Datenschutz.

Deichsler ließ Frau Lenckner mit ihrer Trauer alleine zurück.

Jetzt bin ich einen guten Schritt weiter. Und wenn der Plan heute

Abend bei der Gangbangparty in der Landshuter Villa aufgeht, habe ich auch endlich Beweise für meine Theorie.

Nachdem er sich im Wohnmobil geduscht hatte, gondelte Deichsler nach Erding, um sich auf der Polizeistation zu melden und damit keinen weiteren Ärger zu bekommen. Dann kurvte er weiter nach Landshut. Das Duschen war wichtig gewesen, schließlich wollte er bei einer so körperbetonten Party nicht unangenehm auffallen. Als er am Landshuter Stadtrand vor der Villa stand, deren Adresse ihm Louis gegeben hatte, war er allerdings schon nicht mehr ganz so taufrisch. Er schwitzte vor Aufregung, konnte nicht einschätzen, was ihn erwarten würde.

Gangbang kannte er bisher nur aus schlechten Rapsongs, deren Texte Frauen als Gegenstände diskriminierten und gewaltverherrlichende Phantasien von Männern wiedergaben. Aber warum sollte nur in amerikanischen Ghettoköpfen Gewalt gegen Frauen herumspuken? Das Frauenhaus in Dorfen benötigte regelmäßig mehr Kapazität als seine fünf Plätze.

Vor der weißen Villa mit dem gleichfarbigen Holzzaun parkten Nobelkarossen ordentlich in Reih und Glied.

Der Junge hat recht gehabt. Heute ist kein Proleten-Gangbang angesagt, heute nudelt die Bourgeoisie im Rudel.

Deichsler stieg aus und strich sich seinen Anzug glatt. Ob er den Eintritt als Spesen bei Kristel einfordern konnte? Wenn aber eine VIP-Einladung oder ein anderes Erkennungszeichen vonnöten sein würde, könnte sich das Ganze schwieriger gestalten.

Am Eingang des Grundstücks stand ein blutjunger Stiernacken in einem Anzug, der Deichsler in seinem billigen Stöffchen blass aussehen ließ. Egal, in der Villa würde er vermutlich sämtliche Kleidungsstücke ablegen müssen. Aber würde das wirklich ein Glück sein? Mit seinem Knödelfriedhof?

Der Stiernacken hatte einen Knopf im Ohr und hielt die Hände vor seinem Bauch gefaltet. »Guten Abend«, sagte er professionell freundlich, aber skeptisch.

»Guten Abend«, antwortete Deichsler.

»Könnte ich bitte Ihre Einladung sehen?«

Verdammt!

Deichsler rückte sich seine Krawatte zurecht und legte seine Stirn in Falten, wie es sein Vater immer tat. »Was, Sie kennen mich nicht?«

»Ich …« Der Stiernacken räusperte sich, schluckte.

»Lesen Sie keine Zeitung? Sehen Sie nie fern?« Deichsler trat einen Schritt zurück, der Stiernacken wurde kleiner. »Dann will ich mal nicht so sein«, sagte er gnädig. »Herrn Passig kennen Sie vermutlich?«

Der Stiernacken nickte so hektisch, dass sich die Wiener Würstel in seinem Genick immer wieder neu formten.

Deichsler ging ganz nahe an ihn heran. »Und ich kenne ihn auch. *Comprende?*«

»Verstanden«, sagte der Stiernacken, der anscheinend doch über eine gewisse Allgemeinbildung verfügte. Mit beiden Händen wies er Deichsler den Weg in die Villa und rang sich ein Lächeln ab. »Bitte schön. Und viel Vergnügen.«

»Das werde ich haben«, sagte Deichsler streng und warf ihm, weil es gar so schön war, noch einen letzten abschätzigen Blick zu. Vor der weißen Haustür empfing ihn der nächste Türsteher, der der Zwillingsbruder des Stiernackens hätte sein können. Bei ihm musste Deichsler nicht streng werden, vermutlich hatte ihn sein Bruder über seinen Knopf im Ohr vorgewarnt. Er öffnete ihm anstandslos die Tür.

Ein hohes Foyer empfing ihn, dessen Anblick ihn so beeindruckte, dass er die Frau in Strapsen erst gar nicht bemerkte. Dezente Klassik strömte aus versteckten Lautsprecherboxen.

»Guten Abend, Herr … ähh …«

Deichsler überlegte. Wieder einmal hatte er sich keinen Tarnnamen einfallen lassen. Wie bei Kurbis Beerdigung hielt er sich spontan an den Nürnberger Bürgermeister.

Der wird deswegen schon keine Probleme mit seiner Frau bekommen.

»Maly mein Name.«

»Darf ich?«, fragte die Blondine, die alle Kriterien eines wandelnden Klischees erfüllte.

Er versuchte, nicht auf ihre großen Brüste zu glotzen. Stattdessen konzentrierte er sich auf ihre aufgespritzten Lippen, während er ihr sein Sakko überließ.

»Handtuch oder Bademantel, Herr Maly?«

»Einen Bademantel, bitte schön.«

Sie reichte ihm Flipflops aus Bambus und einen nach Weichspüler duftenden Bademantel. Deichsler wollte sich nicht vorstellen, was die Männer, die ihn bereits getragen hatten, davor, danach oder darin getan hatten.

»Hier, bitte, die Umkleide, Herr Maly.« Die Blondine öffnete ihm die Tür zu einem großzügigen Zimmer, in dem mehrere Kleiderbügel an einer Garderobe hingen.

Als Deichsler im Bademantel aus dem Zimmer trat, wartete sie bereits auf ihn und nahm ihm den Kleiderbügel samt seinen ausgezogenen Sachen ab. »Viel Vergnügen, Herr Maly«, sagte die Blondine und drückte die Klinke einer Tür hinunter, die vom Foyer abging.

Dahinter eröffnete sich eine andere Welt: ein Kaminzimmer, in dem Freddie Deichsler von Freddie Deichsler begrüßt wurde. Ein gold gerahmter, protziger Spiegel an der Wand warf sein Bild zurück. Deichsler streckte seinen Rücken durch, wie es sich für einen Mann seines Status gehörte. Eine Brünette in Kellnerinnen-Uniform, deren Gesicht etwas Mädchenhaftes hatte, ging mit einem Tablett auf ihn zu und reichte ihm ein Glas Schampus.

»Vielen Dank.« Deichsler kippte den Inhalt auf ex herunter. Dann inspizierte er seine Umgebung und hoffte, mit dieser Aktion keinen Fehler gemacht zu haben. Aber die anderen Männer, die ebenfalls in Bademänteln, Handtüchern oder nackt herumstanden, beachteten ihn nicht. Einige starrten in das Kaminfeuer, andere unterhielten sich. Die Kellnerin kam zurück und bot ihm ein neues Glas an, das er dankend annahm. Als sie sich von ihm entfernte, fiel sein Blick auf ihren blanken Hintern, was nicht folgenlos blieb. Das Glas stellte er auf ein schmales Tischchen, auf dem sich zwei Porzellanschwäne küssten, und zog den Gürtel seines Bademantels enger.

Ein untersetzter Mann verabschiedete sich gerade von seinem grauhaarigen Gesprächspartner. Er klopfte sich auf die Oberschenkel, stand von einem Sofa auf und verließ das Kaminzimmer durch eine kleine Tür. Deichsler folgte ihm und fand sich in einem schummrig beleuchteten Gang wieder, dessen Wände komplett verspiegelt waren. Hämmernde Bässe schlugen ihm entgegen. Von dem Flur gingen Türen ab, die offen standen. Im ersten, pink gehaltenen Zimmer, nahm ein Mann eine Frau gerade von hinten, während sie einem anderen einen blies. Zwei andere Gäste lungerten in Sesseln, spannten und bearbeiteten ihren Schritt. Deichsler zog den Bademantel noch enger. Im nächsten, einem rot möblierten Zimmer, tauchte ein Kronleuchter die Orgie in rotes Licht. Auf dem Bett spielte sich eine ähnliche Szene wie im Nebenzimmer ab.

Nachmacher.

Nur dass hier keine Männer von Sesseln aus zusahen, sondern der dunkelhaarigen Frau auch noch an ihren Brüsten und zwischen ihren langen Beinen herumfummelten, während sie von hinten penetriert wurde und ein anderer Mann ihr seinen wabbelnden Knödelfriedhof rhythmisch ins Gesicht schob.

»Na, mein Süßer«, flüsterte auf einmal eine Stimme neben ihm, und er spürte eine Hand in seinem Schritt. »Gefällt dir das?« Die geschickte Hand gehörte zu einer hübschen Rothaarigen, die ein bisschen kleiner war als er.

Und wie mir das gefällt, aber ich bin verheiratet.

Er drehte sich halbherzig weg. Die Dame schien verstanden zu haben und scharwenzelte den Gang hinunter.

Der schwabbelnde Knödelfriedhof warf jetzt seinen Kopf nach hinten und stöhnte laut auf. Deichsler kam sich vor wie in einem fleischgewordenen Pornofilm, bis er dem Mann ins Gesicht blickte.

Das Oberviech!

Der Viehhändler Waldemar Passig in Aktion. Im schummrigen Rotlicht hatte er ihn zuerst nicht erkannt. Aber nun, da er sich im wahrsten Sinne des Wortes zurückgezogen hatte und die Geilheit aus seinem Gesicht verschwunden war, erkannte er ihn.

Im Kaminzimmer komme ich sicher schneller mit ihm ins Gespräch. Dann muss ich wohl in Kauf nehmen, dass falsche Rückschlüsse daraus gezogen werden, dass ich nicht sonderlich lange weg war. Aber vielleicht sollte ich meine pubertären Gedanken einfach mal ablegen und mich auf den Fall konzentrieren.

Also ging er zurück ins Kaminzimmer. Zwei Männer saßen in Bademänteln auf einer Couch und schnupften Koks. Die Kellnerin bemerkte seinen Blick, er war sich nicht sicher, ob sie kurz schmunzelte. Wenn dem so war, hatte sie sich schnell wieder unter Kontrolle. Hinter einem Klavier standen zwei Sessel, von denen aus man in das Kaminfeuer schauen konnte. Deichsler ließ sich in einen von ihnen fallen, und die Kellnerin war sofort an seiner Seite.

»Welchen Wunsch kann ich Ihnen erfüllen?«, fragte sie mit einem verführerischen Lächeln.

Deichsler versuchte, ihr ins Gesicht zu sehen und nicht auf ihre weiße Schürze, die genau auf Augenhöhe hing und unter der die junge Frau nichts trug. Kurz spielte er mit dem Gedanken, die Schürze hochzuheben. Die Kellnerin trat näher, er konnte sie förmlich riechen.

»Einen Whiskey.«

»Mit Eis?«

Vielleicht hilft das ja.

»Sehr gerne.«

Sie verschwand Richtung Bar.

Das Oberviech, das seinem Namen gerade alle Ehre gemacht hatte, kam zurück und ließ den Blick aus seinen kleinen Augen durch den Raum wandern. Kurz blieb dieser an dem Tisch hängen, an dem sich die beiden Nasen gerade ihre zweite Line Koks genehmigten. Das Oberviech wandte sich angewidert ab.

Kokser bist du also schon mal keiner.

Dann entdeckte er Deichsler und kam auf ihn zu.

Läuft ja wie geschmiert. Auch ohne Gleitmittel.

»Auch am Pausieren?«, fragte er jovial und ließ sich in den Sessel neben ihm fallen.

Die mädchenhafte Kellnerin kam und lächelte ihn mit dem gleichen Lächeln an, mit dem sie zuvor Deichsler begrüßt hatte.

Alles nur Fassade.

»Valerie, mein Spatzerl.« Passig hob ihre Schürze hoch, sodass ihre glatt rasierte Scham aufblitzte, und gab ihr einen Klaps auf den Hintern.

Deichsler wusste nicht, welches Gefühl in ihm überwog. Das

Peinlich-berührt-Sein aufgrund Passigs Verhalten oder die eigene Geilheit, die seinen Bademantel wieder enger werden ließ.

»Wie immer?«, fragte sie.

»Du weißt ja, was i mag«, sagte Passig und lachte dreckig.

Ich muss meine Geilheit irgendwie unter Kontrolle kriegen. Und zwar alleine.

»Ah. Einmalig.« Das Oberviech ließ sich noch weiter in den Sessel sinken und schaute zu Deichsler hinüber. »Zum ersten Mal da?«

Soll ich ehrlich sein?

»Scho, und gleich wia dahoam gefühlt.«

»›Dahoam is Dahoam‹«, zitierte Passig den Titel der Vorabendserie des Bayerischen Fernsehens und fand seinen Kommentar so lustig, dass sein Bauch zu schwabbeln begann.

Deichsler konnte nicht verhindern, dass das Bild von vorhin wieder vor seinem geistigen Auge aufstieg. Wie Passigs Knödelfriedhof rhythmisch in das Gesicht der Dunkelhaarigen schlug.

Valerie, die sicher nicht Valerie hieß, kam zurück, schaute auf das noch immer wiehernde Oberviech und verdrehte kurz die dunklen Augen, als Deichsler sie ansah. Dann wandte sie sich wieder Passig zu, natürlich mit professionell freundlichem Blick.

An irgendwen erinnerst du mich.

Sie strich sich durch ihre leicht gelockten pechschwarzen Haare, unter denen auffällig große Ohren hervorspitzten, durch die sie auf Deichsler aber nicht weniger attraktiv wirkte. Im Gegenteil.

Genau, du siehst aus wie Audrey Tautou. In »Amelie«. Einem meiner Lieblingsfilme.

Sie stellte Deichslers Whiskey auf den Tisch und berührte ihn dabei leicht am Arm. Sie duftete nach Mandeln. Der Aufstand in seinem Bademantel begann von Neuem, was auch Passig nicht entging.

»Du hast ja noch gar nicht g'schnackselt.«

Deichsler machte eine wegwerfende Handbewegung. »Muss erst einmal auftauen.«

»Schaut aber ganz so aus, als wärst du längst aufgetaut«, sagte Passig und deutete auf Deichslers Schritt.

»Kein Wunder bei der Amelie ihre Kurven.«

»Bei wem? Ach, die Valerie meinst du. Bist ein bisserl schüchtern, oder? Soll ich mit ihr reden, dass du dich nachher mit ihr unterhalten kannst? Wennst nicht so auf 'n Rudelfick stehst, kannst sicher auch mit ihr alleine.« Wieder lachte er so dreckig, dass bei Deichsler auf einen Schlag alles zusammenfiel.

»Ein Freund von mir hat ein Problem«, sagte Deichsler. »Und das schwirrt mir die ganze Zeit im Kopf rum.«

»Wennst bei dem herrlichen Anblick an dein Freund denken musst, bist da herin am falschen Fleck.«

»Dem geht's wirklich dreckert. Er ist mit seinem Hof total verschuldet und würd ihn gern loswerden. Aber er fürchtet sich vor der Blamage.«

Passig richtete sich auf und schwenkte sein Glas hin und her, dass die Eiswürfel klirrten. »Ich glaube, ich kann ihm helfen«, sagte er und schnippte nach Valerie. »Und dir auch.«

Deichsler verließ die Villa eine Stunde später. Auf der Hinfahrt hatte er im Radio einen Bericht über die im Landtag beschlossene Kondompflicht für Prostituierte gehört. In einem Interview hatte der Vorsitzende der Deutschen Polizeigewerkschaft, Rainer Wendt, der BILD gesagt, dass die Kondompflicht absolut lächerlich sei. »Es ist keinem Menschen zumutbar, zu kontrollieren, ob ein Freier im Puff ein Kondom trägt oder nicht.«

Deichsler war überhaupt nicht seiner Meinung. Er stand in dieser Sache mehr auf der Seite der Prostituierten, nicht nur wegen seiner Sympathie für Valerie, von der er während des langen Gesprächs so einiges über die Vorlieben des Oberviechs erfahren hatte.

Er setzte sich in sein Wohnmobil und rief Polizeihauptkommissar Staack an. Das Oberviech hatte sich vor ein paar Minuten von Deichsler verabschiedet, um die nächste Runde in Angriff zu nehmen. Und Deichsler fand, dass die Beamten überprüfen sollten, ob er ein Kondom trug oder nicht.

26

Am nächsten Morgen blätterte Deichsler die Zeitung durch, aber über eine Razzia in der Landshuter Villa war nichts zu finden. Selbst im Radio und in den Pressemeldungen der Polizeiinspektion Landshut wurde nicht darüber berichtet.

Wie erwartet hatte sich Kempken gleich am nächsten Morgen bei Bauer Buhr im Isental gemeldet, wie ihm Louis am Telefon erzählt hatte. Passig musste Kempken also noch am selben Abend über Buhrs Notlage und ihre Chance informiert haben. Kempken wolle ihm behilflich sein, seinen Hof zu einem guten Preis loszuwerden, wenn er schon vor den anderen Bauern und seiner Frau blöd dastehen würde, hatte Kempken wortwörtlich am Telefon getönt.

Raureif hatte sich übers Land gelegt. Deichsler hockte auf dem Heuboden, als Buhr und Kempken sich im Stadl trafen, und hoffte, dass sein Heuschnupfen ihn in seinem Versteck nicht auffliegen ließ. Sonnenstrahlen fielen durch das malade Dach, das die Legende vom hoch verschuldeten Bauern unterstrich. Überall Spinnweben und Staub. Das Heu pikste Deichsler und roch nach Sommer. Sein Handy war bereit, um das Gespräch nicht nur mit einer Tonbandaufnahme, sondern auch mit Fotos zu dokumentieren, Buhr war mit einem Mikro ausgestattet worden.

»Grüß Gott.« Kempken reichte Buhr die Hand.

Der ließ es sich nicht nehmen und drückte extra fest zu. Knips. Das erste Beweisfoto war im Kasten.

»Kaffee?«, fragte Buhr.

»Gerne.«

Buhr nahm eine Tasse vom Tablett, das auf dem roten, verblichenen Bulldog stand, und schenkte Kaffee ein.

»Es läuft nicht so gut?«, fragte Kempken scheinheilig.

»Nein«, antwortete Buhr. »Mit meinen vierzehn Milchkühen kommen wir bei dem Milchpreis nicht über die Runden. Seitdem die Milchquote wegfallen is …«

»Mmhh«, knurrte Kempken. Deichsler fand, dass er kein sonderlich guter Schauspieler war und seine Empathie nur schlecht heuchelte.

»Und mit den dreißig Euro Weideprämie, die mir der Staat zahlt, damit die Touristen fröhlich grasende Kühe sehen, ist auch kein Staat zu machen.«

»Und die Haselnusssträucher draußen am Hang?«

»Die werfen noch lange nicht so viel ab, dass es zum Überleben reichen würde«, log Buhr, denn die Sträucher hatten bei der letzten Ernte das Doppelte wie im vorherigen Jahr abgeworfen, wie er Deichsler am Morgen erzählt hatte. »Unser Partner aus der Türkei, der uns die Sträucher verkauft hat, hat uns das Blaue vom Himmel heruntergelogen«, flunkerte Buhr weiter. »Die Sträucher würden jedes Jahr mehr, immer den doppelten Ertrag bringen.«

»Was will man von den Muselmanen schon erwarten«, sagte Kempken. »Die schneiden ihren Viechern ja auch den Hals auf und lassen sie ausbluten.«

»Dafür schneiden bei uns die Großbauern ihren Viechern die Hörner ohne Betäubung ab und pumpen sie mit Medikamenten voll, damit sie schneller wachsen«, sagte Buhr, der wohl keine Lust mehr hatte, Kempken nach dem Maul zu reden. »Außerdem muss beim Schächten das Messer scharf sein, damit das Tier so wenig wie möglich leidet, und es sollte ein Profi durchführen. Und in Deutschland muss es, bevor es geschächtet wird, vorher mit einem Bolzenschussgerät getötet werden. Wegen dem scharfen Messer und weil's ein Profi macht, ist das für die Viecher oft mit weniger Schmerzen verbunden, als wenn sie im konventionellen Schlachthof vom Bolzenschuss nicht richtig betäubt sind und der Schnitt bloß halbscharig g'macht wird.«

Oh nein, hoffentlich verbockt er es jetzt nicht.

»Beim Luidinger hat man ja gesehen, was passiert, wenn man sich weigert, das Spiel mitzuspielen«, sagte Kempken, der sich einem vermeintlichen Opfer gegenüber auf der sicheren Seite fühlte. Einem, das bereit war, Hof und Viecher um jeden Preis zu verkaufen.

»Dafür kriegt ihr für meine Viecher mehr, wenn ihr sie weiterverkaufts, weil s' noch Hörner hab'n«, erwiderte Buhr.

»Weiterverkaufen?« Kempken lachte laut auf, und Deichsler machte ein weiteres Foto. »Die Viecher sind ja offiziell total vernachlässigt. Entzündete Euter, verschimmeltes Futter, laufende Nasen, Rindergrippe: die ganze Packung.«

»Ganz wohl ist mir nicht dabei, wenn ich ihnen Pfeffer in die Nase schieße, damit ihre Nase läuft und sie krank ausschauen. Und was da die anderen Landwirte sagen werden.«

»Anders geht's nicht.«

»Aber Sie wollen mir doch nicht erzählen, dass Sie die Viecher wirklich in die Tierverwertungsanlage bringen? Denen geht's doch noch gut.«

Hoffentlich ist Buhr nicht zu weit gegangen und Kempken wird nicht misstrauisch.

Eine Maus raschelte hinter Deichsler im Heu.

Kempken stierte nach oben Richtung Heuboden. »Natürlich tun wir das«, sagte er.

Deichsler erwischte ihn mit dem Handy, als er Buhr gerade verschwörerisch zuzwinkerte.

»Wir werden uns schon einig werden«, sagte Kempken und legte Buhr kameradschaftlich den Arm um die Schulter. »Morgen werden wir Ihnen einen«, er malte mit den Fingern Gänsefüßchen in die Luft, »unangekündigten Besuch abstatten. Dafür ist es wichtig, dass Sie in der Nacht die Behandlung durchführen. Nur so erscheint die Vernachlässigung der Tiere auch glaubwürdig. Für das verschimmelte Futter durch unsachgemäßen Transport sorgen wir. Wir lassen es so lange im Auto liegen, bis es von alleine verschimmelt.«

Per Handschlag wurde die Sache besiegelt. Deichsler überlegte gerade, wie er seinem Vater das alles erklären sollte, da öffnete sich das Stadltor, und Paul preschte herein.

Paul? Verdammt!

Er schoss auf Kempken zu, ging ihm an die Gurgel. »Du Mörder!«

Kempken riss die Augen auf, griff nach Pauls Armen, schlug danach. Aber Paul war so wütend, dass er den Hals des Veterinärs weiter zudrückte, als wäre nichts geschehen.

Bauer Buhr sah hilfesuchend nach oben zu Deichsler. Der

steckte sein Handy ein und hüpfte die Treppe hinunter, übersprang die letzten Sprossen. Er schnellte auf seinen Sohn zu und packte ihn von hinten an den Armen. Kempkens Gesicht war mittlerweile blau angelaufen, wie ein an Land zappelnder Fisch schnappte er nach Luft.

Deichsler spürte die sehnigen Arme seines Sohnes unter dem dünnen Anorak, riss an ihnen, konnte sie aber keinen Millimeter bewegen. Paul ließ mit der einen Hand los und rammte seinem Vater den Ellbogen ins Gesicht. Der sah nur noch Sterne und taumelte nach hinten. Bauer Buhr packte Pauls Arme und riss sie von Kempkens Hals.

»Du Irrer!«, blökte der Veterinär, fasste sich mit der Hand an seinen Hals, deutete auf Paul. Dann wankte er hinaus. »Das wird Folgen haben! Wir sehen uns.«

Deichsler spürte, wie Blut aus seiner Nase lief. Er suchte in seiner Hosentasche nach einem Taschentuch, fand aber keines. Bauer Buhr half ihm aus.

Paul stand schweigend da und stierte seinen Vater an. Er hatte dunkle Augenringe, war kreidebleich und noch magerer als bei ihrer letzten Begegnung. Die Anstrengungen der letzten Tage und Wochen hatten förmlich an ihm gezehrt. Dann rannte er Kempken hinterher.

Deichsler überlegte wohl eine Sekunde zu lange. Als er vor der Scheune stand, war sein Sohn verschwunden. Er stöhnte laut auf. Paul hatte wirklich übelst ausgesehen.

27

Wie ist er so schnell von Tunesien nach Hause gekommen? Wäre er geflogen, hätten sie ihn am Flughafen mit Sicherheit festgenommen. Wahrscheinlich ist er nach unserem Zusammentreffen umgehend nach Tunis gefahren und hat dort die Fähre genommen. Hoffentlich macht er nicht noch mehr Blödsinn.

Deichsler war noch immer ganz damisch von Pauls Schlag.

Buhr schaute ihn fragend an. »Was war denn das?«

»Mein Sohn.«

»Glaub'n S', dass der Kempken trotzdem morgen anrückt mit seiner Kavallerie?«

Deichsler zuckte mit den Schultern. »Sicher kann man das nicht sagen. Aber so geldgeil, wie der ist, wird er sich das Geschäft wohl kaum entgehen lassen. Ich werde auf alle Fälle die Kripo informieren. Wir sehen uns.«

»Da, falls es weiterblutet.« Buhr reichte Deichsler ein frisches Taschentuch. »Bis morgen.«

Deichsler stieg in das Wohnmobil, begutachtete seinen Zinken im Rückspiegel und tastete ihn ab. Angeschwollen wie eine Dampfnudel.

Hoffentlich ist die Nase nicht gebrochen.

Aus dem Gefrierschrank holte er sich Eis, wickelte es in ein Handtuch und legte es sich auf die Schwellung.

Ich muss Paul finden, bevor er weiter Unheil anrichtet. Vielleicht fällt es ihm leichter, sich mit mir zu versöhnen, wenn ich ihm von meinem Plan berichte.

Von Warzling, wo Buhrs Hof stand, waren es nur wenige Minuten bis zum Rastberg und zu Erkans Tipi. Falls Paul zu Fuß unterwegs war, könnte er ihn vielleicht auf dem Weg zu Erkans Tipi einholen. Falls er sich nicht irgendwo anders aufwärmte. In Tunesien war es um einiges wärmer gewesen. Und bei minus fünfzehn Grad in einem Tipi zu schlafen, war bei Weitem weniger romantisch, als es auf den ersten Blick den Anschein hatte.

Deichsler hatte es nicht geschafft, seinen Sohn einzuholen. Also näherte er sich dem Tipi von der anderen Seite. Er parkte das Wohnmobil in Vocking, dem Fünf-Seelen-Dorf, in dem auch die vom religiösen Wahn befallene Alexandra Gruhn wohnte. Wie es ihr wohl ging? Ob sie in den eineinhalb Jahren, die seit dem Mord an Kurbi vergangen waren, von ihrer Psychose geheilt worden war? Ihre Familie hatte mit der Krankheit und dem Mordverdacht einiges durchgemacht.

Er stapfte über das gefrorene Gras am Bach entlang, auf die Überbleibsel des Lebewagentals zu. Vor eineinhalb Jahren hatten dort noch drei bunte Zirkuswagen gestanden, hatten frei laufende Hühner Würmer aus dem Boden gezogen, hatten Schafe ohne Zäune gegrast. Aber auch hier hatte die Engstirnigkeit der Behörden ein kleines Fleckchen Freiheit in einer ansonsten reglementierten Welt verhindert. Auch die Kontaktaufnahme der Grünen-Abgeordneten Hanna Ermann aus dem Dorfener Stadtrat mit dem Landratsamt hatte nichts geholfen.

Schon von Weitem konnte Deichsler die Dreadlocks seines Sohnes erkennen. Er legte gerade sein Rad neben der Feuerstelle ab. Jetzt musste Deichsler es nur noch bewerkstelligen, dass Paul bei seinem Anblick nicht gleich wieder flüchtete oder ihm erneut eine auf die Nase gab. Aber vor allem musste er zuhören. Er befühlte seine derangierte Nase.

Jetzt entdeckte er auch Erkan, der gerade einen Holzscheit ins Feuer warf. Paul hatte sich neben ihn gestellt und wärmte sich die Hände.

»Hallo, Erkan«, sagte Deichsler, als er an der zerbeulten Regentonne stand, in der das Wasser gefroren war.

Paul drehte sich erschrocken um.

Deichsler konnte förmlich sehen, wie es in ihm ratterte.

»Hallo, Freddie«, sagte Erkan und schaute zu Paul.

»Schön, dass es dir gut geht, Paul«, wandte Deichsler sich an seinen Sohn.

Paul musterte seine Nase.

»So einen harten Schlag traut man dir gar nicht zu.«

Paul sah ins Feuer. »Ich wusste ja nicht, dass du hinter mir stehst. Hättest auch einer von Kempkens Leuten sein können. Dem ist alles zuzutrauen.«

»Da hast du allerdings recht«, sagte Deichsler. »Aber bald wird damit Schluss sein.«

»Pfff!«, machte Paul und spuckte neben das Feuer. »Der macht weiter wie bisher. Um den zu stoppen, müsste man schon den ganzen Amigofilz auslöschen. Was in Bayern nicht sonderlich einfach, um nicht zu sagen, unmöglich ist.« Er warf seine langen Dreadlocks nach hinten.

»Es wird bestimmt nicht einfach werden«, pflichtete ihm Deichsler bei. »Aber ich bin mir fast sicher, dass unser Plan funktioniert. Sofern du ihn heute Morgen mit deinem Auftritt nicht durchkreuzt hast. Weißt du, Paul«, die Wut meldete sich jetzt zu Wort, und Deichsler fuhr seinen Zeigefinger aus, wie er es von seinem Vater gelernt hatte, »wenn du nur auf mich geschossen hättest, wäre mir das ja egal.«

Paul sah Deichsler an, als hätte er vor seinen Augen in eine blutige Kalbshaxe gebissen.

»Aber dass du auf meinen zweijährigen Sohn schießt, das geht einfach gar nicht.«

»Was hast du dir denn eingefahren?« Paul schüttelte den Kopf. »Wann hätte ich auf dich schießen sollen?«

Erkan schaltete sich ein und bestätigte, dass Paul seit Luidingers Tod im Lebewagental gewesen war.

Deichsler wurde nachdenklich. »Dann war es doch Grell. Was mit ziemlicher Wahrscheinlichkeit bedeutet, dass er Luidinger ermordet hat. Er wollte nicht, dass ich ihm zu nahe komme, ihn befragen kann.« Er sah in den Himmel, wo die Sterne aus der Vergangenheit zu ihm leuchteten. »Woher wusstest du eigentlich, dass Kempken auf Bauer Buhrs Hof ist?«

»Von seinem Sohn, dem Louis. Den kenne ich, und der hat mir von eurem Plan erzählt.«

Ach, darum bist du so zugänglich.

»Gar nicht so blöd übrigens.«

»Danke.« Deichsler atmete erleichtert auf.

»Es tut mir leid«, sagte Paul.

»Was genau jetzt?«

»Eigentlich wollte ich nur überprüfen, dass der Louis keinen Scheiß gelabert hat. Das macht er nämlich gern mal. Aber dann habe ich Kempkens Schlampenschlepper gesehen, und mir ist alles hochgekommen.«

»Was alles?«

»Das ist eine lange Geschichte.«

»Ich hab Zeit«, sagte Deichsler.

»Das ist ja ganz was Neues«, sagte Paul.

»Ich mache uns jetzt am besten erst einmal einen Kaffee«, sagte Erkan.

»Oje«, warf Deichsler ein. »Ich habe ganz vergessen, dass ich noch was Wichtiges erledigen muss.« Er schaffte es nicht, Paul in die Augen zu sehen. »Es wäre gut, wenn du mir die ganze Geschichte erzählen würdest.« Deichsler sah auf sein Handy. »Vielleicht heute Abend? Ich muss noch auf die Wache nach Erding, sonst habe ich die Kollegen deines Opas wieder an der Backe.«

Paul zog an seiner Zigarette.

»Muss mich dort melden«, Deichsler zwinkerte seinem Sohn unsicher zu, »weil sie mich ebenfalls der Brandstiftung verdächtigen und das ALF-Handbuch bei mir gefunden haben.«

»Alter Tierrechtler«, frotzelte Paul.

Bevor sich Deichsler von seinem Sohn verabschiedete, bot er ihm noch an, die kommende Nacht in seinem Wohnmobil zu schlafen. »Falls dir das nicht zu spießig ist«, fügte er hinzu. »Auf alle Fälle ist es dort wärmer als in dem Tipi. Wir können ja Pizza bestellen, vegan. Ruf mich an, wenn du Lust hast, ich hol dich dann ab.«

Paul stocherte schweigend mit einem Stock in der Glut, und Deichsler schrieb ihm seine Handynummer auf den dünnen Arm.

Dürr, aber zäh. Wie ich früher.

»Und was ist mit mir?«, jammerte Erkan.

»Du kannst natürlich auch mit«, sagte Deichsler.

»Was meinst, wie die Gerüchteküche dann brodeln würde. Ein Brandstifter, ein Mörder und ein Schwuler in einem Wohnmobil«, lachte Erkan.

»Das tut sie eh schon«, sagte Deichsler und verabschiedete sich endgültig.

Auf dem Parkplatz der Polizeiinspektion Erding reihte sich ein Streifenwagen an den anderen, Deichsler hatte Schwierigkeiten, einen Platz für sein Wohnmobil zu finden. Die Nachtschicht begann, und die meisten Beamten hatten Feierabend. Der Grundriss der Polizeiinspektion erinnerte Deichsler an einen Vierseithof.

Vielleicht war die Form des Präsidiums auch der Grund, warum Polizisten Bullen genannt wurden. Eigentlich ganz schön unfair den Tieren gegenüber, denn es spiegelte die überhebliche menschliche Sichtweise auf sie wider.

»Freddie!« Sein Vater schien erfreut zu sein, ihn zu sehen. »Staack wartet schon auf dich.« Oder war er einfach nur erleichtert, dass sein missratener Sohn nicht schon wieder gesucht werden musste? »Schau schnell bei ihm rein, dann kommst zu mir.«

»Bis gleich.«

Staack bekam Deichsler gar nicht zu sehen, stattdessen meldete er sich beim wachhabenden Beamten. Auch wenn der wusste, wer Deichsler war, zeigte er ihm seinen Personalausweis. So wie es sich gehörte. So tat er zumindest einmal, was sich gehörte.

»Kommst mit heim? Die Mama könnt uns was zum Essen machen?«, fragte sein Vater, der in seinem Büro auf ihn gewartet hatte.

Deichsler sah auf die Uhr. »Nein danke. Ich habe noch was zu erledigen. Aber wir müssen es unbedingt nachholen. Eigentlich wollte ich euch gestern schon besuchen, ist leider was dazwischengekommen.«

»Dann lass uns zumindest ein paar Schritte gehen.«

»In Ordnung.«

Sie verließen den Vierseithof mit den Bullen, worauf ein wenig Anspannung von Deichsler abfiel. Im Präsidium war er bis jetzt immer nur als Beschuldigter gewesen.

Sie schlenderten die Bajuwarenstraße hinunter, Richtung

Krankenhaus. Dorthin, von wo er vor einigen Tagen geflüchtet war.

»Habt ihr die Ergebnisse schon?«

»Von dem Trinkhorn?«

»Was für Fingerabdrücke sind drauf gewesen?«

»Du weißt ganz genau, dass ich dazu nichts sagen darf«, sagte sein Vater.

Und wieder einmal verbündet sich dein Dickschädel mit deiner Beamtenloyalität gegen mich.

»Du weißt, dass es um deinen Enkel geht, oder?«

Ein Krankenwagen mit heulender Sirene und Blaulicht fuhr an ihnen vorbei.

Das Gebiss seines Vaters arbeitete sich durch einen nicht vorhandenen Brocken. »Also gut.« Er schnaufte aus. »Es sind nur die Fingerabdrücke von Paul drauf gewesen.«

Verdammt!

Deichsler schoss eine Bierdose auf die Straße.

Dann muss Kempken Handschuhe getragen haben.

Eine Zornesfalte grub sich in die Stirn seines Vaters, er hob den Zeigefinger. »Ich kann jetzt nichts mehr für Paul tun.«

Ohne weiter darauf einzugehen, erzählte Deichsler zum zweiten Mal an diesem Tag von seinem Plan und von den Ereignissen auf Buhrs Hof.

»Vielleicht tät'st sogar einen guten Polizisten abgeben«, sagte sein Vater, als er alles gehört hatte.

Das ist das größte Kompliment, das du mir jemals gemacht hast. Wahrscheinlich war es gut, dass ich dir verschwiegen habe, dass dein Enkel reingeschneit ist und dadurch vielleicht alles versaut hat.

Deichslers Handy machte sich bemerkbar. Eine SMS. Paul wollte mit ihm im Wohnwagen übernachten. Vor Freude, aber auch vor Aufregung begannen Deichslers Hände zu zittern.

»Was ist passiert?«, fragte sein Vater.

»Wir sehen uns morgen«, sagte Deichsler und sauste zum überdimensionalen Bullenstall, um das Wohnmobil zu holen.

Über den Erdinger Bahnhof fuhr er zu einem Supermarkt, um Bier zu kaufen. Annamirls Vorrat war bei dem Gespräch mit Louis draufgegangen. Deichsler hatte keine Ahnung, welche

Sorte sein Sohn am liebsten trank, aber ein Bier war definitiv eine gute Grundlage für ein Vater-Sohn-Gespräch. Weil er doch keine Lust auf die vorgeschlagene Pizza hatte, kaufte er vegane Frikadellen, Senf und Semmeln. Sogar für ihn fühlte es sich eigenartig an, den Namen »Frikadellen« auch nur zu denken, aber die bayerische Bezeichnung »Fleischpflanzerl« war für den lecker gewürzten Tofu mehr als unzutreffend. Seinem Vater brauchte er das gar nicht erst erzählen, der würde vor Wut in die Luft gehen. Aber er war zum Glück nicht sein Vater, auch wenn er ähnliche Fehler gemacht hatte.

Er hoffte, seinem Sohn heute Abend näherzukommen, endlich zu erfahren, was er für ein Mensch war. Endlich. Was hatte er sich all die Jahre bloß dabei gedacht, sich nie um ihn zu kümmern?

In Vocking kletterte Paul in das Wohnmobil. Sie fuhren in Haidvocking unter einer der ersten fertiggestellten Autobahnbrücken hindurch ins Isental und bogen nach einem Kilometer links ab. Das Wohnmobil kroch den steilen Berg hinauf. An der Abzweigung zum Lebewagental parkten sie und stiegen aus. Das schwarze, nächtliche Tal mit seiner ausgefransten Silhouette, über der sich dunkelblauer Himmel ausbreitete, lag vor ihnen. Die Luft war kalt und klar. In der Ebene strahlte ein Licht von Kristels Hof herüber, hinter dem sich ein Zug durchs Isental schob. Bei Tag konnte man von ihrem Stellplatz aus sieben Kirchtürme sehen, manche von ihnen teilweise versteckt hinter Wiesen und Wäldern. Jetzt leuchteten einige von ihnen rotgelb in der Nacht.

Deichsler erzählte seinem Sohn, wie er sich im Misthaufen vergraben und die Scheibe des Streifenwagens mit dem Stehaufmanderl eingeworfen hatte.

»Du bist ja richtig militant«, sagte Paul und lachte.

»So würde ich das nicht nennen«, sagte Deichsler und lachte ebenfalls. »Aber ich gebe einfach alles. Warum bist du eigentlich in der Gewalttäterdatei?«

»Wenn ich das wüsste. Vermutlich weil ich bei der Demo gegen den G7-Gipfel in Elmau dabei war. Ich habe schon von mehreren gehört, dass sie grundlos drin gelistet sind. Vielleicht hat das BKA mittlerweile meinen Namen gelöscht, wie neunzig Prozent der anderen, die unrechtmäßig drin gespeichert waren. Die Leute haben doch nur demonstriert.«

Nur wenige Meter hinter ihnen stürzte das Land in die Tiefe, hatten Bagger eine tiefe Schneise in den Hügelkamm des Tals gefressen, waren Tonnen Erde wegtransportiert worden. Deichsler hatte das Gefühl, als hätte er die gleiche Aufgabe wie der Bagger vor sich, um Paul vor dem Knast zu bewahren. Als müsste er den Berg an Problemen abtragen, den sich sein Sohn die letzten Wochen aufgehalst hatte. Der Plan musste funktionieren, der gierige Kempken musste ihnen morgen in die Falle gehen. Vielleicht konnte er ihn auch des Mordes an dem Tierschützer Stefan Johnigk überführen, der anscheinend immer noch verschwunden war.

»Hast du im Krankenhaus in Tunis eigentlich an meinem Bett gesessen?«, fragte Deichsler.

»Also hast du es doch mitbekommen«, sagte Paul amüsiert.

»Ich war total zugedröhnt.«

»Ich war da, weil ich unbedingt herausfinden musste, ob sie Luidingers Kühe als Zuchtstiere deklariert nach Tunesien transportieren. Und dann kommst du mir in die Quere.«

Daher also die Schulden. So eine Reise geht ganz schön ins Geld.

»Und? Hast du Beweise?«

»Ich habe Fotos, auch von den Unterlagen.«

Deichsler wusste nicht, ob das der richtige Moment war, um es auszusprechen. So nahe hatte er sich seinem ersten Sohn noch nie gefühlt. Er wollte den Moment nicht zerstören. Seine Zunge fühlte sich dick und schwer an. Er sah in den Himmel, wo die Sterne aus der Vergangenheit zu ihm leuchteten. »Warst du in der Nacht, als Luidinger ermordet wurde, auf dem Hof?«

Und dann erfuhr Deichsler endlich, was an jenem Abend wirklich geschehen war. In einigen Punkten hatte er völlig falschgelegen, in anderen recht gehabt. Jetzt wusste er zwar, was sich zugetragen hatte, aber um ein weiteres Druckmittel gegen den Veterinär Kempken in der Hand zu haben, musste dieser am nächsten Tag bei Buhr auftauchen. Nur dann waren die Tonbandaufnahmen und die Fotos von Bedeutung, und es stand Aussage gegen Aussage. Ein junger Mann, der der Brandstiftung auf einem Bauernhof und einem Schlachthof verdächtigt wurde, Tiere aus einer Mastanlage befreite, einen Eintrag in der Gewalttäterdatei und verfilzte Haare hatte, würde für einen Richter keinen glaubwürdigen Zeugen abgeben. Und dann war da noch das Trinkhorn. Deichsler hatte das Gefühl, dass sein Sohn ihm nicht alles erzählt hatte. Aber sein knurrender Magen machte Pauls Bericht ein Ende, und sie begaben sich ins Wohnmobil.

»Cool«, sagte Paul, als er die gefälschten Fleischpflanzerl entdeckte. »Mein Lieblingsessen. Woher hast du das gewusst?«

»Auch ich weiß so manche Dinge«, sagte Deichsler und zwinkerte seinem Sohn zu. »Ein Bier?«

»Ausnahmsweise. Normalerweise trinke ich keins, weil es die Sinne vernebelt. Das letzte Mal beim Erkan war eine Ausnahme.«

Bist du wirklich mein Sohn? Vielleicht sollte ich mal einen Vaterschaftstest machen lassen. Oder verzichtest du etwa darauf, weil es im ALF-Handbuch steht?

Deichsler hielt ihm die Flasche Bier unter die Nase.

»Super, das ist sogar vegan.«

Deichsler verkniff sich die Frage, ob das nicht ein bisschen übertrieben war. Stattdessen wurde ihm bewusst, dass sich sein Sohn über ganz schön viele Dinge ganz schön viele Gedanken machte. Geräuschvoll öffnete er die Flasche mit dem Messer, das neben dem Teller lag. »Gibt es denn Bier, das nicht vegan ist?«

Sie setzten sich an den bereits gedeckten Tisch.

»Das Bier selbst ist aufgrund des deutschen Reinheitsgebotes immer vegan«, sagte Paul. »Aber der Etikettenkleber enthält oft gelatinehaltige Klebstoffe.«

»Also ist er nicht mal vegetarisch, da Gelatine aus Knochen und Haut hergestellt wird.« Deichsler kam sich vor wie ein pubertierender Junge, der den Großen gefallen will. »Jetzt erzähl mal«, sagte er, schnitt ein Stück der Frikadelle ab und tauchte es in Senf, »was hattest du sonst noch auf Luidingers Hof zu suchen?«

Draußen kalter Nebel. Das Eis war gebrochen. Paul berichtete von seiner Recherche für eine Tierrechtsgruppe und davon, wie er die Kälber zu ihren Müttern gebracht hatte. »Die ersten Nächte, nachdem sie von ihren Müttern getrennt werden, schreien sie bis zu fünfhundertmal.«

»Deswegen hat Kristel gesagt, dass sie sich schon gewundert hat, dass die Tiere die letzten Nächte so leise waren.«

»Das spricht für sie, wenn sie das noch merkt«, sagte Paul kauend. »Gefällt sie dir?«

Deichsler sah aus dem Fenster, auf die Lichter Dorfens, die durch den Nebel schimmerten. »Gefallen? Gute Frage.«

»War eine andere Frau der Grund dafür, dass du Mama verlassen hast?«

»Weißt du, ich war damals einfach noch nicht so weit.«

Plötzlich schepperte etwas gegen das Wohnmobil, das so schwankte, dass Pauls Bierflasche vom Tisch rutschte und zu Boden fiel. Eine Feuerwand schob sich am Fenster vorbei.

Deichsler sprang auf, trat gegen die Tür, hechtete hinaus. Das Wohnmobil und das Gras davor brannten. Jemand hatte einen Molotow-Cocktail gegen den Caravan geworfen. Er sprang zurück, schnappte sich die Bettdecke und warf sie Paul über die Schultern. Dann leerte er das restliche Bier aus seiner Flasche über seinem Sohn aus und schubste ihn nach draußen.

Scheiße! Was ist, wenn die Angreifer draußen auf ihn warten?

Deichsler sprang seinem Sohn nach, durch die Flammenwand, und entdeckte ihn in der Wiese sitzend. Er starrte auf das brennende Wohnmobil, sein verschmortes Handy. Erleichtert ließ er sich neben seinem Sohn nieder und legte die Arme um ihn.

»Kempken hat deinen Plan wohl durchschaut. Wahrscheinlich, weil ich euch heute Morgen dazwischengefunkt habe«, sagte Paul müde.

»Das hätte auch passieren können, wenn du nicht aufgetaucht wärst. Mach dir keine Vorwürfe. Das Wichtigste ist, dass wir beide unverletzt sind.«

»Das stimmt allerdings.«

Deichsler stand auf und rief seinen Vater an. »… Ich glaube, es war Kempken … Nein, Beweise habe ich keine. Vielleicht reicht ja das Tonband, das wir von dem Gespräch zwischen Buhr und Kempken aufgenommen haben … Wenn du meinst.« Deichsler legte auf. Sein Vater wollte sich auf den Weg zu ihnen machen. Trotz der Kollegen, die sich mit Sicherheit das Maul über ihn zerreißen würden, sollte sein Enkel festgenommen werden.

Er setzte sich neben seinen Sohn, sie warteten schweigend. Pauls Kinn sank auf Deichslers Brust, sein Brustkorb hob und senkte sich. Als Deichslers Handy läutete, zuckte Paul zusammen, schlief aber weiter. Deichsler kannte die Nummer nicht, überlegte, ob er den Anruf überhaupt annehmen sollte. »Hallo?«

»Guten Tag, Grell mein Name. Auf meinem Grund soll der Golfplatz gebaut werden. Ihre Nummer habe ich von der Kristel Luidinger.«

»Der Grell, der auf mich und meinen Sohn geschossen hat?«

Grell versicherte ihm, dass er an besagtem Tag nicht auf seinem Hof gewesen war. Wahrscheinlich hatten sich irgendwelche Lausbuben einen Spaß erlaubt, sich vom Speicher ihrer Eltern ein Luftgewehr stibitzt und damit auf Deichsler geschossen. »Der Gauweiler hat für den Golfclub vor dem Oberlandesgericht gegen mich gewonnen. Weil die Golflobby so gut mit dem Richter kann«, ereiferte er sich. »Rein theoretisch kann der Golfplatz jetzt auf meinem Grund gebaut werden. Wäre da nicht der Bürgerentscheid, in dem sich die Dorfener letztes Jahr im Mai dagegen ausgesprochen haben. Allerdings war der nur ein Jahr bindend und kann in wenigen Monaten vom Stadtrat verworfen werden.«

In Grell brodelte es dermaßen, dass es aus ihm herausbrach wie aus einem Vulkan. Zwar hatte der Dorfener Bürgermeister Grundner getönt, sich an den Bürgerentscheid halten zu wollen, was gut für Grell war, denn: ohne Baugenehmigung kein Golfplatz. Aber Grell glaubte nicht so recht daran und zitierte Goethe: »Die Botschaft hör ich wohl, allein mir fehlt der Glaube.« Womit zum wiederholten Mal an Deichslers Vorurteil vom blöden Bauernfünfer gekratzt wurde.

Weil Grell der Glaube an Grundners Standhaftigkeit fehlte, hatte er Widerspruch gegen das Urteil vom Oberlandesgericht eingelegt. Trotz der Behauptung, die der Golfclub auf seiner

Internetseite propagierte: »Urteil ist endgültig und nicht mehr anfechtbar.«

Und dann kam Grell endlich zum eigentlichen Grund seines Anrufs: zum Mord an Luidinger.

Als Deichsler das Gespräch beendete, hatte er wieder Hoffnung für seinen Sohn Paul, der in seinen Armen schlief.

28

Ein Jahr später

Laub wehte Deichsler entgegen, als er auf dem Parkplatz des Amtsgerichts Landshut aus dem Auto stieg. Dicke schwarze Wolken jagten über den Himmel, eisiger Wind schob sie immer wieder vor die Sonne.

Alle waren sie erschienen, als wollten sie Justitia den Rücken stärken. Deichslers Eltern wichen nicht von der Seite ihres Sohnes. Seine Mutter fragte ihn mehrfach, ob er etwas essen wolle und raschelte mit der Tüte frisch gebackener Brezen. Kristel war wie Deichsler ohne Nachwuchs gekommen. Das, was sie während des Prozesses zu hören bekommen würden, war für Kinderohren äußerst ungeeignet, auch wenn sich Georgina und David sicher selbst beschäftigt hätten. Steffis Gesicht war eingefallen, ihr Mantel hing schlaff an ihr herunter.

Sie weiß, dass Recht und Gerechtigkeit zwei Paar Stiefel sind.

Nach dem Brandanschlag auf das Wohnmobil war Paul mit Rauchvergiftung in die Krankenabteilung der JVA Landshut eingeliefert worden. Seitdem hatte ihn Deichsler regelmäßig in der U-Haft besucht, ihn mit veganen Essenspaketen und geistiger Nahrung versorgt. Die mehrstündige Zugfahrt von Nürnberg nach Landshut hatte er genutzt, um selbst in den Büchern zu schmökern. Vorausgesetzt, David schlief und musste nicht bespaßt werden. Die Beschäftigung mit der Tierrechtsthematik und die Gespräche mit Paul hatten dazu geführt, dass er sich mittlerweile vegan ernährte. Käse oder Milchprodukte aß er nur noch, wenn er das Essen hätte wegwerfen müssen. Beispielsweise wenn in einem Lokal Käse trotz anderslautender Bestellung auf oder in dem Gericht war oder zu Hause ein Joghurt schlecht geworden wäre. David ließ er essen, was er wollte, auch Fleisch, bereitete es ihm aber nicht zu.

Monikas Mutter hatte es ihm verziehen, dass er ihren fünfundsechzigsten Geburtstag nicht mitgefeiert hatte, Monika dagegen weniger. Sie lebten nach wie vor nebeneinanderher, ein Zustand, den Deichsler schon lange beenden wollte. Die Nummer der Paarberatung hatte er bereits herausgesucht, aber dann waren immer wichtigere Dinge dazwischengekommen: Davids Eingewöhnung im Kinderladen oder ein Auftrag. Oder seine Verhandlung wegen Sachbeschädigung des Streifenwagens.

In der Sache des Streifenwagens war Deichsler zu einer Geldstrafe verurteilt worden, die er heute noch abbezahlte. Der Stangerlaff hatte sich wider Erwarten als zugänglicher Mensch erwiesen. Er hatte von einer Anzeige abgesehen, als ihm Deichsler von der Situation mit Paul erzählte und versprach, das Geld zurückzuzahlen. Der Tierschützer Stefan Johnigk war noch immer spurlos verschwunden. Deichsler ging davon aus, dass ihn Kempken in einer Biogasanlage beseitigt hatte, weil er ihm zu nahe gekommen war. Beweisen konnte er es allerdings nicht, wie so vieles andere.

Für heute hatte er immerhin einige Joker in der Hand: Pauls Fotos, Grells Aussage und vor allem Luidingers Handy. Kristel hatte es entdeckt, als sie unter Tränen im kuhleeren Stall die Kuhscheiße und den Mist mit dem Hochdruckreiniger abgespritzt hatte. Eingeklemmt zwischen zwei Spalten im Bodengitter. Glücklicherweise hatte ihr Mann ein wasserfestes Telefon besessen, und die Anrufe kurz vor seinem Tod waren nachzuverfolgen gewesen.

Ein schwarzer Benzinfresser, den Deichsler bereits kannte, rollte auf den Parkplatz. Michaela Mertin entstieg ihm. Deichsler wusste erst seit Kurzem, dass die Frau, die Kempken so hart rangenommen hatte, die Staatsanwältin war. Nachdem Kristel die Frau auf dem Foto wiedererkannt hatte, hatte Deichsler in Kempkens Bungalow angerufen: »Guten Tag, mein Name ist Oberstaatsanwalt Gelder, ich hätte gerne die Kollegin Mertin gesprochen.«

»Da muss ich Sie leider enttäuschen«, hatte Kempken routiniert gesagt. »Die wohnt schon lange nicht mehr hier, wir sind geschieden.«

Jaja, aber schnackseln wie frisch Verliebte.

Deichsler hatte die Staatsanwältin als Domina in Erinnerung, weswegen er sie jetzt auch im Lederkorsett über das Kopfsteinpflaster stöckeln sah.

Sein Vater schaute auf die Uhr. »Geh ma!«

»Aber der Grell fehlt noch.« Deichsler sah sich besorgt um. Seine Aussage war extrem wichtig. Hatte Kempken es geschafft, ihn auszuschalten, ihn bestochen oder bestechen lassen? Einem Leichenzug gleich begaben sie sich an einem Streifenwagen vorbei in das Gebäude, in dem der »Mordfall Luidinger« verhandelt wurde.

Der Jungspund, der ihn bei der Zwangsversteigerung der Höfe im Isental kontrolliert hatte, führte heute die Eingangskontrolle nicht durch. Seine Kollegen trugen schusssichere Westen, auf denen »Justiz« stand.

Stumm warteten Steffi, Kristel und Deichsler auf der Bank vor dem Gerichtssaal. Bewacht wurden sie von einem grün gekleideten Justizbeamten. Immer wieder sah Deichsler zur Treppe, aber Grell tauchte nicht auf.

Nach einer gefühlten Ewigkeit wurde Steffi aufgerufen. Deichsler drückte ihre Hand und wünschte viel Glück. Vor seinem inneren Auge lief das letzte Jahr ab, das Paul in Untersuchungshaft verbracht hatte. Vor allem das Essen hatte ihm Probleme bereitet, weshalb er sich über die Besuche seines Vaters und die Essenspakete, die er mitbrachte, stets gefreut hatte. Auch den gegenseitigen Austausch hatten beide zu schätzen gelernt, sie waren sich nahe gekommen, waren Freunde geworden.

In dieser Zeit hatte Deichsler den Eindruck gewonnen, dass es in Bayern entweder hochmoderne Kuhställe oder verlassene Bauernhöfe gab. Fast schon steril glänzten die neuen, lang gezogenen Höfe aus Wellblech, an deren Fenstern keinerlei schwarzer Ruß zu sehen war, in der oberbayerischen Landschaft.

Kristel wurde aufgerufen. Grell war immer noch nicht aufgetaucht. Er war in der Zeit vor Luidingers Tod öfter bei ihm gewesen, um ihm dabei zu helfen, eine Lösung für seine Schulden zu finden. Auch bei der Versteigerung war er dabei gewesen, wenn auch nur zufällig. Am selben Tag war die Verhandlung wegen des Pachtvertrags mit dem Golfverein über die Bühne gegangen. Er hatte sich in der Zeit geirrt und war zu früh dran gewesen.

Kristel hielt inne, bevor sie den Sitzungssaal betrat, kehrte kurz um und umarmte Deichsler.

Er roch, dass sie geschwitzt hatte.

Sie ging zurück, und die Tür schloss sich hinter ihr.

Im Greenpeace-Magazin mit dem Schwerpunktthema »Unser liebes Land« hatte Deichsler mehrere interessante Artikel gelesen. In einem Artikel waren Werbetexte von Unternehmen abgedruckt gewesen, die den Besitzer des »Stall(s) des 21. Jahrhunderts« als potenziellen Kunden ködern sollten. Besitzer von »durchoptimierten Riesenställen«, in denen das »Füttern, Ausmisten und Melken« zunehmend Roboter übernahmen. Ein Boxenausstatter warb sogar mit »Dual-Wasserbetten«, die Deichsler bisher nur aus Seniorenheimen kannte. Auch im Stall sollten Druckstellen vermieden werden, die entstehen konnten, weil die Kuh sich nicht bewegen sollte. Um unnatürlich viel Milch zu produzieren, ruhte sie »rund zwölf Stunden am Tag«. In längst vergangenen Zeiten hatte eine Kuh zwei Liter Milch am Tag gegeben, heute in Spitzenzeiten »fünfzig Liter und mehr«. »Durch die Nachahmung einer so natürlich wie möglichen Umwelt«, stand in dem Artikel, und Deichsler fragte sich, wie eine solche Umwelt wohl aussehen sollte, »erwarten wir, dass Kühe durchschnittlich eine Laktationsperiode länger leben. Hierdurch wird der Gewinnbeitrag Ihrer Kühe verdoppelt«, warb der Stalleinrichter mit dem schönen Namen »Cowhouse international«.

Und der Gewinn der Kuh ist ein längeres Leben mit einer höheren Wahrscheinlichkeit an Fruchtbarkeits- und Stoffwechselstörungen, Euterentzündungen und Klauenerkrankungen. Der Kapitalismus schafft es, einfach alles zu pervertieren.

Ein paar wenige leben ganz gut durch den niedrigen Milchpreis, etwa die großen Discounter. Auch Kempken hatte sich ein Stück von der Torte abschneiden wollen, um endlich zur High Society zu gehören, in der das Oberviech Passig längst mitmischte. Deichsler hatte herausgefunden, dass er einen Hof im Erdinger Moos besessen und ihn vor dem Flughafenbau für gutes Geld verkauft hatte. Dann hatte Passig sich Grund für seinen Viehhandel in Attaching zugelegt und gehörte seitdem wie viele andere, die ihren Hof zum richtigen Zeitpunkt verkauft hatten, zur besseren Gesellschaft. Und in die wollte Kempken auch, um jeden Preis. Gemeinsam mit seiner geschiedenen Frau, Geliebten und Staatsanwältin Michaela Mertin hatte er mehreren Bauern ihre Kühe unter dem Vorwand des Tierschutzes genommen, nach Nordafrika verkauft und auch noch Subventionen eingestrichen. Mit dem Erlös hatte er sich immerhin den Bungalow und den dicken Wagen leisten können, die ihm offiziell nicht gehörten, da er sie durch seine Privatinsolvenz nicht besitzen durfte. Also hatte er Haus und Gefährt nach der Scheidung seiner Frau überlassen. Somit wäre er, nicht nur in puncto Sex, gänzlich von ihr abhängig gewesen. Hätte es nicht auch noch die Schmiergelder der Attachinger Bauern gegeben, denen er spottbillige Höfe und, noch viel rentabler, Grundstücke zugeschanzt hatte.

Im Greenpeace-Magazin war genau das beschrieben worden, was Deichsler herausgefunden hatte: Die Bauern brauchten immer mehr Kühe, um überleben zu können. Für diese benötigten sie aber auch größere Ställe, die mit Krediten finanziert wurden. Tier und Mensch wurden ausgezuzelt wie eine Weißwurst, und am Ende blieb nur noch die labbrige Haut von dem übrig, was ursprünglich vorhanden gewesen war. Der Darm. Was für eine Scheiße.

Während er auf der Bank wartete, begann Deichsler, sich ebenfalls wie eine ausgezuzelte Weißwurst zu fühlen. Der Justizbeamte pulte gerade mit seinem Kugelschreiber im Ohr herum, aus dem weiße Haare wuchsen. Eine Fliege summte um Deichslers Kopf. Er versuchte, die aufwühlenden Erlebnisse in emotionslosem Behördendeutsch an sich vorüberziehen zu lassen und so für sich noch einmal zusammenzufassen. Luidingers Tod, der Brand des Nachbarhofs. Der Tod des Politikers Lenckner, der für Deichsler die Mitte des Spinnennetzes gewesen war, in dem die Spinne saß: der Landvogt Niederstädter mit seinen Schwabbelbacken. Veterinär Kempken hatte sich in einem Anfall von Selbstüberschätzung selbst für die Spinne gehalten. Wenn es gut für ihn lief, würden ihn seine alten Seilschaften retten und Paul mehrere Jahre ins Jugendgefängnis schicken. Deichsler erinnerte sich an eine Geschichte, die er gehört hatte. 2007 war ein Jugendlicher von seinen Mitgefangenen in der JVA-Siegburg gezwungen worden, sich aufzuhängen, nachdem sie ihn elf Stunden lang gefoltert hatte.

Er hörte ein dumpfes Klatschen, blickte auf und sah, wie der Justizbeamte sich die Hand an der Hose abwischte. Gerade wollte Deichsler fragen, ob er noch einmal telefonieren könne, um Grell zu erreichen, da öffnete sich die Tür zum Gerichtssaal: »Der Zeuge Alfred Deichsler, bitte.«

Er stand auf, sein Blick vernebelte sich, als säße er mitten im berüchtigten Tellernebel des Isentals. Seine Beine waren schwer und schwach zugleich, er atmete durch und hatte für einen Augenblick das Bedürfnis, zu beten.

Pauls Gesichtsausdruck entspannte sich, als sein Vater in den Gerichtssaal trat. Er richtete sich auf, aber die Schultern fielen gleich wieder nach vorne. Deichsler registrierte Pauls Anwalt Bjarne Dietl neben ihm. Hoffentlich agierte der Anwalt in der Verhandlung nicht so naiv, wie er teilweise in den Vorbesprechungen gewirkt hatte. Kristel, Steffi und seine Eltern saßen im Zuschauerraum. Mit einem gequälten Grinsen sah Deichsler zu ihnen hinüber. Kempkens Blick wich er aus. Der Nebel wollte einfach nicht schwinden.

Nachdem Deichsler zugegeben hatte, Paul nahe dem brennenden Hof gesehen zu haben, hörte er, wie sich sein Vater räusperte.

Er wurde aufgefordert, die Geschichte zu erzählen, die sich in Tunesien zugetragen hatte, wie er das Horn gefunden hatte. Paul hatte ihm bis heute nicht verraten, wie er an den Schlüssel von Kempkens Ferienwohnung gekommen war. Dass Paul ihn im Wagen von der Straße abgedrängt hatte, verschwieg er. Davon wussten nur sein Sohn und er, und das sollte auch so bleiben.

Wenn die Großkopferten zusammenhalten, warum nicht auch wir?

Der Gedanke gab ihm Kraft, und er schob seine Schultern nach hinten, dass er wieder aufrecht dasaß. Das hellblaue Hemd unter dem Sakko klebte an seinem Rücken, er hätte gerne geduscht. Der Gedanke erstaunte ihn.

Der Staatsanwalt wollte noch wissen, wie oft er seinen Sohn bis zu der Nacht, in der der Hof gebrannt hatte, gesehen hatte.

Deichsler legte die rechte Hand flach auf den Tisch, betrachtete seine Knöchel und die Venen unter der Haut.

Und wenn der jetzt ein Freund von Kempkens Domina ist?

Er ballte die Finger zu einer Faust, bis die Knöchel weiß wurden. Sah zu dem Staatsanwalt, der etwa im gleichen Alter wie Michaela Mertin war und versucht hatte, seine Locken mit Gel zu bändigen. Deichsler konnte seinen durchdringenden Blick nicht deuten.

»Herr Deichsler, bitte beantworten Sie die Frage«, sagte der Richter mit tiefer Stimme.

»Noch nie.«

Ein Raunen ging durch den Raum, dann wurde Deichsler entlassen.

Sein Vater schüttelte den Kopf, als er an ihm vorbeiging, seine Mutter versuchte, ihm zuzulächeln. Er setzte sich zwischen Kristel und Steffi, die ihm aufmunternd auf den Oberschenkel klopfte.

Jetzt war der Richter bei der Mordnacht angelangt. Ob Pauls Anwalt wusste, dass Grell noch nicht da war?

»Herr Hinrichs«, sagte der Richter zu Paul, der den Namen seiner Mutter trug.

Als Deichsler das hörte, verspürte er einen Stich in seiner Brust.

»Stimmt es, dass Sie in der Nacht, als Ignaz Luidinger starb, in dessen Kuhstall waren?«, fragte der Richter.

Paul nickte.

»Bitte beantworten Sie die Frage mit Ja oder Nein.«

Kristel griff nach Deichslers Hand.

»Ja«, sagte Paul trotzig.

»Was haben Sie dort getan?«

»Ich wollte die Kälber zu ihren Müttern bringen.«

»Wieso?«

»Wie fänden Sie es denn, wenn Sie unmittelbar nach der Geburt von Ihrer Mutter getrennt werden –«

Kristel ließ Deichslers Hand wieder los.

Der Richter unterbrach ihn. »Beantworten Sie nur meine Frage: Haben Sie gesehen, wie Herr Luidinger ermordet wurde?«

»Ja«, sagte Paul laut und deutlich und stand auf.

Einige Zuschauer begannen zu flüstern.

»Von dem«, sagte Paul und deutete auf Kempken, der zusammenzuckte.

Das Gemurmel wurde zu einer Welle, die durch den Gerichtssaal schwappte. Der Richter klopfte mit dem Hammer auf den Tisch, worauf wieder Ruhe einkehrte.

»Setzen Sie sich und beschreiben Sie genau, was Sie gesehen haben.«

Paul setzte sich und erzählte, wie er sich in der Nacht über die Bahngleise und die Isen zum Stall geschlichen hatte. Kurz vor den Gleisen war ihm Grell entgegengekommen, der den Eindruck machte, als wolle er nicht entdeckt werden. Paul hatte sich hinter einem Baum versteckt.

Der Staatsanwalt machte sich Notizen.

»Im Stall waren Luidinger und Kempken. Ich hörte schon von draußen, wie Luidinger immer wieder ›Nein!‹ rief. Kempken wirkte zuerst noch ganz ruhig.«

»Worum ging es in dem Gespräch?«

»Kempken wollte Luidinger dazu überreden, seinen Tieren Pfeffer in die Nase zu schießen, damit sie am nächsten Tag Ausfluss haben würden. Dadurch hätte er die Vernachlässigung der Tiere untermauern können und einen weiteren Grund gehabt, ihm die Tiere zu nehmen. Euterentzündungen hatten sie von alleine, weil ihnen die Scheiße –«

»Bitte, Herr Hinrichs«, ermahnte ihn der Richter.

Der Staatsanwalt schmunzelte.

»Weil ihnen ihre Ausscheidungen, das Pipi und das Kacka«, eine Frau lachte, »bis zu den Eutern standen.«

»Ich bitte um Ruhe«, sagte der Richter.

»Irgendwann verlor Kempken die Geduld. ›Aber wir haben es so vereinbart!‹, brüllte er. Doch Luidinger blieb bei seiner Meinung. Er wollte den Hof behalten und gehen. Da zerrte Kempken ein Trinkhorn aus seiner Aktentasche, nahm Anlauf und rammte es Luidinger in den Bauch. Dann rannte er aus dem Stall.«

Das Publikum wisperte.

»Luidinger torkelte.«

Kristel griff erneut nach Deichslers Hand.

»Er holte das Handy aus seiner Hosentasche, aber es fiel ihm aus der Hand, auf das Gitter.« Paul machte eine Pause. »Da stürmte Grell herein, versuchte, ihm zu helfen. Luidinger rang nicht nur mit dem Tod, sondern Grell auch noch das Versprechen ab, nicht zu verraten, dass er den Hof verkaufen hatte wollen. Würde alles bekannt werden, würde Luidingers Familienehre noch mehr in den Dreck gezogen werden. Dann starrten seine Augen ins Leere.«

Deichsler sah zu Kristel hinüber. Tränen liefen ihr die Wangen hinunter. Sie hatte ihren Mann am nächsten Morgen gefunden, als sie die Kühe melken wollte: tot.

»Als Grell aus dem Stall geflüchtet war, bin ich hineingegangen und fühlte Luidingers Puls. Aber es war zu spät. Er war tot. Ich habe das Horn, das immer noch in ihm steckte, herausgezogen und machte ebenfalls, dass ich davonkam.«

Da der Richter keine weiteren Fragen an Paul hatte, war nun der Staatsanwalt an der Reihe.

»Herr Hinrichs. Stimmt es, dass Sie von einem Geflügelhof der Firma Rasengut, der in der Nähe der Ortschaft Ackern liegt, ein Huhn gestohlen haben?«

»Nein, das stimmt nicht.«

»Wie kommt es dann, dass Sie zwei Polizeibeamte dabei festgenommen haben?«

»Ich wollte das Huhn befreien. Es war abgemagert, hatte Geschwüre. Es ist zwischen anderen verwesenden Hühnern dahingesiecht und musste ärztlich behandelt werden.«

»Sie wollten es also befreien«, sagte der Staatsanwalt und lächelte süffisant.

»Einspruch, Euer Ehren.« Das Gesicht von Pauls Anwalt nahm Farbe an, als wäre er gerade erst erwacht. »Das war Polemik, keine sachliche Aussage.«

»Stattgegeben«, sagte der Richter.

»Der Veterinär stellte bei seiner Kontrolle allerdings fest, dass der Standard des Geflügelhofs einem hohen Niveau entsprach.«

»Natürlich. Er hatte die Kontrolle ja auch angekündigt«, sagte Paul.

»Herr Hinrichs, sind Sie Mitglied der ALF, der Animal Liberation Front?«

»Haben Sie meinen Mitgliedsausweis gefunden?«, fragte Paul zynisch.

Deichsler entlockte die Schlagfertigkeit seines Sohnes ein Lächeln.

»Eine terroristische Vereinigung«, sagte der Staatsanwalt.

Deichslers Lächeln gefror umgehend.

Nach amerikanischen Maßstäben. So versuchen sie auch Umweltbewegungen zu kriminalisieren.

Der Geräuschpegel im Raum stieg an, die Worte des Richters waren nicht zu hören. Erst das erneute Klopfen auf den Tisch sorgte für Ruhe.

Jetzt bin ich mir sicher, dass der Staatsanwalt mit Kempken unter einer Decke steckt.

»Wir haben tatsächlich Ihren Mitgliedsausweis gefunden. Aber nicht von der ALF, sondern von Animal Peace in München.« Der Staatsanwalt setzte ein triumphales Grinsen auf.

»Scheiße«, flüsterte Deichsler.

Kurz erzählte der Staatsanwalt die Geschichte des Bauern, der von einem Stier getötet worden war, und wie Animal Peace den Stier als Befreier gefeiert hatte. Er konnte sogar belegen, dass Paul den Beitrag auf Facebook mit »Gefällt mir« markiert hatte. »Keine weiteren Fragen«, sagte er und setzte sich.

Nun war Kempkens Anwalt an der Reihe. Ein Stumpen von einem Mann, dessen glatte rote Haare auf seinen Schultern auflagen.

»Herr Hinrichs. Mein Mandant hat mir die Vorgänge in dieser Nacht detailliert geschildert. Er war aufgrund einer unangekündigten Kontrolle vor Ort und hat beobachtet, wie Herr Luidinger Sie dabei ertappt hat, wie Sie in den Stall eingedrungen sind.«

»Bullshit!«, entfuhr es Paul, und er sprang auf.

Deichsler begann wieder zu schwitzen.

»Sie haben ihn als Unterdrücker und Gefängniswärter beschimpft, Worte, die auch Animal Peace in der Öffentlichkeit verwendet. Und dann haben Sie«, er machte eine kunstvolle Pause, »ihm das Horn in die Milz gerammt. Deshalb waren auf der Mordwaffe auch nur Ihre Fingerabdrücke. Und: Die Mordwaffe wurde bei Ihnen gefunden.« Er sah zu Deichsler. »Von Ihrem Vater.«

Deichsler wich jegliche Kraft aus seinem Körper, er tauchte in den Tellernebel ein, hatte das Gefühl, zu fallen. Wenn Grell jetzt nicht erschien, war Paul verloren. Luidingers Handy, das bewies, dass er kurz vor seinem Tod noch mit Kempken telefoniert hatte, würde ihnen nicht mehr weiterhelfen. Und auch Pauls Unterlagen und Fotos, die belegten, dass Kristels Tiere als Zuchtstiere getarnt nach Tunesien verschifft worden waren, interessierten augenblicklich niemanden. Dass die Attachinger Bauern Kempken geschmiert hatten, um die Höfe im Isental zu kaufen, war ebenfalls irrelevant. Und konnte vor allem nicht nachgewiesen werden. Genauso wenig wie das dichte Amigonetz zwischen dem Oberviech, der Staatsanwältin, dem toten Abgeordneten Lenckner und dem Landvogt. Je höher man ihnen auf der Machtleiter hinterherkletterte, desto schwieriger wurde es, die Schuldigen festzunageln. Deichsler hatte in den letzten Monaten jede freie Minute damit verbracht, nach stichhaltigen Beweisen zu suchen. Zwar hatte er dabei herausgefunden, dass Lenckner auspacken wollte, aber nicht, was. Die Bande hatte so geschickt agiert, dass er nicht einmal den Fitzel eines Beweises vorlegen konnte. Auch wenn der Nachbar von Kristel berichtet hatte, dass er kurz vor der Verhandlung einen Drohbrief erhalten habe, in dem ihm verboten wurde mitzubieten. Und dann hatte der Hof gebrannt. Aber Deichsler konnte Kempken nicht nachweisen, dass der Brief von ihm stammte, geschweige denn, dass er das Feuer gelegt hatte. Grell war der Joker gewesen. Ein wackliger Joker, weil er dem sterbenden Luidinger versprochen hatte, nicht zu verraten, dass er seinen Hof auf diesem Wege gewinnbringend hatte loswerden wollen. Es wäre eine Schande gewesen, er hätte seine Ehre als Bauer gänzlich verloren.

Kempkens Anwalt wies noch einmal auf die Indizien hin, auf den ALF-Aufnäher und das Horn. Deichsler starrte zur Tür, als Pauls Anwalt Grell aufrief. Aber der Justizbeamte, der normalerweise die Zeugen in den Raum führte, kam alleine vom Gang zurück.

Ab diesem Punkt klinkte Deichsler sich aus, er bekam nichts mehr mit. Auch Steffi griff jetzt nach seiner Hand, sodass er ihre und Kristels Hände hielt, beide feucht und klebrig, so wie seine.

Als die Verhandlung für diesen Tag beendet wurde und die Justizbeamten die Türen öffneten, stürmte Deichsler nach draußen, ohne sich noch einmal umzudrehen. Obwohl er sich bewusst war, dass er jetzt eigentlich für Paul da sein hätte müssen. Aber er konnte nicht anders, hätte ansonsten alles kurz und klein geschlagen. Er stürmte an der Sicherheitsschranke vorbei, stieß die Tür auf, sprang die Treppen hinunter und überquerte den Parkplatz, wo ihm Blätter hinterherjagten. Hetzte über die Straße, ein Auto bremste quietschend, weiter, immer weiter. Schon hatte er den Fahrradweg, die breite Isar erreicht. Rannte zwischen den Baumriesen hindurch, immer weiter, wusste sich nur noch einen Ausweg. Am Ufer stolperte er, strauchelte, richtete sich kurz wieder auf, dann stürzte er kopfüber in den Fluss.

Das eisige Wasser presste ihm die Lunge zusammen, er bekam keine Luft mehr. Die Kälte kratzte ihm die Schuld von der Haut, quetschte seinen Schädel, sein Gehirn.

Sein Vater zog ihn an Land, schwer atmend. »Du Volldepp!«, schimpfte er. »Wennst jünger wärst, würde ich dir jetzt eine saubere Watschn geben.«

Das Gesicht seines Vaters war weiß wie die Wolken am Himmel. Hinter ihm tauchten Steffi und seine Mama auf. Und nach einigen Minuten auch Kristel.

»Der Grell ist g'rade g'kommen«, sagte sie. »Er war sich nicht sicher, ob er eine Aussage machen soll, weil er es dem Nazi doch versprochen hat, dass er seinen Mund hält. Aber dann hat er sich gedacht, dass der Paul das Leben noch vor sich hat.«

»Das hat er, das hat er«, flüsterte Deichsler.

29

Zwei Wochen später

Pauls Entlassung wurde nach dem nächsten Verhandlungstermin verfügt, bei dem Grell seine Aussage gemacht hatte. Kempken bekam lebenslänglich, auch wenn ihm der Mord an Lenckner nicht nachgewiesen werden konnte. Zu seiner Verurteilung führte unter anderem, dass Staatsanwältin und Domina Michaela Mertin gegen ihn aussagte, als er sie der Mitwisserschaft beschuldigte. Sie habe ihm zwar das Trinkhorn geschenkt, aber von allem anderen wisse sie nichts. Auch bei der Wegnahme der Tiere habe sie sich absolut vorschriftsmäßig verhalten. Kempken wurde des Mordes an Luidinger schuldig gesprochen. Hinzu kamen Vorteilsnahme, Bestechlichkeit und Verfolgung Unschuldiger. Deichsler war heilfroh, dass Paul dem Knast entgangen war. Seine Mama besuchte aus Dank die Kirche, sein Papa den Wirt. Steffi lud Deichsler sogar zu ihrem Geburtstag ein.

Deichsler ließ es sich nicht nehmen, Paul aus dem Knast abzuholen. Steffi wäre gerne dabei gewesen, musste aber leider arbeiten.

Paul strahlte wie die Wintersonne, als er aus dem Gefängnis trat. Er umarmte seinen Vater, und sie schlenderten gemeinsam zum Auto.

»Was hast du eigentlich am meisten vermisst?«, fragte Deichsler seinen Sohn.

»Die Freiheit, Papa, die Freiheit«, sagte er und streckte sein Gesicht den wärmenden Strahlen entgegen. »Weißt ja.«

Deichsler nickte und sagte: »Artgerecht ist nur die Freiheit«, woraufhin er seinen Sohn gleich noch einmal umarmen musste. »Du hattest doch Französisch in der Schule, oder?«, fragte er dann.

Paul nickte.

»Weil mich der Kellner in Tunesien so ausgelacht hat, als ich ein *baiser* bestellt habe.«

»Einen Kuss hast du bestellt?«, frotzelte Paul.

»Und was heißt *délicatesse*?«

»Feinheit.«

»Okay, das ist wirklich zum Lachen«, sagte er. »Vor allem, wenn ich vorher einen Kuss von einem tunesischen Mann wollte.«

»Hast du dir noch irgendwelche anderen interessanten Schmankerl bestellt?«, fragte Paul.

»Nein, aber der Kellner hat mich gefragt, ob ich eine Affäre möchte.«

»Und, hast du Ja gesagt?«

Deichsler schüttelte den Kopf.

»Wahrscheinlich wollte er nur wissen, ob du geschäftlich in Tunesien unterwegs bist. *Affaire* bedeutet Handel oder Unternehmung.«

Deichsler stöhnte auf und nahm sich vor, baldmöglichst einen Französischkurs am Nürnberger Bildungszentrum zu besuchen.

Über die Kleinstadt Geisenhausen, die Dörfer Velden und Buchbach und an etlichen Bauernhöfen vorbei fuhren sie zu Paul nach Hause. Zu dem alten Bauernhof mit dem Kompost-, dem Misthaufen und den Beeten. Deichsler hätte am liebsten das Fenster hinuntergekurbelt, wäre es dafür nicht zu kalt gewesen. Die eisige Luft hätte die Wut der beiden vielleicht ein wenig abgekühlt, die für einen Moment in ihnen aufkam, als sie sich über den Verlauf der Verhandlung unterhielten. Auf Kempken, auf die Großkopferten, denen meist nur schwer etwas anzuhaben war, die meist keinerlei Konsequenzen für ihre Betrügereien und Morde befürchten mussten.

»Sag mal, du kennst dich doch mit Viechern aus?«, fragte Deichsler.

»Kommt ganz darauf an, welche Viecher du meinst.«

»Der Dorfener Golfplatz wird doch jetzt gebaut, weil die Schwarzen im Gemeinderat umgekippt sind. Und das, obwohl es in der Gegend um Dorfen schon vierzehn Golfplätze gibt. Aber egal, jedenfalls habe ich mir gedacht, dass sich die siebenundzwanzig Löcher auf so einer riesigen Rasenfläche ein bisschen alleine fühlen.«

Paul stierte ihn an und zuckte mit den Schultern. »Häh?«

»Ich finde, da gehören auch Viecher hin. Ist doch Natur, oder?«

»Ah.« Paul grinste. »Egerlinge fühlen sich wohl in der Erde. Sicher auch unter englischem Rasen, neben Golflöchern. Und«, er stieß den Zeigefinger in die Höhe, »sie sind eine ganz besondere Delikatesse für Wildschweine. Die sollen eh raus aus den Feldern, damit sie den Bauern die Ernte nicht kaputtmachen.«

»Fressen und gefressen werden«, sagte Deichsler und drehte das Fenster nun doch ein bisschen herunter.

Quellen

S. 38
www.n-tv.de/wissen/Deutschland-verliert-taeglich-100-Fussballfelder-article14283381.html, abgerufen am 8. Januar 2015

S. 47
https://reinholdkassen.wordpress.com/2015/01/31/bild-vom-handelnden-subjekt-rindermann-geh-du-voran, abgerufen am 20. Februar 2015

S. 73
www.animalliberationfront.com/ALFront/Actions-Germany/Germany-Index.htm, abgerufen am 17. März 2015

S. 65
www.traunsteiner-tagblatt.de/region+lokal/landkreis-traunstein/inzell_artikel,-Anni-Friesinger-In-erster-Linie-bin-ich-Mutter-_arid,177486.html, abgerufen am 20. Februar 2015

S. 103
www.sueddeutsche.de/bayern/kratzers-wortschatz-die-freuden-des-fettnaepfchens-1.1677326-14, abgerufen am 20. Februar 2015

S. 110
www.peta.de/schlachtung-schwangerer-kuehe, abgerufen am 17. März 2015

S. 110
Zitiert aus: Joy, Melanie. Warum wir Hunde lieben, Schweine essen und Kühe anziehen. compassion media. Münster 2010.

S. 120
www.sueddeutsche.de/bayern/feuer-verursacht-millionenschaden-grossbrand-vernichtet-grossschlachterei-1.2353820, abgerufen am 17. März 2015

S. 221

http://www.sueddeutsche.de/news/leben/gesellschaft-polizeigewerkschaft-kondom-kontrollen-bei-freiern-unmoeglich-dpa.urn-newsml-dpa-com-20090101-150207-99-01415, abgerufen am 20. Februar 2015

S. 232

http://www.taz.de/BKA-zaehlt-Demonstranten-als-Straftaeter/!5201211, abgerufen am 15. Juli 2015

Greenpeace Magazin 3/2015, Hamburg.

Danksagung

Ich danke:

Julie für ihre Liebe und ihren libertären und scharfsinnigen Geist. Ohne sie hätte ich die Viecherei nicht durchgestanden. Meiner Mama für ihre gnadenlose Kritik. Weiter so! Stefan Johnigk, der glücklicherweise noch lebt, für seine Fachkenntnis und Kreativität. Putzen macht Spaß, oder, Stefan? Meinem Papa, Kollege und Freund. Meiner Lektorin Susanne Bartel. Den Landwirtinnen und Landwirten, die mich auf ihren Höfen recherchieren ließen und beraten haben. Den Cheflektorinnen Frau Rahnfeld und Frau Steinmetz sowie allen anderen Mitarbeiterinnen und Mitarbeitern des Emons-Verlags. Allen voran Herrn Hettgen und Franziska Emons. Und natürlich meinem Verleger Herrn Emons. Wie auch Thomas Scheffler, Kollege und Rechtsanwalt, für seine Rechtsberatung bei der Criminale 2015, auf den letzten Drücker, mit Blick auf die See. Allen anderen, die mich durch ihre Anregungen, Kritik und ihr Insiderwissen bei der Arbeit an meinem dritten Roman unterstützt haben.

Ausdrücklich nicht bedanken möchte ich mich bei jenen, die Tiere ausschließlich als Kapital, Objekte und Nahrungsmittel ansehen. Auch wenn ihnen unser derzeitiges Wirtschaftssystem in die Hände spielt.

Leonhard F. Seidl
GENAGELT
Broschur, 304 Seiten
ISBN 978-3-95451-303-1

»Es ist eine vielschichtige bajuwarische Tragikomödie, ein Schuhplattler ums Goldene Kalb: sorgfältig recherchiert, spannend, mit überraschenden Wendungen, die Sprache bildkräftig und biegsam. Gratulation!« Straßenkreuzer